Jörg Breitenfeld
Am Anfang kein Wort

Ihre Augen waren auf die Zimmerdecke gerichtet, als suchten sie dort etwas. Die linke Hand schien nach dem Rocksaum zu greifen. Ihre weiße Bluse war voller Flecken. Sie lag ausgestreckt in einem dunkelroten See und umklammerte mit der Rechten das Messer in ihrem Bauch.

»Speichern und Ende.«

Orik stand vor dem Eingang zur Wohnung und streckte die Finger aus. Kleiner als ein Golfball, schwebte der Pionier zu ihm zurück und schmiegte sich in seine Handfläche. Er steckte die Sonde ein. Die Auswertung war schon im Gange.

Er wandte sich um. »Wer hat sie gefunden?«

Jörg Breitenfeld, 1963 in Berlin Friedenau geboren, schrieb gemeinsam mit Jörg Liemann das Sachbuch *Steven Spielberg - Tiefenscharfe Analysen* (2018) und den durch die Zeit reisenden Roman *Bar Codes* (2019). Er setzte sich intensiv mit Schriftdesign auseinander, bevor er an der Universität der Künste schon 1995 seine Diplomarbeit über Chancen und Risiken des World Wide Web vorlegte. Heute ist er Senior Projektmanager einer Digitalagentur

Jörg Breitenfeld

AM 4NFAN6 KE1N WORT

Roman

FSC
www.fsc.org
MIX
Papier aus verantwortungsvollen Quellen
Paper from responsible sources
FSC® C105338

Bibliografische Information der Deutschen Nationalbibliothek:
Die Deutsche Nationalbibliothek verzeichnet diese Publikation in der Deutschen Nationalbibliografie; detaillierte bibliografische Daten sind im Internet über http://dnb.dnb.de abrufbar.

Lektorat & Korrektorat: Brolin, Berlin
Satz, Layout, Umschlaggestaltung: Jörg Breitenfeld

Verlag:
BoD • Books on Demand GmbH, In de Tarpen 42,
22848 Norderstedt

Druck: Libri Plureos GmbH, Friedensallee 273, 22763 Hamburg

ISBN: 978-3- 7597-6063-0

Drei geschwärzte Finger kreisten über dem Holzkasten und griffen mal in kleinere, mal in größere Fächer. Sie ertasteten flache, längliche Quader. An den matt glänzenden Kopfenden der Metallstreifen hoben sich filigrane, geometrische Formen ab. Ihre Gänge und Einschlüsse erinnerten an ein winziges Labyrinth.

Flink ordneten die Finger ein Sammelsurium silbriger Streifen von rechts nach links in einer Reihe an. Im Handumdrehen kamen zwei weitere Reihen hinzu. Das Ergebnis landete auf einer Metallplatte. Ein letztes Klopfen, damit nichts hervorsteht.

Die weißen Büschel seiner Augenbrauen hüpften auf und nieder, als der Mann zufrieden das Setzschiff betrachtete:

Arthur Conan Doyle

Grab ohne Leichnam

Der letzte Fall von Sherlock Holmes

PIKTATUR

1

Schaumkronen überschlugen sich und endeten in zäh fließenden, milchigen Bahnen. Aus der Gischt stieg Sprühnebel auf. Er schien sich zu wispernden Formen zu verdichten, als sollte man in ihnen lesen. Doch bevor sich Details bilden konnten, flackerte der Tropfenschleier, und zuckende Linien durchkreuzten ihn.

Orik fuhr sich über die Augen. Er tastete nach dem Stahlzylinder im Regal, schenkte sich Vinbrond nach und stand auf. Mit dem Schwenker in der Hand begann er den Rundgang entlang der Glasfassade, die seine Wohnung umfasste. Die wenigen bewohnten Häuser in der Umgebung erschienen ihm dunkler als sonst. Die Anzahl beleuchteter Fenster hatte sich in den letzten Wochen weiter verringert.

War das sein Spiegelbild? In jungen Jahren war er athletisch gewesen, jetzt hatte er den Bauchansatz eines Fremden. Seine Augen konnte er in der Reflexion kaum erkennen. Ließ ihn noch müder aussehen. Was hatte die Gestalt, die ihn aus dem Glas anglotzte, in den Bildern des Ozeans gesehen, bevor die elektromagnetische Störung alles überlagerte?

Er hatte geträumt, gestern Nacht.

Unter der Glutsonne quält sich eine noch schlupffeuchte Wasserschildkröte durch den Sand. Ihr Rückenpanzer glänzt im Licht. Sie bewegt sich in die falsche Richtung, aber dessen ist sie sich nicht bewusst. Die kleine, verwundbare Gestalt zieht eine Spur ins Nirgendwo. Achtlos rieseln die Sandkörner zur Seite.

Ich sehe meinen Schatten, als ich sie aufnehme und zum Meer trage, während ihre winzigen Flossen sinnlos in der Luft herumrudern. Bevor ich sie ins Wasser setze, drehe ich sie um. Der Bauch ist nicht ebenmäßig. Ich glaube, Konturen auszumachen und senke mein Gesicht. Versuche, etwas zu erkennen …

Orik setzte seine Runde fort und nippte am Glas. An der Ecke der Westfassade blickte er hinunter auf Mauerreste und Trümmer. Im schwachen Licht kaum zu erkennen. Er wusste nicht mehr, zu welchem Gebäude sie einmal gehört hatten. Etwas Sakrales womöglich, aber schon deshalb war es gut, sich nicht zu erinnern. Wichtiger als die Bedeutung alter, unnützer Steine war in seinem Leben schon immer das gewesen, was sich *dazwischen* bewegte: Wesen, von denen Gefahr ausging. Schattenvolk. Um diese Uhrzeit hielt sich jemand wie er besser nicht da unten auf.

An der Südseite blieb Orik auf halbem Wege stehen. Eine breite Spur aus Kondenswasser floss an der Innenseite der Scheibe entlang. Unten versickerte sie in der schwarz-schimmligen Isolierung. Um diese Sauerei würde sich sein Nachbar kümmern.

Alwing Zenrik war der einzige Mitbewohner des Gebäudes und hatte ein Händchen für Reparaturen. Er lebte seit seiner Kindheit hier. Vor dem Krieg mochte es noch andere Hausbewohner gegeben haben, aber das war lange her. Für einen Spottpreis hatte Alwing ihm die andere Hälfte seiner Etage überlassen. Inzwischen war Orik klar, warum: Auf Ebene Zwanzigeins konnte es verdammt einsam werden.

Am Ende seines Rundgangs angelangt, durchschritt er die halbtransparente Wand seines Schlafbereichs und ließ sich aufs Bett fallen. Orik gab sich den gedämpften *Protosota*-Klängen hin, die er sich aus obskuren Quellen auf seine Digikarte gezogen hatte. Angenehmer Kontrast zu dieser fürchterlichen *Klsik*, mit der sich das Volk die Ohren ramponierte.

Er sah sich um: Sanfte Hügelketten, Tupfen spitz zulaufender Bäume. Links schlängelte sich ein Pfad hinauf zu den Weinhängen und zum alten Kastell. Für seine Schlafzone hatte er das Motiv *Belwederi* abonniert. Unter ihm huschte ein Gecko über den ausgetrockneten Rasen. In einem festen Zyklus erschien er an derselben Stelle. Auf der Liege zu seiner Rechten räkelte sich seine Verflossene, Mita, und schenkte ihm ein Lächeln in Dauerschleife. In einem schwachen Moment hatte er sie hinzugebucht.

Oriks Etagenhälfte war unterteilt in ein Raster aus künstlichen Räumen, jeder von ihnen mit einer lebendigen Kulisse, die ihm die Deckenprojektoren vorgaukelten. *Lauranien bei Sonnenaufgang. Meeresrauschen am Strand. Nachtleben im Arkonia-Distrikt.* Auf dem Weg zum Bad musste er keine Türen benutzen, sondern ging quer durch alles hindurch. Die Position seiner spärlich verteilten Möbel hatte er sich – nach schmerzhaften Kollisionen – mittlerweile eingeprägt.

Der Gecko war wieder aufgetaucht, aber irgendetwas stimmte nicht. Das Tier verharrte auf der Stelle und zitterte. Durch Mitas Grinsen zog sich eine Linie wie eine Zahnspange. Die Weinhänge begannen zu flackern, der Pfad bebte. Die Landschaft erlosch, und er lag im Dunkeln. Klickend sprang die Notbeleuchtung an. Schmutziggrünes Deckenlicht.

Er richtete sich auf. Im trüben Panorama seiner

Wohnung bemerkte er die abgeschabten Stützpfeiler, die entlang der Glasfassade verliefen. An der Decke mäanderten rostige Rohre in allen Größen, vereinzelt tropfte Wasser auf den rissigen Boden.

»Alwing, kannst du kommen? Die Projektoren sind schon wieder ausgefallen.« Es summte, als er die Nachricht versandte. Hoffentlich war sein Nachbar da. Manchmal blieb er tagelang verschollen. Er sprach nie darüber. Orik legte sich zurück aufs Bett und wartete. Mehr konnte er nicht tun.

Was war das jetzt mit diesen seltsamen Zeichen in der Gischt und … Alles kam ihm anstrengend vor, das Denken vor allem. Wie so oft, wenn er hier lag, ging seine Hand zur getarnten Klappe am Kopfende des Bettes. Normalerweise tastete er nur, ob das Geschenk seines Bruders noch da war. Jetzt zog er es nach langer Zeit mal wieder hervor.

Der fleckige Einband musste einmal weiß gewesen sein. Das ließ sich erahnen, wenn man ihn aufklappte. Sorgsam zusammengehaltene Flächen aus biegsamem Material sprangen hervor. Sein Bruder hatte sie als *Seiten* bezeichnet und das Material als *Papier*. Orik erinnterte sich, wie begeistert er war, als ihm Hanrod zum ersten Mal daraus vorgelesen hatte.

Die Geschichte kam aus den Feldern winziger Muster, von denen die Seiten bedeckt waren. Sie handelte von einem Detektiv aus einem fernen Land zu einer Zeit, als man noch Kohle verbrannte, um sich zu wärmen und Fahrzeuge auf Schienen damit zu betreiben.

Den Inhalt der Seiten kannte Orik inzwischen auswendig. Er blätterte vor und begann zu lesen.

»Musste erst Werkzeug holen.«

Orik fuhr hoch. Sein Nachbar stand hinter ihm.

Natürlich. Alwing hatte Zugang zu Oriks Wohnung. Gerötete Augen, zerzaustes Haar. Hing da eine Reisnudel in seinem Bart?

»Was treibst du so am Abend?« Alwing reckte den Hals, während Orik die Lektüre unter das Bett schob.

»Hab mir Arbeit nach Hause geholt«. Er sprang auf und lief zum Fenster. »Alwing, schau dir das an.«

Sein Nachbar folgte ihm. »Scheibe kaputt?«

»Siehst du's nicht? Kondenswasser. Ganze Bäche.«

Alwing kratzte sich am Kopf. »Klar, ist die Klimaanlage.«

Orik starrte ihn an.

»Schon gut! Ersatzteile habe ich vor Monaten bestellt, man weiß ja, dass sowas ständig ausfällt, aber das dauert. Für so ein altes System müssen die neu angefertigt werden. Ein *ge-wal-ti-ger* Aufwand, kannst du dir nicht vorstellen, kleine Gefälligkeiten werden auch erwartet, wenn du verstehst. Im Haus gegenüber haben sie dasselbe …« Er hielt inne. »Moment mal!«

Alwing fiel vor ihm auf die Knie und öffnete die schimmelige Leiste an der Fensterfront. »Mist.«

»Was ist?«

»Das Wasser. Es hat den Außenleiter überbrückt.« Alwing leuchtete hinein.

»Und das heißt?«

»Kurzschluss.« Alwing kramte in seinem Kasten und begann herumzuschrauben. »Hat deine Projektoren zum Absturz gebracht. Das haben wir gleich. Hier und hier und hier. Kommst du morgen zum Essen? Hab zwei Freundinnen eingeladen. Könnten etwas Spaß vertragen, wir beide, meinst du nicht?«

Orik verzog das Gesicht. »Nein, danke. Mit deiner Art von Freundinnen habe ich es nicht so.« Er kam sich nutzlos vor, während Alwing werkelte.

»Glaub mir, Orik, du solltest ausspannen und dir was gönnen. Ich mach uns *Caloni Arata*. – Ui ui ui, hier sieht's schlimm aus. – Bis zum Nachschmeck haben wir uns alle kennen gelernt, und dann ziehen wir uns in meine Landschaften zurück.«

»Schon klar, aber ein Nein ist ein *Nein*.«

Alwing sah zu ihm auf.

»Ein anderes Mal«, ergänzte Orik und ärgerte sich, dass er sich schuldig fühlte. Trotzdem, die nächste Einladung sollte er annehmen. Alwing trug gern nach.

»Ich nehme dich beim Wort, Orik. Weißt du, wie lange ich Punkte für die Puppen gesammelt habe?«

Orik verschränkte die Arme. »Jetzt mach mal halblang. Du musst doch keine Punkte sammeln. Ein Kollege hat mir zugesteckt, dass dir hier im Umkreis ein paar Häuser gehören. Warum krauchst du vor mir auf dem Boden rum und machst das alles noch selbst? Du kannst dir drei Handwerker leisten.«

Alwings Lötzange fiel klappernd zu Boden, als er aufsprang. Seine Augen funkelten. »Sprich *nie wieder* über die Häuser! Die haben meinem Vater gehört. Und was ist passiert? Er wurde enteignet. Das hat ihn umgebracht. Nur *dieses eine beschissene Haus* haben sie mir gelassen. Solange ich mich darum kümmere, dass es nicht irgendwann in sich zusammenfällt. Erzähl mir also keinen Wirrfug über Wohlstand. *Herr Oberst!*« Dazu bohrte er ihm den Finger in die Brust.

Orik war elend zumute. »Tut mir leid, ich wollte dich nicht verletzen.«

Alwing fixierte ihn eine Weile, dann zuckte er mit den Schultern. »Entschuldigung angenommen. Irgendwie duftet es hier nach Vinbrond. Reich mir mal nen Becher rüber.« Er setzte seine Arbeit fort und schob einen gefährlich aussehenden Stab in die beschädigte Leiste. Es blitzte und lärmte, während Alwing weiterredete, als sei nichts vorgefallen. »Übrigens: Die Peppas. Sagen dir was? Aus dem Nachbarhaus. Sind weggezogen. Er hat es mit der Hüfte, und wo nun auch der letzte Aufzug den Geist aufgegeben hat … fühlt sich niemand mehr zuständig. Die Dame braucht ihre Einkaufsmeile. Haben eine schöne Siedlung im Blauen Viertel gefunden. Hier im Zentrum, sagt sie, ist es ihr zu ruhig geworden. Man grüßt sich ja schon auf der Straße. Zu viele seltsame Leute. Ihre Worte. Und was hat sie davon? Jetzt ballern diese Alphas am Stadtrand rum.«

Orik blickte skeptisch. »Alpha-Milizen im Blauen Viertel? Wohl kaum.«

»Hab so meine Quellen. Ah, ein feiner Vinbrond!«

»Abso integer, nehme ich an. Deine Quellen.«

»Japp. So, hier muss ich nochmal ran.« Es klapperte. »Jetzt sollte es eigentlich …« Alwing schaute auf einen unbestimmten Punkt an der Decke und wartete. Nichts tat sich. Er schwitzte, als er sich vornüberbeugte und mit dem Stab in der Leiste herumrührte. Es roch nach verbranntem Plastik. Die Notbeleuchtung fiel aus, und sie standen in völliger Finsternis.

»Toll. Und jetzt?«, fragte Orik in die Dunkelheit.

»Shhhh!« machte Alwing, als hätte Orik den Gott der Elektrizität gestört. »Abwarten.« Aus der Schwärze drang ein satter Basston. Ein Kammerkonzert aus Klicken und Brummen, als die Projektoren hochfuhren.

Alwing richtete sich auf. »Bittesehr«, sprach er mit ausladender Geste. Seine Hand verdeckte das Kastell auf den Weinhängen.

»Ewig Dank, Alwing!«. Orik ging zurück zu seinem Bett, wo der Gecko wieder zuverlässig seine Runden drehte. »Jetzt muss ich weiterarbeiten. Ich begleite dich noch zur Tür. «

Sein Nachbar verstaute das Werkzeug und folgte ihm.

»Gute Nacht, Alwing.« Er wollte die Tür schließen, doch Alwings Gesicht schob sich in den Spalt.

»Orik? Im Vertrauen …«

»Ja?«

»Ich konnte sehen, was du da vorhin in der Hand hattest.«

Orik setzte einen gleichgültigen Blick auf. »Du meinst …?«

»Deine Scharteke«, raunte Alwing ihm zu. »Aber keine Sorge, ich sag's nicht weiter. Niemandem. Kein Wort.«

2

Zacken aus zerborstenem Glas ragten aus den geschmolzenen Fensterrahmen. Ein kühler Abendwind strich hindurch, aber der Temperatur-Balken in ihrem Visier verharrte auf *orange*. Am Morgen war das noch ihr Zuhause gewesen.

Während der Löschschaum von der Decke tropfte, stocherte sie in den schwarzen Klumpen am Boden. Reste eines Schuhs, Henkel ihres Kaffeebechers, das Spielbrett aus Kindheitstagen, halbverkohlt. In der Ecke ein Objekt wie aus erstarrter Lava: Das war ihre Digitafel gewesen, mit angeschlossenem Tastenfeld. Eigenkonstruktion.

Sie war den Tränen nah, und das lag nicht am beißenden Geruch der Asche, sondern an der Wut, die in ihr aufkam. Was war geschehen? Wer …? Sie griff in die Innentasche ihrer blauen Kunstlederjacke und zog einen noch blaueren Kautschik hervor. Zweimal faltete sie den Streifen, bevor sie ihn in den Mund steckte. Die Zähne begannen zu mahlen. Half beim Nachdenken.

Vor zwei Stunden hatte sie an einer Besprechung im Hauptquartier teilgenommen. Einladung der Chefetage. Ungewöhnlich, sie hätte sich von zu Hause zuschalten können, aber sie hatte sich nichts dabei gedacht. Vielleicht was Wichtiges. Planung für das neue Jahresprogramm. *Erinnere dich.*

Ihr Vorgesetzter saß ihr am anderen Ende des ovalen Konferenztischs gegenüber. Auf den restlichen Plätzen leuchteten die halbtransparenten Abbilder ihrer Kollegen. Über dem Konferenztisch drehte sich die Projektion eines Tortendiagramms. Fehlten nur noch die Kerzen, ging ihr durch den Kopf.

»Liebe Luxis, wir haben uns gewaltig hochgepilzt. Marktabdeckung kompletta. Ohne *Luxor* kann und will draußen niemand mehr leben. Wir kommen mit der Lieferung von Linsen kaum hinterher.« Mit einem Hüsteln deutete er auf den schmalen Spalt in der Torte. »Nur eine Handvoll Hirntote, die wir nicht erreichen. Bedeutungslos.« Er wartete, bis das Gemurmel links und rechts verstummt war. »Diesen Erfolg verdanken wir dir und deinen Leuten. Ohne euch kein technisches Fundament.« Er lehnte sich vor und stützte die Arme auf den Tisch. Mit anerkennendem Nicken ließ er seinen Blick über die Runde schweifen.

Ein Knall durchbrach die Stille, als seine Handflächen aufeinandertrafen. Ein-, zwei-, dreimal, immer schneller. Nacheinander schlossen sich die anderen an. Sie behielt die Hände unter dem Tisch und ließ das Weitere auf sich zukommen, als sein erhobener Finger den Applaus zum Erliegen brachte. »Ist gut, ist gut. Kann sich jemand an unsere erste Produktlinie erinnern? *Panovision*. Begehbare Panoramen für zu Hause. Stationär. Hat uns einen schönen Anfangsumsatz beschert. Und heute? Wenn ihr mich fragt: Danke, nächster bitte. Mit *Omnivision* versetzen wir das Volk in Vollrausch. Sehen, was andere sehen. Fühlen, was andere fühlen. Mein Leben mit anderen teilen, wo immer ich bin, und was immer ich mache. In Echtzeit, rund um die Uhr.« Er lächelte. »Und wisst ihr was? Die wenigsten schalten ihre Aufzeichnung zwischendurch ab, obwohl sie es können.«

Eine Wolke mit Auszügen laufender Übertragungen zog über sie hinweg.

Jemand balanciert auf einem Holzbalken über den Innenhof; ein anderer lässt sich von Kommentaren durch ein Labyrinth aus Gängen leiten; ein Keller voll schwitzender, zuckender Leiber in pulsierendem Violett (Tanz oder Orgie?); im Backofen wird Teig zu Kuchen; Aufprall eines Fahrzeugs, gesehen aus dem Inneren; eine Rentnerin badet ihren Terrier; ein Jugendlicher lässt einen Regenwurm auf seine Zunge fallen und schluckt; Ferkel tapsen durch Farbtöpfe.

Lärmende Bild- und Toneffekte überlagerten die Aufnahmen und wetteiferten um Aufmerksamkeit. Am Bildrand prasselten bunte Piktogramme herunter.

»Unser Prämiensystem kommt an. Wir belohnen alle, deren Aufnahmen von vielen gesehen und hochgewertet werden. Immer mehr Kunden haben eine große Anhängerschaft, einige leben gut von ihren Einnahmen. Soll uns recht sein. Um aufregende Bilder zu liefern, reißen sie sich ein Bein aus. Bitte, nicht wörtlich verstehen.«

Gejohle. Ihre Kollegen waren leicht zu erheitern.

»Alles schön und gut. Aber – was wir für die Prämien ausgeben, ist nichts im Vergleich zu dem, was wir mit *Luxor Max* verdienen.«

Unscharfe Ausschnitte leuchteten auf, die von Sperrsymbolen überdeckt waren.

»Diese Kanäle wollen wir teraplus machen.«

Sie sah ihm dabei zu, wie seine Finger in der Luft Klavier spielten und animierte Bilder aufriefen. Er glaubte daran. Mehr noch, er war davon besessen. Sie war nicht anders gewesen. Schon mit neunzehn hatte sie sämtliche *Rotozess*-Variablen auswendig beherrscht und ihre Entwickler zu Höchstleistungen angetrieben. Doch ihre anfängliche Begeisterung war verflogen. Sie konnte es kaum glauben. War das alles schon fünf Jahre her?

Ihr Gegenüber breitete die Arme aus. »Und hier, liebe Luxis, kommt eure Aufgabe. Wenn wir schon aus der Ich-Perspektive miterleben können, was andere so machen, warum nicht auch von außen draufschauen? Wir haben massenhaft Dronos angeschafft. Lassen wir sie fliegen! Rundum-Sicht, überall. Unsere Kunden können Zeitfenster kaufen, in denen sie ihren berühmten Lieblingen auf Schritt und Tritt folgen, aus allen Perspektiven. Hinter die Kulissen, Blick in Privates, verruchtes Nachtleben. Ihr wisst schon.«

Sie spürte, wie sein Blick auf ihr ruhte.

»Bekommt ihr das hin?«

»Irgendwelche Quomis auf der Straße verfolgen und nachts beim Nägelschneiden zeigen? Kein Prob.«

Er gestikulierte ihre Bemerkung weg. »Noch wichtiger: Aufzeichnungen. Unsere zahlenden Kunden wollen von der ersten bis zur letzten Übertragung eines Lebens vor- und zurückspringen können. Nach Tagen sortiert. Am Abosystem seid ihr dran, richtig?«

Sie nickte. »Im Prinzip fertig.«

»Aber?«

»Was ist mit den Filtern?«

Sein Blick wich ihr aus. »Ach, du meinst…«

»Genau. Wie lange liege ich dir damit schon in den Ohren?«

»Du kennst meine Antwort.«

Ihr Stuhl rasselte über den Boden, als sie aufstand.

»Heißt nicht, dass ich mich damit zufriedengebe.«

»Bitte, meine Liebe, setz dich.«

Sie rührte sich nicht, während ihre Kollegen nervös von einem Tischende zum anderen blickten.

Er räusperte sich. »Es wäre besser, wenn wir das im kleinen Kreis fortsetzen. Ich danke euch. Macht weiter mit eurer Arbeit.« Auf sein Handzeichen flackerten die Abbilder ihrer Programmierer und verschwanden.

»Ich kapier's nicht«, sagte sie und nahm wieder Platz. »Wir blockieren alle Aufnahmen, die Schrift enthalten. Aber diese Irren können einfach weitermachen und ihren Dreck übertragen, hinter den Türen der *Exklusiv*-Kanäle. Oder sogar frei zugänglich. Tierquäler, Vergewaltiger, Mörder …«

Ihr Chef drehte beschwichtigend die Handflächen nach unten. »Hör zu, das ist nicht meine Entscheidung.« Er seufzte. »Ja, es sind schreckliche Dinge, die da zu sehen sind. Mir wird auch regelmäßig schlecht. Aber diese Dinge bleiben nicht ohne Folgen. Wir melden sie an die Sekuritaten, und die greifen hart durch, wo immer nötig. Das Volk bekommt, was es will.«

Sie nickte. »Bild und Spiele.«

»Beschwer dich nicht, wir verdienen Geld damit.«

»Wann habt ihr vor, unseren Kunden von den Hintertüren zu erzählen? Durch die das Große Dreieck zuschaut, auch wenn sich die Leute ausgeklinkt haben.«

»Meine Güte, seit wann siehst du alles schwarz? Wir haben unsere Abonnenten befragt. Wer nichts zu verbergen hat, der hat auch kein Problem damit. Dafür ist der ganze Spaß kostenlos. Jedenfalls für die große Masse.«

Hinter ihm öffnete sich die Tür. Seine Assistentin

stöckelte heran und flüsterte ihm etwas ins Ohr. Mit jedem Satz verfinsterte sich seine Miene. Sie ging, und die beiden waren wieder allein.

»Was ist?«

Eine Zeitlang blieb er ohne Regung, dann richtete er sich im Stuhl auf. Er hatte sie noch nie so angesehen. »Ich muss dich das fragen. Und denk nach, bevor du antwortest: Arbeitest du an etwas, von dem ich wissen sollte?«

»Keine Ahnung.«

»Der Sicherheitsdienst ist besorgt. Sie haben auf deinem System etwas gefunden. Außergewöhnlich gut getarnt. Unbekanntes Format. Lässt sich nicht öffnen.«

»Sagt mir nichts. Lass mich sehen.«

»Geht nicht, sie haben dich gesperrt. Ich hoffe, es stellt sich als Fehlalarm heraus.« Er sah aus dem Fenster, die Stirn in Falten gelegt. »Geh nach Hause. Du kannst hier nichts tun.«

In ihrem Visier leuchtete ein roter Punkt.

Das war der Moment, als sie vom Brand in ihrer Wohnung erfuhr. Jetzt stand sie in den schwarzen Brocken, die davon übrig waren. Sie spuckte den Kautschik durch den Fensterrahmen.

Was tun? Dem Sicherheitsdienst war ihr Hypositron-Programm aufgefallen, das war blöd, aber sie hatte vorgesorgt. Ein paar Fehlversuche beim Öffnen, und die eingebauten Löschroutinen würden den Rest erledigen. Vermutlich war längst keine Spur mehr davon vorhanden. *Luxor* würde sich bei ihr entschuldigen müssen. Und wenn nicht? Das Feuer konnte kein Zufall sein. Wie passte das alles zusammen?

Um es herauszufinden, musste sie eine Zeitlang von der Bildfläche verschwinden. Sie setzte das Visier ab und betrachtete es in ihren Händen. Keine Wahl. Sie ließ es fallen und trat es mit ihren Stiefeln in Stücke.

Vom Eingang kam ein Geräusch. Jemand stand in der Tür.

»Armes Ding. Tsss. Gute Diensten, und so dank.«

Nur die Ruhe, dachte sie. »Sind Sie vom Sicherheitsdienst? Haben Sie was gefunden?«

»Sicherheits… Japp, gut. Gut das. Tsss.« Er schien an einer Shotozig zu paffen. Sein Gesicht blieb im Schatten, während er sich langsam näherte.

Sie wich zurück. »Ich würde Ihnen ja was anbieten, aber Sie sehen ja …«

»Vertickte Rommelei, das hier. Tsss.« Er steckte die Shotozig weg und griff in seine schwarze Weste.

»Was haben Sie vor?« Ihre Gedanken rotierten auf der Suche nach einem Fluchtweg.

»Die Handschohen? Nur Vorsacht. Wenn nit einsig werden. Du ond mich.«

Ein Glassplitter stach in ihren Rücken, als sie gegen das offene Fenster stieß.

»Was wollen Sie?«

»Oh, bitt. Nit men Zeit schwinden. Mich im Bild. Du hast Kart imbesetz.«

»Warten Sie.« Mit ausgestreckter Hand versuchte sie, ihn auf Abstand zu halten. Der Abdruck ihres Zeigefingers öffnete ein Seitenfach ihrer Jacke. »Geht es um das?« Sie zog eine Digikarte hervor.

Der Mann kam einen Schritt auf sie zu.

»Schlaue Schikka. Ruck röber die Kart, dann mich sin nett zu dich.«

»Fang!« Sie schleuderte den Speicher in sein Gesicht. Nur knapp konnte er ihm ausweichen. Sie hörte ihn etwas Unverständliches fluchen, während er den Boden absuchte. Zum Zögern blieb ihr keine Zeit.

Sie sprang aus dem Fenster.

Das Krachen war ohrenbetäubend, als sie drei Meter weiter unten auf dem Wellblech-Vordach landete und sich abrollte. Sie rutschte über die Kante. Mist. Sie versuchte sich irgendwo festzukrallen. Vergeblich. Ihr zweiter Sturz wurde zum Glück durch einen Berg gelber Müllsäcke abgemildert, doch ihre Erleichterung währte nur kurz. Bei ihrem Aufprall waren einige der Säcke geplatzt und gaben ihren Inhalt frei. Eine weiche, undefinierbare Masse. Der Gestank war unerträglich. Sie musste gegen den Würgereflex ankämpfen, als sie sich erinnerte, dass nebenan ein Schönheits-Chirurg arbeitete. Menschliches Gewebe.

Sie fuhr hoch. Den Schmerz in der Schulter und in den Sprunggelenken nahm sie kaum wahr. Ohne sich umzuschauen, humpelte sie durch das Tor und verschwand im Gewühl der Straße.

3

Alwing weiß Bescheid. Warum war ich nicht vorsichtiger? Hätte ich an der Tür leugnen sollen? Zu spät. Ich könnte eine freiwillige Meldung abgeben. Das Bett hätte ich gebraucht gekauft und erst jetzt das Geheimfach und das Unaussprechliche, das sich darin befand … Nein, das würde niemand glauben. Erst recht nicht, wenn mir Alwing zuvorgekommen ist. Man würde mich in die Mangel nehmen, und ich würde gestehen. Unausweichlich. Soll ich es aus dem Versteck holen und wegwerfen? Verbrennen?

Nein, kommt nicht in Frage. Dafür hänge ich zu sehr daran. Und wenn ich Alwing darauf anspreche? Um rauszufinden, was er im Schilde führt. Will er mich erpressen? Vielleicht sollte ich dafür sorgen, dass ich etwas gegen ihn in der Hand habe. Für alle Fälle. Wenn er weiß, was eine Scharteke ist, besitzt er womöglich selbst ein Exemplar? Berufsbedingt kannte Orik die Bezeichnung „Buch", aber der Begriff war aus der Sprache getilgt und seine Verwendung unter Strafe gestellt.

Beim Passieren der Tunnelkurve quietschten die Räder in den Gleisen. Orik legte die Zeigefinger auf seine Ohren. In der Nacht hatte er kaum ein Auge zugetan. Sein Kopf schmerzte vom Grübeln, wie er sich nach Alwings Entdeckung verhalten sollte.

Vielleicht war es auch der Vinbrond. Er versuchte sich abzulenken und blickte in die Gesichter der Fahrgäste. Ließ sich erkennen, ob jemand von ihnen lesen konnte? Woran erkannte man das? Abgekaute Fingernägel, gekrümmter Rücken, verträumter Blick, Sorgenfalten?

Mehr als einmal war ihm der Gedanke gekommen, dass wohl die wenigsten Menschen die Schriftverbote als Einschränkung empfanden. Schon ihre Eltern und Großeltern hatten Bilder und Symbole bevorzugt. Irgendwann hatten die allermeisten aufgehört zu lesen. Da waren die Gesetze und Verordnungen eine willkommene Bekräftigung der gewohnten Praxis.

Was war mit ihm selbst: Verhielt er sich auffällig? Er musste gleichgültiger schauen, sonst würde man ihn vielleicht präventiv melden. Er stach schon genug hervor. Kaum ein Fahrgast trug ein Visier vor dem Gesicht. Fast alle hatten es gegen die bequemere Kombination aus Linsen und Ohrstecker eingetauscht. Ihre leeren Blicke waren auf Bilder gerichtet, die nur sie wahrnahmen. Sah nicht nur dämlich aus, das war es auch. Es blieb ihm ein Rätsel, was daran reizvoll sein sollte, fremde Menschen bei ihrem alltäglichen Tun stundenlang zu beobachten. Oder gar das eigene mit anderen zu teilen.

Er hatte von Nebenwirkungen der *Luxor*-Linsen gehört. Darauf wollte es Orik nicht ankommen lassen. Wann immer es ihm passte, konnte er sein Visier mit einer kleinen Handbewegung absetzen. Das war mit den Linsen nicht möglich. Schon deshalb legte er keinen Wert darauf.

Der Zug drosselte das Tempo. Auch die nächste Station durchfuhren sie ohne Halt. Die Gleise wurden regelmäßig von Trümmern freigeräumt, aber viele Zugänge waren noch verschüttet und die Bahnsteige von Rissen durchzogen – verfallene Läden und umgestürzte Sitzbänke in mattes, grünes Licht getaucht. Auf den wenigen Fliesen, die noch an der Wand klebten, erkannte Orik Elefanten und andere ausgestorbene Tiere. Hier in der Nähe, so hatte ihm sein Bruder erzählt, gab es einmal lebende Exemplare, in Gehegen gehalten. Orik hätte das gern erlebt, aber das war alles in der Erstzeit. Solange er sich erinnern konnte, war die halbe Innenstadt verwüstet. Auch die Tiergehege hatte es erwischt.

Er stand auf und stellte sich an die Tür, um während der Fahrt mehr zu sehen. Gelassen und gleichgültig, als wolle er nur die müden Beine strecken. Die Langsamfahrt durch die Geisterbahnhöfe war der Höhepunkt auf seinem Weg zur Arbeit. Im Vorbeifahren hielt Orik jedes Mal Ausschau nach Überbleibseln aus der Vergangenheit, die er noch nicht entdeckt hatte. Die Beschriftungen sagten ihm nichts, aber sie hatten etwas Magisches:

denzentru
fee to go
caCol
legte Bröt

Dass sie nichts bedeuteten, war wohl der Grund, warum man sie bisher nicht übertüncht oder abgeschlagen hatte.

Pling! Ein Glockenton in Oriks Visier riss ihn aus den archäologischen Gedanken. Das Foto seines Chefs legte sich über das Bahnhofsgrün. Daneben leuchtete ein Tortensymbol mit Kerzen. Er blinzelte - und die Geburtstagserinnerung verschwand.

Schon vor zwei Wochen hatte er sich um ein Geschenk gekümmert. Die Miniatur in der Schachtel, die Orik bei sich trug, war eine Rarität. Hoffentlich gefiel sie seinem Vorgesetzten. Bei der Gelegenheit wollte er ihn auf die Beförderung ansprechen. Da konnte er gute Stimmung gebrauchen. Ein höherer Rang war ihm nicht wichtig, aber mit ihm stünde ihm ein schönes Haus in der Neustadt zu. Endlich keine Stromausfälle mehr, kein tropfendes Wasser, kein Alwing.

»Großes Dreieck.«

Seine Station. Die Türen öffneten sich, und Orik stieg aus der Bahn. An der Fußgängertunnelkreuzung wollte er wie immer den rechten Abzweig nehmen, doch rote Balken im Visier brachten ihn zum Stehen. Der Pfeil zeigte nach links und blinkte beharrlich. Orik wunderte sich. Das wäre ein Umweg. Er beschloss, die Anweisung zu ignorieren und schlug den gewohnten Weg ein. Auf dem Rollweg nach oben war er der Einzige. Auch auf der Straße traf er niemanden an. Kein Verkehr. Ein paar Meter entfernt stand ein weißes Fahrzeug.

»Halt. Was machen Sie hier?« Ein Uniformierter stellte sich ihm in den Weg.

Orik bemerkte den gepanzerten Miliporter in der Seiteneinfahrt. Ja, was genau hatte er hier zu schaffen? Er musste improvisieren.

»Ermittlungen.« An der Außenseite seines Visiers leuchtete Oriks Kennung auf. Sein Gegenüber nickte, und er durfte passieren.

Als er sich dem weißen Wagen näherte, bemerkte er dahinter zwei Männer und zwei Frauen mit kahlen Schädeln, die eine Fassade reparierten. Das Haus war mit einem Kolibri-Schwarm bemalt. Er blieb stehen. Die vier schauten kurz auf und setzten wortlos ihre Arbeit fort. Orik sah sich die Wand genauer an und stutzte. Das waren keine schadhaften Stellen, sondern Löcher. Gleichmäßig über die Wand verstreute Vertiefungen. Offenbar hatte jemand mit großem Projektil auf die Fassade gefeuert. Die Einschüsse waren nicht wahllos verteilt, sie folgten einem Muster. Der Schütze hatte eine Botschaft hinterlassen. Jetzt erkannte Orik die Schriftzeichen: ALPHA. Alwing hatte recht gehabt. Die Alpha-Milizen waren im Blauen Viertel angekommen. Nicht bloß an der Stadtgrenze.

Schnell weg, dachte er, er hatte hier nichts zu suchen. Er bog um die Ecke und mischte sich unter die Menschen, die aus dem Bahntunnel quollen. Sie steuerten auf den spitz zulaufenden Turm zu, der den Stadtteil um das Doppelte überragte.

Der Aufzug brachte ihn in seine Abteilung. Als Orik den Gang durchschritt, vernahm er vertrautes Gemurmel, das aus den abgedunkelten Arbeitskabinen drang. Hinter den Trennscheiben wirbelten große und kleine Bilder durch die Luft und vollführten einen eigenwilligen Formationstanz. Ein steter Strom aus Fotos, Thermografie- und Nachtsicht-Aufnahmen, Zeichnungen, Diagrammen und Filmen floss in die Kabinen. Spezialisten werteten die Bilder aus, verglichen und klassifizierten sie. Mit Leuchtstiften brachten sie Markierungen in verschiedenen Farben an. Ihre mündlichen Protokolle bestanden aus standardisiertem Vokabular. Orik war an der Entwicklung dieser Methode beteiligt gewesen und hatte die Leute ausgebildet.

Am Ende des Gangs betrat er sein Büro und setzte das Visier ab. Er nahm Platz hinter der Ermittler-Säule. Die Projektion ließ sich durch Handbewegungen und

Sprachkommandos aufwärts und abwärts bewegen, drehen oder an der gewünschten Stelle vergrößern. Balken gaben Auskunft über den Bearbeitungsstatus. Es gab viel zu tun.

Gerade wollte er sich die ersten Auswertungsergebnisse ansehen, als sich das Gesicht seines Chefs darüberlegte. Stechender Blick, großer Mund, strahlende Zähne. Die ehemals dicke, krumme Nase, die er noch aus seiner Anfangszeit im Büro kannte, war inzwischen operativ begradigt.

»Dein Bild sei unser.«

»Unser sei dein Bild«, antwortete Orik.

»Oberst Adamant, wie war Ihr Wochenende? Mit Verlaub, Sie sehen beschissen aus! Sie sollten sich weniger anstrengende *Omnivisionen* anschauen.« Sein Chef brach in schallendes Gelächter aus, das in Husten überging.

Orik lächelte höflich und bewahrte Haltung. »Werde ich beachten, Herr Generalleutnant. Ich wünsche Ihnen alles Gute zum Geburtstag! Was kann ich für Sie tun?«

»Danke, danke. Ach, kommen Sie doch gleich mal zu mir. Ich habe etwas mit Ihnen zu besprechen.«

Das Gesicht löste sich auf, und Orik machte sich auf den Weg. Nervös umklammerte er sein Geschenk, als er aus dem Aufzug trat.

Brogan Wuelfenstrat kam ihm entgegen. »Adamant! Machen Sie es sich bequem.«

Er klopfte ihm auf den Rücken und führte ihn zu den edel bezogenen Sesseln. Orik war länger nicht mehr im Büro seines Chefs gewesen. Im Augenwinkel nahm er wahr, dass sich an der Projektion der

Ermittler-Säulen etwas verändert hatte. Eine achte war hinzugekommen.

Sie setzten sich, und Orik eröffnete: »Wie geht es Ihrer Gattin und den Kindern?«

»Gut, gut. Mirtha geht es wieder besser.«

Sein Chef schien nicht bei der Sache zu sein. Er beäugte die Schachtel in Oriks Hand. »Für mich?«

»Eine kleine Aufmerksamkeit.«

Wuelfenstrat nahm das Geschenk entgegen. »Soll ich's öffnen?«

»Ich wüsste gern, ob es Ihnen gefällt.«

Wuelfenstrat lugte in die Box.

»Es ist doch nicht …«

»Ich weiß, Sie mögen Schiffe.« Orik beobachtete, wie sein Chef das Modell behutsam hervorangelte.

»Mögen?! Vergöttern! Ich bin sprachlos. Die *HMS Terror*.« Seine Augen leuchteten, während er die Miniatur von allen Seiten betrachtete. »Ein prachtvolles Exemplar.« Er sah Orik an. »Wissen Sie, ich bewundere den Willen dieser Männer, das Unmögliche zu wagen. Auch wenn sie ihren Mut mit dem Leben bezahlt haben.« Wuelfenstrat widmete sich den Details der Miniatur aus Epi-Zermitan.

Orik brach das Schweigen. »Dort, wo die Männer starben, ist längst kein Packeis mehr. Man hätte vielleicht abwarten sollen.«

Wuelfenstrat lächelte. »Ich sehe, Sie haben sich schlau gemacht.« Er erhob sich und ging zum Podest hinter den acht Säulen, wo er das Modell neben der *HMS Erebus* absetzte. »Was ich an dem Schiff bemerkenswert finde, ist sein Name. *Terror*. Darin schwingen multiple Bedeutungen. Kennt heute kaum jemand.« Er setzte sich wieder zu Orik. »Vor der ersten Französischen Revolution stand Terror für das Schreckensregime des Königs. Kaum war die Monarchie abgeschafft, deuteten die neuen Machthaber den Begriff um. Terror diente nun als legitimes Mittel zur Bekämpfung der Feinde des Volkes. Auch der Rote Terror berief sich darauf. Rasche, strenge und unbeugsame Gerechtigkeit.« Er nahm einen Schluck Wasser und setzte seinen Vortrag fort. »Als sich das Forschungsschiff *Terror* auf Erkundungsfahrt in die Arktis begab, wollte man damit Ansprüche geltend machen. Der Begriff stand nun für Vormachtstellung. Wir springen hundert Jahre weiter. Nun verbindet man Terror mit Anschlägen, die Angst und Schrecken in der Bevölkerung erzeugen sollen, um Regierungen zu schwächen.«

Orik spielte mit dem Gedanken, die perforierte Fassade am Kolibri-Haus zu erwähnen, entschied sich aber dagegen.

Wuelfenstrat lehnte sich zurück. »Bestimmt fragen Sie sich, woher ich das alles weiß. Eins ist sicher: Scharteken werde ich wohl nicht gewälzt haben. Ha!« Er schüttelte sich. »Was käme noch in Frage? *Luxor.* Das ist nur ein Spaßverein, keine Quelle für solche Informationen. Alle anderen Netzanbieter sind enteignet oder unter ikonokratischer Kontrolle. Also, woher habe ich das?«

»Ich habe nicht die leiseste Ahnung.«

»Adamant, so kenne ich Sie gar nicht. Sie schwächeln. Na, gut. Ich will Sie nicht länger zum Dividuum halten. Was ich Ihnen nahezubringen versucht habe, stammt aus den Prolektionen unseres Bildungs-

Tribuns. Sollten Sie hingehen. Sehr aufschlussreich. Hier oben, auf Ebene Hundertzehnzwei. Aber Sie gehen ja lieber zu diesen Schmierereien, äh, Malkursen.«

»Danke für die Empfehlung, ich werde es bei nächster Gelegenheit einrichten.«

Sein Chef beugte sich vor. »Aber warum erzähle ich Ihnen das alles? Ganz einfach. Das Bild ist rein, aus ihm spricht die Wahrheit. Wörter lassen sich verbiegen, bis zum Zerreißen. Sie sind eine Gefahr für die Gesellschaft. Erst recht in Schriftform oder gar in anderen Sprachen. Aus der Überlieferung wissen wir, was die Schreckensherrschaft am Ende der Erstzeit angerichtet hat. Mit ihren Sprachverdrehungen, Parolen und widerlichen Schriftzügen an jeder Straßenecke. Dazu darf es nicht noch einmal kommen. Wir müssen das Volk bewahren. Schützen wir unsere stabile Wertegemeinschaft, die wir unter unglaublichen Opfern aufgebaut haben.«

»Sie können sich auf mich verlassen«, sagte Orik.

»Was uns zum Thema bringt.« Mit einem Wink ließ Wuelfenstrat eine Fotoprojektion erscheinen. »Erkennen Sie die beiden Personen?«

Ein Schauer lief über Oriks Rücken. Das Bild war aus erhöhter Position aufgenommen und zeigte zwei Jungen, die ihre Köpfe zusammensteckten. Die Naheinstellung brachte zutage, womit sie sich beschäftigten. Das Objekt, das sie in den Händen hielten, bestand aus Seiten mit Text.

Er wollte etwas sagen, doch Wuelfenstrat kam ihm zuvor: »Wir wissen beide: Sie waren damals zu jung, um sich den Manipulationen Ihres Bruders zu widersetzen. Das ist vorbei, er ist nicht mehr. Ich kenne Sie als loyalen Mitarbeiter. Sie haben die meisten Fälle gelöst. Mit Abstand. Das zählt für mich. Und darum wird das hier kein Nachspiel haben. Bleibt unter uns.« Das Bild erlosch.

Orik wusste nicht, wie er reagieren sollte. »Ich danke Ihnen. Für Ihr Vertrauen, Herr Generalleutnant«, sagte er vorsichtig.

»Schon gut, schon gut. Wir haben eine Situation, die … Ich stecke gewissermaßen in der Klemme.«

Orik richtete sich auf. »Wie kann ich helfen?«

»Man hat unserer Abteilung einen Fall übertragen, der – wie soll ich sagen – heikel ist.«

Wuelfenstrat sah ihm in die Augen. »Mir ist nicht entgangen, dass Sie seit längerem Anspruch auf eine Beförderung hegen, mein lieber Oberst.«

Orik blickte so ausdruckslos wie möglich.

»Geben Sie's ruhig zu. Ist nichts Anstößiges.«

»Sagen wir, ich bin nicht abgeneigt.«

»Gut. Zeigen Sie mir, dass Sie es verdient haben.«

»Sie sprachen von einem Fall.«

Wuelfenstrat grinste und packte ihn bei den Armen. »Sie sind mein Mann.«

Er erhob sich und begann auf- und abzulaufen. »Es handelt sich um … einen Fall, von dem die Öffentlichkeit unter keinen Umständen erfahren darf. Eine Frau wurde ermordet.«

»Tötungsdelikt. Das hatten wir länger nicht mehr. Jedenfalls nicht offiziell.«

»Das Besondere ist nicht der Mord an sich.«

»Sondern?«

»Woran sie arbeitete. Diese Frau war illegal tätig. Wie soll ich sagen …« Wuelfenstrat blieb vor ihm stehen. »Ihr Arbeitsgebiet existiert weder theoretisch noch praktisch.«

»Ich verstehe nicht.«

»Es geht um Schrift. Die Tote hat eine eigene Schrift entwickelt.«

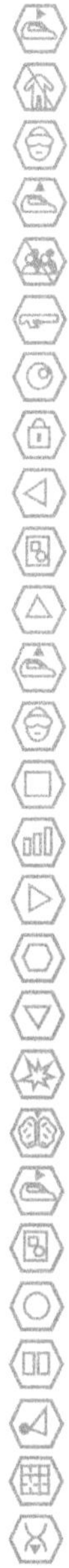

4

Endlich eine Aufgabe, die ihn forderte, die ihm geistige Höhenflüge bescherte. Der dumpfe Trott des Daseins hatte ihn mit Abscheu erfüllt. Orik sog die Bilder in sich auf, die vor seinen Augen vorbeizogen.

Eine Wand in Holzoptik, daran befestigt Fotoausdrucke mit privaten Motiven:
- Zwei Frauen, Arm in Arm. Blond. Rothaarig.
- Marienkäfer, der auf einer Hand herumkrabbelt
- Hinterkopf einer Frau vor abstraktem Gemälde (möglicherweise eine Arbeit von Inro-Kiechter)
- Ecke eines Fotos, das jemand heruntergerissen hatte …

Orik richtete den Fokus nach unten und trug weitere Details zusammen: Eine Kiste mit Patronen aus einem Speisendrucker-Abo. Daneben ein umgestürzter Ablagetisch aus Metall. Am Boden verstreut: graue Plastikwürfel in diversen Größen, dazwischen ein goldener Armreif und eine intakte, halbvolle Flasche Kweichow Maotai. Vereinzelte Blutstropfen auf dem Parkett, in Linie zum Eingang.

An der Rückseite der Wand eine Wäschetruhe und ein beweglicher Garderobenständer mit weißen Blusen, dazu Hosen und Minikleider, durchweg in Schwarz. Rechts daneben das Bett mit aufgeschlagener Decke und eingedrücktem Kopfkissen. Haarspuren, rot. Halt - auch blond. Die altmodische Lampe auf dem Nachttisch leuchtete noch.

Im Staub unter dem Bett ein Ohrstecker-Verschluss und eine vertrocknete Rosine. Zwei große Fenster im

Dunkelmodus. Oberlicht ausgeschaltet. Gegenüber dem Bett drei Schiebetüren, aufgezogen, der Inhalt durchwühlt.

Weiter in den Flur, zum hinteren Bereich der Wohnung. Links das Badezimmer. In der zugeschalteten Nachtsicht erschienen Glasfläschchen und Kosmetikbehälter vor dem runden Spiegel. Dusche, Toilette, nichts Auffälliges. Aus dem Zimmer am Ende des Korridors drang Licht. Eine Schublade, halb offen: Gabeln, Löffel und Messer in bunter Mischung. Beschmierte Wand hinter dem Esstisch. Am Boden, neben dem umgerissenen Stuhl, lag jemand.

Ihre Augen waren auf die Zimmerdecke gerichtet, als suchten sie dort etwas. Die linke Hand schien nach dem Rocksaum zu greifen. Ihre weiße Bluse war voller Flecken. Sie lag ausgestreckt in einem dunkelroten See und umklammerte mit der Rechten das Messer in ihrem Bauch.

»Speichern und Ende.«

Orik stand vor dem Eingang zur Wohnung und streckte die Finger aus. Kleiner als ein Golfball, schwebte der Pionier zu ihm zurück und schmiegte sich in seine Handfläche. Er steckte die Sonde ein. Die Auswertung war schon im Gange.

Er wandte sich um. »Wer hat sie gefunden?«

Domrich, sein neuer Auszubildender, fuhr sich nervös über den blaugrau gefärbten Kurzhaarschädel, aber er war vorbereitet. »Ihre Freundin.«

»Die blonde Frau auf dem Foto. Name?«

»Karna Rolenka.«

»Veranlassen Sie die Vernehmung.«

»Wird erledigt, Herr Oberst.«

Er sah Domrich schief an.

»Wird erledigt, *Orik.*«

»Kommen Sie mit.«

Die beiden betraten den Flur und nahmen den Geruch des Todes wahr.

»Was denken Sie, Domrich?«

»Sexualdelikt ... scheidet aus. Soweit ich die Übertragung mitverfolgen konnte, war die Leiche vollständig bekleidet. Ich denke, wir haben es mit Raubmord zu tun.«

Orik lächelte in sich hinein. »Und was bringt Sie darauf?«

»Niedermilieu. Hier treibt sich dieses Schattenvolk herum. Töten für alles, um damit ihre Dosis *Hexarin* zu bezahlen. Das Opfer besaß einen Speisendrucker. Platin-Edition, sehr teuer.«

»Die leeren Patronen, hm?«

Domrich nickte. »Das Gerät ist weg. Hier, ich zeig Ihnen ...«

Oriks Arm schnellte hoch und hielt Domrich auf. »Was habe ich gesagt? Den Tatort ...«

»... immer zuerst mit den Augen begehen, danach erst mit den Füßen«, stammelte Domrich.

»Na, also. Was sehen Sie? Schauen Sie hin.«

»Ohne Sonde?« Domrich spielte mit und musterte das Parkett. »Eine Schnapsflasche, Würfel mit Medikamenten, goldener Armschmuck ...« Er sah auf. Oriks bohrender Blick forderte ihn zum Nachdenken auf. »Vielleicht musste es schnell gehen, und er hat den Armreif übersehen ...«

»Warum nicht, Domrich, ist eine Theorie. Dafür nahm sich er *oder sie* aber alle Zeit der Welt, sämtliche

Fächer aufzureißen und gründlich zu durchwühlen. Und ließ auch noch *das* da drüben stehen.« Orik zeigte auf den *Luxor*-Projektor am Wandvorsprung gegenüber dem Bett. »Halb so schwer und dafür doppelt so teuer wie dieses Platin-Dings. Hören Sie mir zu?«

Domrich wirkte unkonzentriert. Seine Pupillen hatten eine hellblaue Farbe angenommen. »Ich bekomme gerade was rein. Die Ergebnisse der Analyse. Alles deutet auf Raubmord. Die Kollegen evaluieren den Täterkreis.« Ein Anflug von Genugtuung in seinem Blick.

Orik zuckte mit den Schultern. »Vielleicht sollten wir unsere Arbeit doch ganz den Sonden überlassen. Hm, was meinen Sie?« Er ließ Domrich seinen Blick spüren. »Wissen Sie, Domrich, ich habe in meiner Laufbahn viele Orte wie diesen gesehen, aber hier stinkt es. Und damit meine ich nicht die Leiche.«

»Der Pionier hat doch alles aufgezeichnet.«

Orik seufzte. »Ja, das ist wahr, sicher. Hören Sie, ich habe eine wichtige Aufgabe für Sie: Befragen Sie die Nachbarn. Vielleicht haben die was mitbekommen. Enttäuschen Sie mich nicht. Zeichnen Sie alles auf. Und aktivieren Sie Ihre Ortung, damit ich Ihnen zu Hilfe kommen kann, falls …"

„Falls?"

„Manche Menschen reagieren unberechenbar auf Fragen. Gehen Sie. Ich mach die Routinearbeit.«

Sein Gegenüber wandte sich zum Gehen.

»Ach, Domrich, eins noch.«

»Ja?«

»Spekulieren Sie nie, bevor Ihnen alle Tatsachen bekannt sind.«

»Werde ich mir merken, Herr Oberst.«

Orik war allein. Er blickte auf die leblose Frau. »Was hast du mir zu sagen, Symi Landergild?« Er beugte sich über ihr Gesicht. Dunkle Augen, lange Wimpern, die Nase mit leichtem Schwung nach oben. Sie war hübsch. In ihren aufgerissenen Augen sah er den Ausdruck des Erstaunens. Nach kurzem Zögern setzte er sein Visier auf und sah sich die Ergebnisse der Analyse an. Links oben zeigte ein blauer Punkt an, dass Domrich auf dem Weg zu den Nachbarn war. Im Hauptschirm sah Orik eingeblendete Blutergüsse, Kratzspuren und Prellungen. Kein Sperma. Hier war es hoch hergegangen. Eine Kämpferin. Fingerabdrücke wurden über Hautpartien der Leiche eingeblendet. Daneben erschien das Porträt einer jungen Frau. Ihre Freundin. Klar, sie hatte Symi gefunden, da zieht man keine Handschuhe an.

Orik inspizierte die linke Hand. Eine DNA-Spur unter Symis abgebrochenem Fingernagel. Männliche Person. Er rief das Foto auf und fluchte. Graue Fläche, nur ein Platzhalter. Identität unbekannt. »Wer bist du?«, murmelte Orik. Einer Eingebung folgend, durchschritt er die Wohnung und inspizierte die Blutstropfen auf dem Parkett am Eingang. Richtig vermutet: Sie gehörten nicht zum Opfer.

Du schaffst es in Symis Wohnung. Irgendwie. Sie flieht vor dir. Du wirst von ihrem Küchenmesser verletzt. Es endet in ihrem Bauch. Und du willst mir weismachen, das sei ein simpler Raubmord gewesen.

Orik starrte die durchwühlten Schubfächer an. Wonach hatte der Mann gesucht?

Pling! Im Visier erschien das Gesicht seines Vorgesetzten. »Störe ich?«

»Keineswegs«, log Orik.

»Ich habe meiner Frau von Ihrem Geschenk erzählt. Wir sind gerührt, meine Frau und ich.«

»Ist doch kein Thema. Gern geschehen. Also, ich bin gerade mit der Ermittlung …«

»Heute Abend gebe ich eine private Feier in meinem Haus. Kleiner, diskreter Kreis. Wollen Sie meiner Frau und mir die Freude machen vorbeizukommen?«

Er war sich der Ehre bewusst, dennoch wand sich Orik. Er hasste nutzloses Herumstehen. Plaudern war eine Sprache, die er nicht beherrschte und noch weniger mochte.

»Außerordentlich liebenswürdig von Ihnen und Ihrer Gattin. Leider vereinnahmt mich der Fall …«

»Ach, der Mord. Sicher, Sie haben Recht. Eine Angelegenheit von Bedeutung. Funktioniert der Pionier, zeichnet er korrekt auf?«

»Ja, sicher.« Worauf wollte er hinaus?

»Dann ist die Analyse bestimmt schon durch, und Sie könnten heute Abend zu uns … Aber es liegt uns fern, Sie zu nötigen.«

»Die der Sonde, meinen Sie.«

»Ja, genau. Die Analyse der Sonde, die zählt doch.«

Hatten sich heute alle gegen ihn verschworen? Orik zwang sich, ruhig zu bleiben. Er musste achtgeben. Immerhin verwahrte Wuelfenstrat ein Geheimnis: Die Aufnahme von Orik und seinem Bruder Hanrod, über Seiten mit Text gebeugt. Damit wusste nicht nur Alwing, sondern nun auch sein Vorgesetzter, dass er lesen konnte. Dies war wohl auch der Grund, ihm die Sache mit der toten Schrift-Entwicklerin zu übertragen. Orik kam ein Gedanke.

»Herr Generalleutnant, ich habe eine Frage.«

»Bitte.«

»Sie sagten, das Opfer habe mit Schrift zu tun gehabt.«

»Das habe ich Ihnen anvertraut, korrekt.«

»In der Wohnung deutet nichts darauf hin.«

»Und die Frage?«

»Was brachte Sie darauf, dass die Frau dieser illegalen Tätigkeit nachgegangen sein könnte?«

Sein Vorgesetzter legte die Stirn in Falten. »Bevor ich Sie zu mir rief, Oberst, habe ich mir die Akte des Opfers vorlesen lassen. Die Dame steht auf unserer Fahndungsliste. Delikte in Zusammenhang mit der Entwicklung einer Schrift. Und Sie haben am Tatort nichts entdeckt?«

»Die Sonde. Die Sonde hat nichts gefunden.«

»Schon klar. Darum habe ich einen kompetenten Ermittler von Ihrem Kaliber darauf angesetzt. Ich bin sicher, Sie kümmern sich darum.«

»Das werde ich.«

»Sehr gut. Wie macht sich mein Neffe?«

»Ihr …« Orik schluckte.

»Ich dachte, Domrich ist bei Ihnen in den besten Händen. Er ist wissbegierig, ein Sonden-Spezialist, möchte lieber heute als morgen Stabsoffizier werden.«

»Das glaube ich«, sagte Orik tonlos.

»Meine Frau und ich haben allerlei für unsere Gäste vorbereiten lassen. Enttäuschen Sie uns nicht, insbesondere meine Frau ist sehr … Ich schick Ihnen die Details.«

Das war keine Bitte.

»Ich freue mich. Bitte grüßen Sie Ihre Gattin.«

Wuelfenstrat verschwand. Orik atmete durch.

Gattin. Neffe. Onkel.

Die Feier würde lästig werden, aber momentan überwog ein Gefühl der Verunsicherung, was seine Ermittlungen betraf. Orik beschloss, Wuelfenstrat und seinen jungen Aufpasser so gut es ging aus dem Fall herauszuhalten, bis er mehr herausgefunden hatte.

Während sich Ort und Zeit der Geburtstagsfeier summend in seinem Kalender einnisteten, begab sich Orik zurück zur Leiche und ließ seinen Blick auf ihr ruhen. Wenn Symi wirklich das war, was man von ihr hielt: Wo war der Beweis? Orik hatte keine Ahnung von Schriftgestaltung, aber er konnte sich nicht vorstellen, dass man so etwas ohne Instrumente entwickeln konnte – Lineale, Formgeber, was auch immer. Oder wenigstens Ergebnisse ihrer Arbeit.

Im vorderen Bereich der Wohnung befand sich nichts von Belang: Bett, Garderobe, das Übliche. Die durchwühlten Schubfächer enthielten nichts Interessantes. Jedenfalls nicht mehr. Selbst die Bilderrahmen an den Wänden enthielten nur abstrakte Kunst. Waren die Bilder von Symi gemalt? Auch hier kein Schriftzug, nirgends, nicht einmal eine Signatur.

Der Kampf im Zimmer am Ende des Flurs ging Orik nicht aus dem Kopf. Warum hatte sich Symi an einen Ort zurückgezogen, der am weitesten vom Eingang entfernt lag? Vielleicht hatte sie hier nach dem Messer gegriffen. Aber ohne Fluchtmöglichkeit. Oder vielleicht doch? Das einzige Fenster zeigte auf den Hof, aber in mindestens zehn Metern Höhe. Er öffnete das Fenster und lehnte sich hinaus. Am Boden nichts als Beton. Rechts an der Hauswand eine Außentreppe, aber außer Reichweite. Glatte Wand, keine Vorsprünge.

Er wandte sich wieder dem Zimmer zu und untersuchte jeden Winkel, wobei er darauf achtete, dass seine Schuhe nicht in die Nähe der Blutlache kamen. Symi hatte den Raum offenbar zum Essen genutzt. Auf der Ablage befanden sich Teller und Besteck mit klebrigen Resten. Wasserkocher, Tablettenspender für Tee. Daneben eine hell eingefärbte Fläche. Dort konnte der Speisendrucker gestanden haben, den der Täter mitgenommen hatte, um den Raubmord vorzutäuschen. Orik sah ins Kühlfach. Es war gefüllt mit schwarzen Patronen, die sich nur durch die aufgedruckten Abbildungen unterschieden: Sushi, Pizza, Nudeln. Er spürte, wie sich sein Magen verkrampfte. Das alles brachte ihn nicht weiter.

Sein Blick folgte den Blutspuren an der gegenüberliegenden Wand bis zur Decke. War das da oben eine Lüftungsöffnung? Manche Wohnungen hatten einen Dunstabzug – für Bewohner, die ihr Essen selbst kochten. Aber die Öffnung zeigte gewöhnlich nach draußen, nicht in die Nachbarwohnung.

Er aktivierte sein Visier und diktierte Befehle. Der Etagenplan füllte sein Gesichtsfeld. Orik holte das letzte Zimmer der Wohnung näher heran. Sein Verdacht wurde zur Gewissheit: Der Raum, in dem er stand, war auf dem Grundriss doppelt so breit wie in der Realität. Und wo war das zweite Fenster hin? Sein Jagdinstinkt erwachte.

»Aktiviere Thermografie.«

Das Wärmebild gab nicht viel her. Respekt, Symi, du hast an alles gedacht und die Rückseite gedämmt.

Deshalb hatte die Sonde auf die falsche Wand nicht reagiert. Orik bemerkte in der beschmierten Fläche eine sehr feine Linie. Ein Umriss wurde sichtbar. Das musste der Zugang sein!

»Was machen Sie da?«

Orik erstarrte. Wie lange stand Domrich schon in der Tür? Sein blauer Punkt blinkte noch immer in der Nachbarwohnung. Es musste seltsam aussehen, wie Orik da neben der Leiche auf dem Boden kniete und mit den Händen die Wand entlangfuhr. Oriks Knie knirschten, als er sich mühsam erhob.

»Die Blutspuren an der Wand stammen nicht nur vom Opfer, sondern von einer weiteren Person … Sie sind durch mit Ihren Befragungen?«

Domrich nickte.

Orik stellte sich vor die Leiche. »Na, dann machen Sie sich mal an die Auswertung.«

»Geht klar, Oberst.«

»*Orik*. Wann merken Sie sich das?«

»Alles klar, Orik.« Er wandte sich um.

»Und, Domrich, irgendwas stimmt nicht mit Ihrer Ortung. Kümmern Sie sich darum.«

5

In der Sekunde, als er dem Draxi entstieg, bereute Orik seine halbherzige Zusage, Wuelfenstrats *Feier im kleinen Kreis* beizuwohnen. Vor der Auffahrt zum Wohnsitz seines Chefs hatte sich eine Fahrzeugschlange gebildet. Bambus-Fackeln säumten die Stufen zum Eingang, wo sich glatzköpfige Empfangsdamen in roten, tief dekolletierten Roben um die eintreffenden Gäste und deren extravagante Mäntel kümmerten. Bevor Orik auf den Gedanken kommen konnte, hielt er schon eine Schamvin-Schale in der Hand. Das Dienstpersonal geleitete ihn zum Empfang.

»Oberst Adamant, welch eine Freude, Sie in unserem Haus zu begrüßen!« sprach ihn Mirtha Wuelfenstrat an. Ihr Mann klebte an ihrer Seite und grinste. Sie tippte Orik auf die Schulter. »Wir *müssen* uns *unbedingt* unterhalten!«

»Unbedingt«, gab Orik zurück, als ihm sein Nachrücker in die Hacken trat. Orik ließ sich das Glas mit Schamvin auffüllen und stellte sich an die Seite, um dem Andrang zu entgehen. Nur ein paar Minuten, nahm er sich vor, dann würde er bei der ersten Gelegenheit unauffällig verschwinden. *Piktografischer Abgang.* In seinen Gedanken war er ganz woanders. Symis Versteck, es lag zum Greifen nah! Endlich würde er sich Zugang zu ihrem verborgenen Zimmer verschaffen und das Innere in Ruhe untersuchen. Seinen Auszubildenden hatte er nach Hause geschickt.

»Zum Buffet hier entlang«, wies ihm der Mann mit dem weißen Handschuh den Weg. Widerwillig begab sich Orik mit den anderen in den weit verzweigten Wohntrakt. Für die Feier hatte man die Räumlichkeiten umdekoriert. Viel Aufwand, wenig Geschmack.

»Darf ich Ihnen eine Vorspeise anbieten?« Eine der kahlgeschorenen Bediensteten hielt ihm eine Silberplatte entgegen. Er musterte ihr schmales Gesicht und die fremd anmutende Spezialität.

»Suschini-Blüten mit frischem Pamento-Rocetta«, assistierte sie.

Er griff zu und sah ihr nach, als sie ihre Runde fortsetzte. Die anderen Gäste standen in kleinen Gruppen und schoben sich Häppchen in den Mund. Orik bemerkte ein älteres Ehepaar, das auf ihn zusteuerte.

»Guten Abend, Herr Adamant«, nuschelte die Dame durch ihre mehrfach retuschierten Lippen.

»Wir kennen uns …?«

»Nein, noch nicht, aber Brogan spricht von Ihnen in höchsten Tönen. Ich bin seine Sikune und habe bei der Vorbereitung der Feier mitgewirkt.«

»Ein sehr gelungenes Fest.«

»Vielen Dank. Ich hörte, Sie residieren im schwarzen Viertel?«

»Im Zentrum, ja. Aber die Bezeichnung …«

»Wie ausnehmend interessant«, unterbrach ihn die Dame. »Ich kenne sonst niemanden, der im schwarzen Viertel lebt. Ist das nicht überaus gefährlich? Inmitten dieser Barbaren – ich glaube, man nennt es Schattenvolk.«

»Gefährlich? Nein, das würde ich nicht sagen. Wenn man sich an die Zeiten hält.«

»Mein Mann könnte Ihnen ein exquisites Häuschen im Südkreis vermitteln. Meinst du nicht?« Sie gab ihrem Gatten einen Stoß, während der gerade nach einer Suschini-Blüte langte.

Orik gab beiden die Hand. »Das ist sehr freundlich von Ihnen, ich komme gern auf Ihr Angebot zurück. Wenn Sie mich für eine Minute entschuldigen …«

Hastig trat er den Rückzug in einen der Nebenräume an. Er trat durch die Tür. Drei Herren mit Schamvin-Gläsern in den Händen standen ihm gegenüber. Sie trugen ihre Visiere im aktivierten Modus. Aus Höflichkeit schaltete auch Orik sein Visier an und erfuhr, dass es sich um den Vorstand seiner Abteilung handelte.

»Dein Bild sei unser«, grüßten sie im Chor.

»Unser sei dein Bild«, antwortete Orik.

Der Mann zu seiner Linken ergriff das Wort: »Ich muss schon sagen, Oberst. Unser Geburtstagskind scheint zufrieden mit Ihrer Arbeit, wenn er Sie zu sich nach Hause einlädt.« Die anderen nickten.

»Das hoffe ich.«

»Wie gefällt es Ihnen?«

»Die Feier?«

»Nein, das Haus. Sie hätten bestimmt nichts dagegen, ähnlich zu leben.«

»Nun, das würde ich gern. Ich kann es mir allerdings nicht leisten.«

»Da haben Sie wohl recht.« Sein Gegenüber nahm einen Schluck, und die anderen taten es ihm nach, während Orik sich am leeren Glas festhielt. Der Mann rechts von ihm schaltete sich ein: »Sie haben sicher von den Reformbestrebungen gehört. Wie ist Ihre Meinung?«

Orik gab sich alle Mühe, dem Blick des Mannes

standzuhalten. »Unser Großer Piktosoph hat das Volk aus der Tyrannei befreit und unsere fortschrittliche Wertegemeinschaft im Ikonokratischen Staatenbund vereint. Für ein Leben in Frieden.«

»Sehr schön. Aber Hand aufs Herz, ein bisschen frischer Wind kann doch nicht schaden, oder?«

»Ich wüsste nicht, wozu. Es geht allen gut.«

»Gewiss, da haben Sie recht. Aber diese Kleinstaaterei und die ewigen Abstimmungen … Wäre es nicht an der Zeit, dass wir unsere Hauptstadt zum Zentrum einer neuen Ordnung erheben? Natürlich unter der Führung des Großen Piktosophen.«

Orik schüttelte den Kopf. »Wir haben alles erreicht, wofür es sich zu kämpfen lohnt. Es mag Subjekte geben, die das anders sehen…«

»Sie meinen den feigen Anschlag auf unseren Bildungs-Tribun«, warf der Mann zu seiner Linken ein.

Orik blickte fragend.

»Sie wissen nichts davon, dass diese Bande auf das Kolibri-Haus geschossen hat? Glücklicherweise befand sich die Familie im Garten.«

Orik spürte seine trockene Kehle. »Wer unseren Idealen entgegensteht, muss mit härtesten Konsequenzen rechnen.«

Die Männer wechselten Blicke.

»Wie geht es mit Ihrem Fall voran?«, erkundigte sich der Mann in der Mitte. »Brogan setzt großes Vertrauen in Sie. Und wir auch.«

»Nun, wir befinden uns in der Auswertung.«

»Sehr gut.«

»Eigentlich müsste ich vor Ort sein und meine Untersuchung …«

»Aber da kam die Einladung zu dieser Feier dazwischen. Wie bedauerlich.« Die Männer lachten und prosteten sich zu.

»Oh, wie unhöflich von mir«, sagte der Herr zu seiner Linken. »Kommen Sie, wir besorgen Ihnen was, damit Sie ihr Glas nachfüllen können. Und wir wollen doch noch den Rest der Tombola erleben.«

Tombola? Bloß das nicht, dachte Orik. »Bitte verzeihen Sie, ich komme gleich nach.« Orik steuerte den nächstgelegenen Korridor an und bog um die Ecke. Am Ende des dunklen Gangs tönte eine Opernarie durch die halb angelehnte Tür. Klang nach *Auf denn, zum Feste*. Aus der Ferne nahm Orik eine Bewegung im Zimmer wahr. Aus Neugier schaltete er auf Nahaufnahme. Durch den Türspalt sah er das Profil einer jungen Frau. Er erkannte sie. Die Servierdame mit den Suschini-Blüten. Sie stand regungslos da, wirkte angespannt. Große Hände legten sich auf ihren Rücken. Langsam schoben sie die Träger des Kleids über ihre Schultern. Die rote Robe fiel zu Boden. Während die Hände ihre Brüste umfassten, schob sich ein Kopf ins Bild. War das … Wuelfenstrat?

»Er macht sich nicht mal die Mühe, die Tür zu schließen.«

Orik fuhr herum und starrte in das Gesicht der Gastgeberin. »Frau Wuelfenstrat!«

»Ich muss doch bitten«, lallte sie. »Nennen Sie mich Mirtha.« Ihr Glas polterte auf den schweren Teppich.

Orik hob es auf und nahm ihren Arm, um sie zu stützen. »Wir sollten zurück zu den anderen.« Er suchte nach tröstenden Worten und fand einen Sessel, in den sie sich fallen lassen konnte.

»Wir müssen uns *unbedingt* unterhalten«, murmelte sie und hatte Mühe, die Augen offen zu halten.

Orik blickte auf das Uhrensymbol in seinem Visier. Er wollte längst weg sein. »Ein anderes Mal. Soll ich Ihnen ein Glas Wasser bringen?«

»Es geht mir gut. Gehen Sie.« Sie sah ihn an. »Das bleibt unser Geheimnis.«

»Selbstverständlich.«

Sie war schon eingeschlafen.

Orik schlängelte sich durch die Menschentraube im Wohnzimmer.

Zum Abschluss der Tombola richtete die ältere Dame, die sich ihm als Wuelfenstrats Sikune vorgestellt hatte, ein paar Worte an das Publikum. »Unser herzlichster Dank gilt Ihnen, den großzügigen Spendern! Mit Ihrer Unterstützung können wir das Rückführungsprogramm weiter ausbauen und auf zusätzliche Mitgliedsländer ausdehnen. Lauranien, Markland, Arkonia.« Sie strahlte vor Stolz. »So holen wir die Grenzflüchtigen an den Ort zurück, wo sie für den Wiederaufbau gebraucht werden. In ihre Heimat.«

Die Gäste applaudierten, und die drei Herren aus dem Vorstand riefen »Bravo!«.

Orik tat so, als hätte er sie nicht gesehen und wandte sich dem Ausgang zu. Eine auffallend große Frau kam ihm entgegen. Der lange seitliche Schlitz an ihrem Abendkleid betonte ihre eisern trainierte Figur und zog Blicke auf sich. Auch das noch, dachte Orik und setzte ein schwaches Lächeln auf. »Locruzia, was lockt dich hierher?«

Ihre dunkelbraunen Augen musterten ihn. »Du

scheinst dich nicht zu freuen. Warum gehst du mir aus dem Weg?« Sie stellte ihr Glas ab und rückte an ihn heran. Er roch ihr schweres Parfüm.

»Lass die Spielchen«, zischte Orik und wand sich aus ihrer Umarmung. »Du kennst die Regeln.«

»Komm schon, wir haben Spaß gehabt.«

Als sie an seinem Ohr zu nesteln begann, wedelte er ihre Hand weg wie eine lästige Wespe.

Sie wirkte beleidigt. »Meine Güte, was habe ich getan?«

»Nichts, du hast mich in Gefahr gebracht.«

»Wie meinst du das?«

»Erpar mir das. Du wusstest, dass ich für das Ministerium arbeite.«

»Das ist nicht wahr, ich hatte keine Ahnung.«

»Und das soll ich glauben? Wer weiß noch von uns? Na los, sag es.«

»Niemand. Ehrenwort!« Sie legte die Hand auf seine Schulter und senkte die Stimme. »Jetzt beruhige dich! Die Leute schauen zu uns rüber.«

Orik wechselte das Thema. »Was machst du hier?«

Sie zuckte mit den Schultern. »Brogan hat mich eingeladen. Er empfindet meine Gegenwart als angenehm.«

»Ihr duzt euch?« Orik erstarrte. »Halt mal, jetzt wird mir einiges klar. Der achte Ermittler … *Du* bist das, Locruzia. Du arbeitest für meinen Chef. Etwa an meinem Fall?«

»Nein, mein Tisch ist voll mit ganz anderer Arbeit. Ich wollte dir längst sagen, dass mich dein Chef angeworben hat, aber du hast alle meine Nachrichten ignoriert.«

Orik war außer sich. »Weißt du was, ich will nichts davon wissen. Ich hau jetzt ab.« Er ließ sie stehen und eilte dem Ausgang zu.

»Draxi«, rief er in sein Visier.

6

Orik presste die Stirn ans Seitenfenster des Draxis, unter ihm die Lichter der Neustadt. Er wünschte, die Vibration des Fensters könnte sein Gehirn zurechtruckeln, ihn beruhigen. Ab und zu sah er ein bekanntes Gebäude vorbeiziehen auf dem Weg ins Rote Viertel.

Locruzia war nun also eine Ermittlerin. Wann hatte sie sich dazu entschieden? Erst, als sie ihn kennengelernte und erfuhr, dass sie es mit einem Oberst des Großen Dreiecks zu tun hatte? Oder war ihr Job als Dozentin immer schon Tarnung – und war sie auf den Ermittler Orik Adamant angesetzt worden? Für beide Varianten brachte sie alles mit: Intelligenz, Reize, die Fähigkeit, nach wenigen Nächten seine Sicherheitsreflexe abzuschalten und ihr von seiner Arbeit zu erzählen.

Als ihm auffiel, dass er zu weit gegangen war mit seiner Offenheit, sah er klarer, doch es war zu spät. Locruzia arbeitete ein paar Etagen unter ihm, wollte aber hoch hinaus, und das in Turbogeschwindigkeit. Nun bearbeitete sie Wuelfenstrat, und das offenbar mit Erfolg.

Orik zwang sich, etwas anderes zu denken. Dazu waren Domrichs Aufzeichnungen ideal. Das Befragungsprotokoll aller Nachbarn im Mordfall Symi Landergild. Wuelfenstrats Neffe schien die Aufgabe ernst zu nehmen, aber das Fazit ergab – nichts. Niemand hatte Verdächtiges gesehen oder wenigstens ungewöhnlichen Lärm vernommen. Der alte Herr, der Wand an Wand neben Symis Wohnung lebte, hatte nichts gehört. Er verstand nicht mal Domrichs Fragen. Schwerhörig, der Mann.

Orik schaute auf das Ziffernblatt seines Visiers, als das Draxi zur Landung ansetzte. Viertel nach eins. Hinter vereinzelten Fenstern des dunklen Wohnblocks flackerten *Omnivisionen*. Er sah dem Draxi nach, während es Kurs auf die Innenstadt nahm und hinter dem Haus verschwand. Niemand war auf der Straße, abgesehen von zwei Ratten, die sich an der Ablaufrinne balgten. Fäulnis lag in der Luft.

Im Gebüsch vor ihm knackte es und raschelte. Ein Mann, hager und in zerschlissenem Anzug, kroch hervor. Sein blasses Gesicht war gerötet von Ekzemen, die Pupillen geweitet vom *Hexarin*. Als Orik seinen Ausschalter zückte, wich der Hagere einen Schritt zurück. »Alles schwarz! Ich tu dir nix«, sagte er mit kratziger Stimme. »Pack deine Knorre weg.«

»Bleib genau, wo du bist«, befahl Orik und hielt den Ausschalter auf Anschlag.

Sein Gegenüber nestelte mit den Fingern herum.

Trotzdem, einen Versuch war es wert. Orik setzte einen strengen Blick auf. »Warst du gestern Nacht hier, vor dem Haus?«

»Kann sein.« Der Mann kniff die Augen zusammen.

»Und bist du reingegangen?«, wollte Orik wissen.

»Wie denn? Kommen nur Mietopfer rein. Augenerkennung und so. Oder Leute vom *Dreieck*.« Er spuckte aus.

Orik ließ sich nicht aus der Ruhe bringen. »Hast du was gesehen? Jemanden mit einem schweren Gegenstand? Ein Speisendrucker zum Beispiel?«

Der Mann wirkte geistesabwesend, aber das lag nicht an den Drogen. Er sah an Orik vorbei und richtete sich an ein anderes Publikum. »Freunde! Ich hab nen *Tali* zu Besuch. Kommt vom *Dreieck*, stellt komische Fragen.«

Orik hörte hinter sich ein metallisches Scharren. Wenn er sich nicht irrte, kamen die *Freunde* schnell näher. Er hatte nicht vor, sie näher kennenzuleren. Bis zum Hauseingang waren es zwanzig Meter. Vielleicht schaffte er es. Er rannte.

In seinem Nacken hörte er das Geschrei seiner Verfolger. Alle Hecken und Sträucher schienen in Bewegung. Während er Haken schlug, holten die Schatten auf. Im Lauf aktivierte er sein Visier und schrie den Befehl zum Öffnen des Hauseingangs. Gerade, als sich die stählernen Schiebetüren wieder aufeinander zubewegten, stürmte er hindurch.

»44–67«, rief er keuchend in sein Visier. »Schattenvolk im Indigo-Park.«

Erst als er die Etage mit Symis Wohnung betrat, stand die Pulsfrequenzanzeige wieder auf *normal*. Orik bog um die Ecke. Geruch von Linsengelee. Das elektrische Summen vom Ende des Flurs nahm zu, je näher er seinem Ziel kam. Aus dem Halbdunkel hob sich ein scharlachrot schimmerndes X ab, das man vor der Tür aktiviert hatte. Kein X, das da schwebte, sondern ein Sperrkreuz, natürlich. Gibt es Hausbewohner, die wie er ein *X* darin sahen? Er entriegelte die Tatortsperre und trat in die Wohnung.

Erster Eindruck. Reinigungsmittel. Fotoausdrucke an der Holzoptik-Wand: Hand mit Käfer, Frau in der Galerie. Nachdenklich fuhr Orik mit dem Finger über den Stecker mit dem Papierfetzen. Was war wohl auf dem Bild zu sehen, bevor es abgerissen wurde? Vorsichtig löste Orik einen Schnappschuss von der Wand und betrachtete ihn aus der Nähe. Symi lachte ihn an, in den Armen ihrer Freundin. Die Zeugin. Karna. Sie wirkte so anders. Ungeschminkt. Blondes Haar, kurz geschnitten, struppig. Ihr Blick war zur Seite gerichtet, ernst und gedankenverloren. Neben ihr wirkte Symi um so vieles lebendiger. Hatte sie Karna in ihre illegalen Aktivitäten eingeweiht?

Er steckte das Foto ein und ging von Zimmertür zu Zimmertür. Man konnte spüren, wenn ein Mensch nicht mehr da war, der in einer Wohnung gelebt hatte. Seine Leute hatten Symis Leiche fortgeschafft und das Blut vom Boden entfernt. Symis Gegenwart fehlte ihm, als hätten sie in Kontakt gestanden. Orik ging zum Fenster. Draußen rührten Suchscheinwerfer durch die Nacht, sie legten sich auf Plätze und Buschwerk und scheuchten das Schattenvolk vor sich her. Für den Rückweg hatte er keinen weiteren Angriff zu befürchten.

Er wandte sich um und sprach in sein Visier. »Thermografie«. An der Wand zeichneten sich feine Linien ab. So dicht es ging, trat er an die Wand heran. Seine Augen folgten dem Verlauf der Linie bis zum Boden. Ab und zu trat er zurück und sah sich das Ganze aus einem halben Meter Entfernung an, dann trat er wieder dicht an die Wand. Er begann sie Millimeter für Millimeter abzutasten. Auf halber Höhe spürte er einen Widerstand und vernahm ein schnappendes Geräusch. Eine schwarze Fläche war aus der Wand hervorgetreten und ein Bildschirm erwachte. Oben fünf leere, schwarze Felder, unterhalb davon drei Reihen türkis leuchtender Quadrate. Jedes von ihnen enthielt - einen Buchstaben.

War das ein Texteingabefeld? So etwas war nirgendwo mehr im Einsatz. Sprachbasierte Entriegelung mit Hilfe seines Ermittler-Visiers schied damit aus. Das hatte Symi geschickt gemacht. Es half nichts, er musste auf seinen Instinkt vertrauen, um die Sperre aufzuheben. Welches Wort mit fünf Zeichen konnte sie verwendet haben?

Die Tote hatte an Schriften gearbeitet. Streng verboten, deshalb die Vorsichtsmaßnahmen, das geht nur im Untergrund. Du hast nicht mit Zahlen gearbeitet, du bist eine Wort-Tante. Welches Wort gibt eine Frau ein, die mit Schrift … Ja, das könnte … Er gab ALPHA ein.

Nichts passierte. Rechts pulsierte ein hakenförmiges Pfeilsymbol. Sollte er damit das Passwort bestätigen? Er berührte die Taste. Ein Hinweis erschien:

FALSCHE EINGABE - NOCH 1 VERSUCH

Orik starrte die Textzeile an, als könne er sie zum Verschwinden bringen. »Nicht dein Ernst!« Er wandte sich ab, lief auf und ab. Nach einer Weile blieb er stehen und holte das Foto hervor. »Sag's mir! « Sein Blick pendelte zwischen Symi und ihrer Freundin. Was soll's, dachte er. Wenn es schiefging, würde er eben die Wand einreißen lassen, auch wenn ihm das nicht gefiel. Bedeutete zu viel Aufsehen. Diesen Raum hatte er allein entdeckt, er gehörte ihm und so sollte es bleiben. Die anderen wollte er heraushalten, erst recht Locruzia. Er tippte KARNA. Und bestätigte.

Eine Schrecksekunde lang geschah nichts, dann verschwand das Eingabefeld in der Wand. Sanft zischend schob sich eine Tür zur Seite. Ungläubig stand Orik vor der Öffnung. *Das sollte alles gewesen sein?* Er trat hindurch. Hinter ihm schloss sich die Tür, und klickend sprang die grelle Deckenbeleuchtung an.

Der Raum war leer.

Orik stand da und starrte auf die weißen Wände. Es gab Regale, doch sie enthielten nichts. Er war fassungslos. *Jemand musste ihm zuvorgekommen sein, hatte alles leergeräumt.* Mit dem Rücken an der Wand ließ sich Orik langsam zu Boden sinken und streckte seine Beine von sich. Die Deckenlampen summten. Nichts. Aus der Wohnung über ihm hörte er Fetzen eines Streitgesprächs.

Irgendwann erwachte er aus seiner Regungslosigkeit. Sein Blick fiel auf einen schweren, dunkelblauen Vorhang. Reiß dich zusammen, dachte er und richtete sich auf. Er lugte hinter den Sichtschutz: Das zweite Fenster, wie vermutet. Direkt dahinter die Außentreppe. Das wäre Symis Fluchtweg gewesen. Auf demselben Weg musste jemand fortgeschafft haben, was sich gestern noch in diesem Raum befunden hatte.

Orik sehnte sich nach seiner Wohnung. Er trat den Rückweg an. Die Schiebetür öffnete sich. Etwas störte ihn, und sein Blick ging nach oben. Direkt über der Tür war etwas in die Decke eingelassen. Ein Projektor. Kaum wahrzunehmen. Die Betriebsanzeige leuchtete. Orik spürte ein Kribbeln im Bauch.

»*Luxor* abschalten!« rief er.

Vor seinen Augen verschwand das grelle Deckenlicht. Die leeren Regale. Der ganze verdammte Raum löste sich auf. Stattdessen vollkommene Finsternis. Vor ihm leuchtete ein grüner Punkt. Er berührte ihn.

Warmes Licht. Ein völlig anderes Zimmer. Auf dem Boden ein alter Teppichläufer, Regale auf beiden Seiten der Wände, diesmal bis oben gefüllt. In der Ecke, ganz hinten, stand ein Holztisch mit einem Stuhl. Direkt gegenüber: ein schmales Bett. Symi hatte hier länger gearbeitet.

Orik atmete durch und genoss die Entdeckung. Er zog seinen Notizblock aus der Innentasche. Gern hätte er sein Visier benutzt, um alles aufzuzeichnen. Er ließ es abgeschaltet. Sicher ist sicher. Wer konnte schon wissen, ob nur er selbst Zugriff auf seine Aufnahmen hatte. Die Kollegen hatten ihn eine Zeitlang belächelt, wenn er seine Zettelsammlung hervorangelte, obwohl doch die Sonde alles erledigte. Allerdings hatte er seinen Kritzeleien schon öfter entscheidende Hinweise entnommen, also ließ man ihn gewähren. Was sie nicht wussten: Sein Bruder hatte ihm nicht nur das Lesen beigebracht, sondern auch das Schreiben.

Orik klappte die erste Seite in seinem Block auf. Er begann den Raum zu skizzieren und versah die Zeichnung mit Notizen. Seine Sinne waren angespannt, er war hellwach, geradezu euphorisch. Was war das da an der Wand? Zeichnungen. Es waren Umrisse - mal rund, mal eckig - in wechselndem Detailgrad und Entwurfsstadium. Buchstaben! Symi hatte eine eigene Schriftart entworfen. Ungelenk versuchte er, die Formen nachzuzeichnen. Irgendwann brach er ab - zu wenig Talent, keine Übung.

Stattdessen wandte er sich einem der Regale zu und strich mit der Hand über die Rücken der Bücher,

Bildbände und Mappen. Er überflog die Titel. Sein Leben lang hatte er nur zwei Bücher gekannt. Das eine, aus dem Hanrod ihm vorgelesen hatte, das andere in seinem Bettversteck. Die Auswahl an Exemplaren, die vor und hinter ihm die Wände bedeckten, war nicht zu fassen. Wahllos griff er nach einem Band, zog ihn langsam heraus, als könnte er zerfallen. Auf dem Buchdeckel war eine Marmorsäule abgebildet. Der Sockel enthielt einen Text, der ihm nichts sagte, aber Orik gefiel die Schrift, und er notierte die erste Zeile:

SENATVS·POPVLVSQVE·ROMANVS

Er blätterte im Buch, entzifferte Bildunterschriften und einzelne Abschnitte. Die Zeile war demnach eine antike Monumentalschrift. Sie bestand nur aus Großbuchstaben. Kleinbuchstaben, Wortabstände oder Silbentrennung, so las er, waren damals noch nicht bekannt. Um Wörter zu trennen, setzte man Satzzeichen ein. Orik fand sie in der Zeile, die er gerade abgeschrieben hatte. Er schlug die nächste Seite auf.

Abbildungen zeigten, dass die Zeichen auf Grundformen wie Quadrat, Kreis und Dreieck beruhten. Einer Tabelle entnahm Orik, dass die ursprünglich 21 Zeichen später auf 26 erweitert wurden. Aus dem V beispielsweise generierte sich ein U. Diese Sammlung von Buchstaben hatte sich in der Erstzeit als weit verbreitetes Schriftsystem etabliert. Vorhin, auf dem Texteingabefeld, hatte er es selbst angewendet.

Orik widmete seine Aufmerksamkeit der gegenüberliegenden Regalwand. Ein dicker Band fiel ihm ins Auge. Diesmal zeigten die Seiten keine Bilder und Texte, sondern Varianten derselben Zeichenfolge:

ABCDEFGHIJKLMNOPQRSTUVWXYZ ÄÖÜ
abcdefghijklmnopqrstuvwxyz äöüß
1234567890 „;.:-_?!/()&

Er stieß auf Abschnitte mit Überschriften wie *Book Antiqua, Futura, Garamond, Copperplate.* Wie sollte man das aussprechen? Unterhalb davon war immer derselbe Text platziert:

> Zwei flinke Boxer jagen die quirlige Eva und ihren Mops durch Sylt.
>
> **Zwei flinke Boxer jagen die quirlige Eva und ihren Mops durch Sylt.**
>
> Zwei flinke Boxer jagen die quirlige Eva und ihren Mops durch Sylt.
>
> ZWEI FLINKE BOXER JAGEN DIE QUIRLIGE EVA UND IHREN MOPS DURCH SYLT.

So ging das endlos weiter. Geradezu manisch. Was war ein Sylt? Weshalb sollte eine quirlige Eva ... Verschlüsselung? Dann entdeckte er Unterschiede. Mal wirkten die Buchstaben kräftiger und nüchtern. Einige sahen verspielter aus und hatten kleine An- und Abstriche. In der Erläuterung wurden sie *Serifen* genannt. Sie sollten bei großen Textmengen die Lesbarkeit erhöhen. Er machte sich Notizen – und betrachtete seine Handschrift. Nie hatte er ihr solche Aufmerksamkeit geschenkt, höchstens damals beim Einüben.

Nach dem Zufallsprinzip zog er weitere Bücher hervor. Er setzte sich auf die Bettkante in der

Zimmerecke und legte die Bücher neben sich ab. Das oben liegende klappte er auf. Eine Doppelseite zeigte den Abdruck einer gitterförmigen Anordnung uralter Zeichen. Jeder erste Buchstabe eines Satzes war mit roter Farbe hervorgehoben. Vermutlich auch dies, um die Lesbarkeit zu verbessern.

Dennoch verstand Orik kein Wort. Der Beschreibung zufolge handelte es sich um religiösen Inhalt in lateinischer Sprache. *Wozu eine andere Sprache? Die man nicht versteht? Bedeutet religiös, dass es unverständlich sein muss?* Er kannte nur die Schrift, mit der er aufgewachsen war. Zwei Seiten weiter erfuhr er, dass es sich um eines der ersten gedruckten Bücher handelte.

Zuvor hatte man Jahre benötigt, um ein einziges Exemplar fertigzustellen. Da war der Text noch handschriftlich und mit kunstvollen Ausschmückungen auf Pergament übertragen worden, ohne dass die Buchstabenpinsler wussten, was sie da schrieben. Durch das Druckverfahren ließen sich Bücher wesentlich schneller und billiger produzieren. Ihre Verbreitung als Wissensträger und damit der Zugang zu Wissen waren nicht länger auf einen elitären Kreis beschränkt. Obwohl auch dieses Exemplar noch nicht ganz ohne Handarbeit entstanden war. Die rote Farbe, die Orik aufgefallen war, hatte jemand nach dem Druck per Hand aufgetragen.

Orik machte es sich bequem auf dem Bett und zog ein weiteres Buch aus dem Haufen. Er sah Beispiele für Schriften mit floralen Elementen oder solche, die vom Reißbrett kamen. Hier stieß er wieder auf *Futura*. In einem anderen Band bemerkte Orik verblüffende Ähnlichkeiten zwischen Hieroglyphen aus der Zeit der

Pharaonen und jenen Bildsymbolen, die er von seinem Visier gewohnt war.

Ein paar Seiten weiter stolperte er über Texte in weiteren Sprachen, die er nicht verstand. Völlig rätselhafte Wort- und Buchstaben-Kombinationen. Orik entdeckte Zeichen, die aus winzigen Kästchen zusammengesetzt waren. Sie nannten es *Pixel*. Er blätterte weiter, las von *Runen, Letraset-Rubbelbuchstaben, Ausgangsschrift, Fraktur, Schreibmaschinentypen, Graffiti*, Schriften für *Telefonbücher, Filmplakate* ... Wörter, die er lesen, aber nicht verstehen konnte. Die Zeichen begannen vor seinen Augen zu tanzen. Orik hatte jegliches Zeitgefühl verloren.

Und sank in Symis Kissen.

7

Orik schrak hoch. Er lag im Bett, aber nicht in seinem eigenen. Der Kopf dröhnte, sein Mund war ausgetrocknet. Da war eine Bewegung. Aus der Unschärfe trat ein Gesicht hervor: Zerzauster Blondschopf, eisblaue Augen. War das … Symis Freundin? Karna Rolenka.

Sie hielt etwas in der Hand. Genauer gesagt, sie richtete es auf ihn. Dieser glänzende Stab … *der gehört doch mir. Mein Ausschalter.* Sein Puls hämmerte. Wie dumm, sich derart überrumpeln zu lassen. Er hob die Hände und wollte sich aufsetzen.

»Halt, langsam!« Karna hielt ihm die Waffe vors Gesicht. »Wer sind Sie? Was machen Sie hier? Wie sind Sie reingekommen?«

»Viele Fragen auf einmal«, sagte er. »Passen Sie auf mit dem Ding.«

»Sie … haben … Symi umgebracht.« Ihre schmalen Lippen zitterten.

Er musste sie erst einmal beruhigen. »Ich versichere Ihnen, dass ich Ihrer Freundin nichts angetan habe«, betonte er. »Im Gegenteil. Ich bin hier, um Ihnen zu helfen. Lassen Sie mich …« Orik griff nach seinem Notizblock. Ein Fehler, dachte er noch, als er das Klicken des Abzugs hörte.

»Halt, warten Sie!«

Blaue Blitze schossen hervor. Ozongeruch. Seltsam, der Elektroschock ging nicht in seine Richtung. Karnas Schrei verklang, als sie zusammenbrach. Der Ausschalter landete klappernd neben ihr. Jetzt habe ich ein paar Probleme, dachte Orik, als er das erhitzte Gerät an sich nahm.

Erstens war das seine Dienstwaffe. Und er hatte nicht auf sie aufgepasst. Zweitens war sie durch Fremdbenutzung unbrauchbar geworden. Er würde den Vorfall melden müssen, um sie reaktivieren zu lassen. Drittens hatte er eine bewusstlose Zeugin in einem Zimmer, das es viertens gar nicht gab.

*

Domrich stand unter Strom: Immer noch kein Zeichen vom Oberst. Seit einer halben Stunde war Dienstbeginn, zu dieser Zeit hätte Domrich längst irgendwelche Aufgaben ausgeführt, die ihm Oberst Adamant übertragen hätte. Das passte nicht zu ihm. Gestern schon hatte sich sein Ausbilder seltsam verhalten.

Domrich hatte ihn in dieser merkwürdigen Pose überrascht: auf Knien neben Symi Landergilds Leiche, Hände an der Wand. Unter einem Vorwand hatte er Domrich weggeschickt. Ihm war klar, dass er noch viel zu lernen hatte, aber er war nicht blöd. Diese Wand hatte eine Bedeutung.

Seine Ahnung hatte sich bestätigt, als er Adamants Anordnung Folge leistete und die Funktion seiner Ortung überprüfte. Natürlich war kein Defekt festzustellen, aber etwas anderes weckte seine Aufmerksamkeit: eine Sprachnachricht im Dienstkanal. Der Oberst hatte noch mitten in der Nacht eine Einsatzgruppe angefordert. Die Markierung seiner Position befand sich in der Nähe von Symi Landergilds Wohnung. Er war also noch mal dagewesen.

Domrich hatte versucht, den Oberst zu erreichen, aber dessen Visier war abgeschaltet. Auch jetzt noch. Hinderlich, dieses Ding. Steckte der Oberst in Schwierigkeiten? Er lief schneller. Die Siedlung, in der sich der Tatort befand, kam in Sichtweite.

*

Orik atmete auf. Das Ärmelende ihrer Lederjacke war angesengt, aber es hatte sie nicht allzu schlimm erwischt. Karna Rolenka lag auf dem Bett neben den Büchern, in denen er vor Stunden geblättert hatte. Er ging in die Küche und fingerte eine Pizza-Patrone aus dem Kühlfach hervor. Auch wenn ihm schwindlig vor Hunger war, hatte er nicht die Absicht, ein Essen zu servieren. Dazu fehlte ihm der verdammte Speisendrucker. Die Schiebetür schloss sich hinter ihm, und er war wieder in Symis Geheimkammer. Er rückte den Stuhl neben das Bett und hielt Karnas Handgelenk, während er die eiskalte Patrone daran auf und ab rollte. Für den Moment sollte das für Linderung sorgen. Allmählich kam sie zu sich.

»Was zum …« Sie schrak hoch. Schmerz fuhr durch ihr Gesicht, als sie ihm die Hand entriss. Sie bemerkte die gerötete Haut und erinnerte sich.

»Hier, zum Kühlen.« Er gab ihr die Patrone. »Und bitte, nicht damit werfen.«

»Was wollen Sie?« Karna hatte den Ausschalter bemerkt, den er sichtbar auf seinem Schoß platziert hatte. Er hatte nicht vor, ihr zu verraten, dass die Waffe nicht mehr funktionierte. Sie kannte sich damit offensichtlich nicht aus.

»Ich brauche Antworten«, sagte er, »genau wie Sie. Stimmt schon, wir hätten einen besseren Start haben können. Aber lassen Sie uns von vorn beginnen. Wir machen es so: Ich sage Ihnen, was Sie wissen wollen, und dann habe ich ein paar Fragen an Sie.«

Sie schwieg und wartete ab.

»Gut, werten wir das als Zustimmung. Ich bin Oberst Orik Adamant. Ich leite die Ermittlungen, um herauszufinden, wer Ihre Freundin getötet hat und warum.« Er zeigte ihr das Foto. »Ich nehme an, das sind Sie, neben Symi Landergild.»

Sie beugte sich vor und betrachtete den Schnappschuss. Dann griff sie nach der Ecke. Millimeter für Millimeter entzog sie das Foto seinem Zugriff. Er ließ es zu.

»Sie sind noch nicht dran, Oberst. Sie haben noch nicht mal angefangen, meine Fragen zu beantworten.« Das Foto verschwand in ihrer Jacke.

»Ich weiß nicht, was …«

»Wie haben Sie diesen Raum gefunden?« Sie nahm sein Zögern wahr und musste grinsen. »Sie können lesen, hab ich recht? Die Passwort-Abfrage. Schriftzeichen. Können alle Ermittler lesen?«

»Keineswegs.«

»Und wie sind Sie an das Passwort gekommen?«

»Geraten. Das Foto hat ein bisschen geholfen.« Er kniff die Augen zusammen. »Und trotzdem hätte ich um ein Haar aufgegeben. Diese ausgeräumten Regale. Täuschend echt.«

Sie setzte sich auf. »Schön, dass Ihnen mein Motiv *Leerer Raum* gefallen hat. Was hat mich verraten?«

»Nichts. Die Täuschung war perfekt. Vielleicht

hätten Sie den Projektor über der Tür weiß färben sollen.«

»Merke ich mir. Aber nun sind Sie hier. Konnten Sie finden, was Sie gesucht haben?« Sie deutete auf die Bücher, die neben ihr auf dem Bett verstreut lagen.

Er seufzte. »Ein Anfang, mehr nicht. Das meiste verstehe ich nicht einmal ansatzweise. Ich werde wiederkommen müssen.«

»Was haben Sie vor?«

»Lesen. Hören Sie, niemand weiß von diesem Zimmer.« Er sah ihr lange in die Augen. »Daran soll sich nichts ändern. Verstehen Sie?«

Sie hielt seinen Blick und begann zu nicken.

»Gut«, sagte Orik. »Verschwinden wir.«

*

Im Vorbeigehen erkannte Domrich die Türen der Hausbewohner, vor denen er gestanden und seine Befragungen durchgeführt hatte. Verwertbare Erkenntnisse: keine. Wahrscheinlich hatte sein Ausbilder das schon vermutet, sonst hätte er ihn dabei begleitet. Oder es gab etwas, bei dem der Oberst ihn nicht dabeihaben wollte? Er sollte nicht so viel spekulieren, das hatte ihm sein Ausbilder eingebläut. Nur noch ein paar Schritte, dann konnte er sich ein eigenes Bild machen.

Interessant. Jemand hatte die Tatortsperre deaktiviert, das summende Kreuz leuchtete gelb. Domrich betrat die Wohnung des Opfers. Die Fenster befanden sich noch im Dunkelmodus, das Licht war spärlich. Alles schien unberührt. Am Boden lag noch die

Schnapsflasche neben dem umgestürzten Tisch. Auch der Armreif, den sein Ausbilder als Argument gegen das Raubmord-Motiv angeführt hatte. Aus der Entfernung nahm er ein Rascheln wahr.

»Herr Oberst … äh, *Orik*. Ich bin's, Domrich.«

Keine Reaktion.

»Ich habe nichts von Ihnen gehört, also bin ich…«

War da eine Bewegung? Jetzt konnte er es sehen. Da stand jemand hinten im Flur und hob das Visier. Die Silhouette entsprach nicht seiner Erwartung, als sich die Person zu ihm umdrehte. Ihr roter Umhang reichte bis knapp übers Knie und betonte ihre langen Beine, als sie auf ihn zuschritt. Schweres, süßliches Parfüm drang in seine Nase.

»Sieh einer an. Der Domrich!«

Ihm war, als würden ihre dunkelbraunen Augen durch ihn hindurchschauen. Und durch seine Hose.

»Ähm, sollte ich … Sie kennen?«

»Wenn du wüsstest.« Sie machte eine wegwerfende Geste, als hätte sie ihr Brillantcollier einem armen Schlucker spendiert. »Wir beide haben die Ehre, für das Große Dreieck zu arbeiten.«

»So. Und Ihr Name?«

Sein Verhalten schien ihre Geduld zu strapazieren.

»Gut, dann eben anders.« Ihre Dienstmarke blitzte vor ihm auf.

»Oberst Locruzia Voltano. Wollen Sie nicht Haltung annehmen?«

Er brauchte eine Sekunde, dann gab er auf. »Jawohl, Frau Oberst. Wie lauten Ihre Befehle?«

»Rühren.« Sie nahm ihn von allen Seiten in Augenschein. Etwas schien sie zu beschäftigen, während sie eine Fluse von seiner Schulter zupfte. »Als Sie reinspazierten, haben Sie nach Orik gerufen.«

Sollte er seinen Verdacht mit ihr teilen? Nicht hinter dem Rücken seines Ausbilders. »Er ist mein Ausbilder. Ich hatte ihn nicht erreicht«, sagte er. »Und da wir mit der Untersuchung des Tatorts noch nicht fertig waren, dachte ich, dass ich ihn hier antreffe. Wissen Sie vielleicht, wo er ist? Ich meine, er ist ja, wenn ich das sagen darf, Ihr Kollege.«

»Seine Ortung ist abgeschaltet, nehme ich an?«

Er nickte. »Hab's versucht.«

»Er wird schon auftauchen.« Sie spürte seine Verunsicherung und lächelte. »Na los, fragen Sie schon.«

»Sie sind hier nicht mit ihm verabredet.«

»Nein, ganz bestimmt nicht. Wir sind uns gestern auf der Feier Ihres Onkels begegnet. Ich denke, Oberst Adamant ist nicht in Stimmung, sich mit mir zu verabreden. Und die Frage, Domrich?«

»Wenn Sie sich nicht mit ihm getroffen haben, was hat Sie hergeführt, wenn ich fragen …?«

Sie tippte ihm auf die Brust. »Wie scharfsinnig.« Locruzia ließ mit der Antwort auf sich warten. »Ja, was mache ich hier? Also schön, ich bin auf der Suche nach dieser Person.« Über der Sonde in ihrer Handfläche schwebte das Abbild eines Fotoausdrucks.

Domrich versuchte, alles darauf schnell zu erfassen. Fehlte da eine Ecke? »Meinen Sie den Mann oder seine Begleitung?«

»Die Frau.«

Er beugte sich vor und betrachtete das Gesicht aus der Nähe. »Ihr Name ist Karna Rolenka. Sie hat die Tote gefunden.«

»Und wo ist sie?«, hakte sie nach.

»Wüsste ich auch gern. Der Oberst hat mir aufgetragen, Frau Rolenka zur Vernehmung vorzuladen.«

»Und?«

»Keine Spur. Meine Nachricht hat sie offenbar nicht erhalten. Ihr Empfang scheint gestört zu sein.«

»Jede Wette,« murmelte Locruzia und griff nach seinem Arm. »Kommen Sie, wir haben zu tun.«

»Ich verstehe nicht.«

»Ab sofort arbeiten Sie für mich.«

Domrich stand wie angewurzelt. »Das ist …«

»… eine Anordnung Ihres Onkels. Na, kommen Sie. Wir werden fantastisch zusammenarbeiten, Domrich.« Sie gab ihm einen kollegialen Schubs.

Benommen folgte ihr Domrich aus der Wohnung in den Hausflur, wo sie mit beiläufiger Doppelgeste die Tatortsperre wieder aktivierte.

Pling! Vor ihm erschien das Abbild seines Onkels. »Hallo, mein Junge. Was ist? Bisschen blass um die Nase, haha. Ich habe Neuigkeiten für dich.«

»Ich weiß.«

8

Rot, gelb, orange, blau. Kleine türkisfarbene Splitter wetteiferten mit den anderen um die Vorherrschaft der Farben. Wellenförmige Bänder aus aneinandergefügten Dreiecken – abwechselnd schwarz und weiß – zerschnitten das Scherben-Konfetti. Vereinzelte Spiegelfragmente warfen den Lichtstrahl zurück, den Orik über die Wand streichen ließ. Allmählich erkannte er, dass sich der Farbenteppich links und rechts von ihm ins Unendliche fortsetzte. Wie viele Bruchstücke verschiedenster Größen und Konturen mochten es sein, aus denen das Mosaik bestand? Und wie sollte er jemals das eine Steinchen finden, das sich von allen anderen unterschied? Die Luft zum Atmen wurde knapp. Geschmack von Staub. Von oben bis unten trat Schweiß aus seinen Poren. Durchatmen. Konzentriere dich. *Halte Ausschau nach dem Gecko,* hatte Karna ihm eingeschärft.

Zum ersten Mal bemerkte er Umrisse und Formen im schillernden Chaos. Ein gleißender, runder Spiegel, eingefasst von einem Strahlenkranz. Bunte Spiralen umgaben die Sonne. Ein mehrfach gehörnter Kopf, oder sollte es eine Hand darstellen? Schwarze Zähne in einem weit aufgerissenen Mund. Ein Schiff in einem Meer aus gezackten, weißen Scherben. Ein Berg. Ein Haus. So ging es weiter. Er schwenkte den Strahl seines Visiers nach unten. Die Echse.

Orik untersuchte die Bruchstücke, aus denen sich der Gecko zusammensetzte, von groß zu klein, bis er bemerkte, dass sich die Augen unterschieden. In einem der beiden befand sich ein schwarzer Winkel. Da waren Ausläufer an den Enden. Woran erinnerte ihn das? Natürlich, Serifen. Davon hatte er in Symis Büchern gelesen. Das war kein Winkel, es war ein *L*. Vorsichtig berührte er das Auge der Echse. Es ließ sich mühelos herauslösen. Orik betrachtete das Steinchen in seiner Hand und inspizierte es von allen Seiten, aber es gab sein Geheimnis nicht preis. Er richtete sich auf. Nicht mehr viel Zeit bis zur Übergabe.

In ausgedehnten Kurven wand sich der dunkle Flur an ovalen Türen vorbei. Sie waren mit bunten Motiven bemalt. Hinter einer dieser Türen musste es gewesen sein. Hier hatten die Mentoren ihm und den anderen Kindern die Prinzipien der Piktosophie beigebracht. Schon früh hatte man seine Gabe erkannt, in Bildern eine Fülle an Details zu erkennen und einzuordnen, die anderen verborgen blieben. Ein Summen drang durch die Türen zu ihm durch.

Weitergehen, nicht innehalten. Er musste die richtige finden. War es die mit den Schmetterlingen? Oder die mit den gestreiften Fischen? Wie lange war er schon unterwegs? Ein paar Schritte weiter, und er hatte sein Ziel erreicht. Der Kolibri-Schwarm. Orik legte die Hand auf die Bemalung. Er spürte Unebenheiten. Waren da früher schon Löcher drin gewesen? Das Summen schwoll an, es wurde unerträglich. Er musste hier weg. Die Tür wich zur Seite, und er schritt hindurch. Sie führte hinaus auf die Straße.

Seltsamer Anblick: Die Gebäudefassade gegenüber sah aus wie ein Regal, gefüllt mit meterhohen Büchern. Eine Lösch-Drono näherte sich. Aus ihrer Mündung schoss ein Strahl, jedoch bestand er nicht aus

Wasser, sondern aus Feuer. Die Flammen leckten nach den Büchern und setzten das Haus in Brand. Unten standen Schaulustige. Sie hoben die Fäuste und jubelten. Wie sollte er in dem Gewimmel seinen Kontakt für die Übergabe finden? Er fühlte nach dem steinernen *L* in seiner Hosentasche und stürzte sich in die Masse.

Unter dem Flimmern und Lärmen der Werbebanner strömten ihm die Menschen entgegen. Alle trugen Masken. Sie bestanden aus Dreiecken, die nach unten spitz zuliefen. Nur Augen, kein Mund.

Orik stand vor den beschlagenen Scheiben einer Kühl-Galerie. Aus Neugier warf er einen Blick hinter das Glas. Er fuhr zurück. Da hingen Menschen, aufgereiht an einer endlosen Stange wie Kleider in einer Garderobe. Ihre Gesichter waren ihm zugewandt, die Augen geschlossen.

War das nicht … der Architekt, den er verhaftet hatte, weil in seinem Haus Bauzeichnungen der Erstzeit gefunden wurden? Beschriftete Pläne. Neben ihm die Mutter, die mit ihren Kindern musiziert hatte. Noten und Zahlen waren gestattet, aber keine Texte. Das alte Paar, das bei einer ihrer Bibelstunden von der Nachbarin verraten worden war. Der Mann, der staatsfeindliche Hetze an die Wand gepinselt hatte. Das nächste Gesicht, noch eines und noch eines. In nachlassender Schärfe zogen seine Fälle an ihm vorbei, während er sich gegen den Strom der Passanten vorkämpfte. Bis zum letzten Fenster.

Orik blickte hindurch. Das Ausmaß der Trauer traf ihn unvorbereitet. Hanrod. Er taumelte, als ihn die Kraft verließ. Er presste seine Hand an die Scheibe. Dabei bemerkte er, dass sich an der Seite seines Bruders noch jemand befand. Nicht zu erkennen hinter dem milchigen Glas. Er fuhr mit dem Ärmel über die Scheibe und erblickte das Gesicht einer jungen Frau. Blass und regungslos.

Karna.

Zucken hinter ihren Lidern.

Sie riss die Augen auf und rief ihm zu, aber ihre Stimme drang nicht zu ihm.

*

Orik rang nach Luft, als er aus den Kissen hochschoss.

»Ja, ja – bin schon auf dem Weg.«

Karna stand vor seinem Bett. Immerhin, diesmal hielt sie keinen Ausschalter in der Hand. Etwas war um ihre schmale Gestalt gewickelt. Wie kam seine Lieblingsdecke dahin? Erst langsam kehrte die Erinnerung zurück. Er hatte ihr angeboten, die Nacht in seiner Etagenhälfte zu verbringen, bis sie eine neue Bleibe gefunden hatte. Hier war mehr als genug Platz.

»Und?«

»Und was?« Orik fuhr sich durch das schweißnasse Haar. Er musste sich sammeln.

»Na, Sie haben gerufen. Eher geschrien.«

Verständnisloser Blick.

»Meinen Namen«, setzte sie hinzu.

»Oh, habe ich Sie geweckt?«

»Egal, war eh wach. Geht mir oft so in fremder Umgebung. Hab mich in Ihren *Panos* umgesehen. Schöne Auswahl. Die meisten habe ich gemacht. Das *Belwederi*-Motiv hat am längsten gedauert. Musste lange nach einer geeigneten Vorlage für das Kastell suchen. Und den Gecko.«

Orik wusste nicht, was er sagen sollte. Diese Karna steckte voller Überraschungen.

Sie stemmte die Hände in die Hüfte. »Aber die Frau auf der Liege, die haben Sie hinzugefügt.«

»Meine Ex.« Er wechselte das Thema. »Was macht Ihre Hand?«

»Fast weg, sehen Sie? Das Gel, das Sie mir gegeben haben, wirkt Wunder. Sie haben wohl öfter Wunden zu versorgen.«

»Gut, dann mach ich mal Kaffee.« Er deutete nach hinten zum Flur. »Wenn Sie duschen wollen … Vorsicht mit der roten Taste. Kann sehr heiß werden.«

Die Bettdecke tänzelte zum Bad. Orik blickte ihr nach. Das war der Moment. Er war zwar noch müde, aber am besten brachte er es schnell hinter sich.

*

Die Sonne stach durch die Glasfassade und brachte die Klimaanlage zum Schwitzen. Karna stand vor einem der Pfeiler und betrachtete das Gemälde, das daran angebracht war.

»Gefällt es Ihnen?«, fragte Orik. »Sie können sich gar nicht lösen.«

»Ich weiß noch nicht. Ziemlich bunt.«

»Im Malkurs sagten sie: Mut zur Farbe.«

»*Das* ist von Ihnen?«

»Ist das schlimm?«, Orik stellte sich neben sie.

»Nein, nein. Es ist nur…« Sie suchte den richtigen Ausdruck. »… beunruhigend. Ist das da ein Schiff auf den gezackten Wellen? Und das sieht aus wie ein aufgerissener Mund mit schwarzen Zähnen.«

»Der Kurs hieß: Selbstbildnis.« Orik genoss ihren verstörten Gesichtsausdruck. »Ich scherze. Kommen Sie, frühstücken wir.«

Orik lehnte sich im Stuhl zurück und nahm einen Schluck Kaffee. Er beobachtete Karna, wie sie in den Pfirsichwürfel biss. Bevor sie das nächste Stück mit der Gabel aufspießte und in den Mund schob, musterte sie es von allen Seiten. Die Prozedur wiederholte sie mit jedem weiteren Bissen.

»Was ist?«, fragte sie mit der Miene einer Ertappten.

»Ach, nichts«, gab Orik zurück. Er musste schmunzeln. »Scheint Ihnen zu schmecken.«

»Ja, sowas hatte ich noch nicht«, sagte sie. »Aus welchem Drucker kommt das?«

»Der Pfirsich? Oh, der ist echt«, antwortete er.

Sie starrte ihn an.

»Leiste ich mir einmal im Monat.«

»Gut für Sie.« Sie spießte den nächsten Würfel auf. »Und … wollen Sie mir nun von Ihrem Traum erzählen?«

Orik wehrte ab. »Wir sind noch nicht mit meinen Fragen durch.«

»Was denn? Sie haben mich gestern schon eine halbe Ewigkeit ausgequetscht.«

»Wir haben einiges klären können«, relativierte er und blätterte in seinem Notizblock. »Ich weiß jetzt: Sie arbeiten als Chefentwicklerin bei *Luxor* und haben vor drei Jahren das Mordopfer, Symi, in einer Galerie kennengelernt. An dem Tag, als es bei Ihnen gebrannt hat, sind Sie am Abend zu Ihrer Freundin gegangen. Und haben sie tot in ihrer Wohnung aufgefunden, richtig?«

Karna nickte und stocherte in den Pfirsichstücken.

Orik klappte den Notizblock zu. »Nichts als Wirrfug. Was verschweigen Sie?«

Sie hielt im Kauen inne. »Was ist jetzt schon wieder? Ich sag die Wahrheit.«

»Ihrer Aussage nach sind Sie ohne Angehörige. Soll ich Ihnen erzählen, was *mein* erster Impuls wäre, wenn mein Zuhause in Schutt und Asche liegt? Ich würde meine beste Freundin anrufen, ihr davon erzählen und fragen, ob ich bei ihr bleiben kann. Natürlich habe ich das überprüft. Kein Anruf.«

»Ich wollte ja. Aber mein Visier ist defekt.«

»Das ist interessant. Ich hatte eine kleine Unterhaltung mit Ihrem Vorgesetzten. Er bestätigte, dass Sie die Nachricht vom Feuer in seiner Gegenwart erhalten haben. Da hat Ihr Visier tadellos funktioniert. Wo ist es überhaupt?«

»In meiner Wohnung gelassen.«

»Gut, dann werde ich es holen. Ist ja nicht weit.«

Sie legte ihre Gabel zur Seite. »Ich komme mit.«

»Werden Sie nicht.«

»Wieso?«

»Ihr Chef erwähnte ein Netzwerk-Problem, mit dem Sie in Verbindung stehen. Hat gereicht, eine Fahndung nach Ihnen einzuleiten.«

Karna stand auf. In ihrem Blick lag Verbitterung. »Jetzt versteh ich, warum ich bei Ihnen übernachten sollte. Sie wollten mich ausquetschen und haben meinem Chef verraten, wo ich bin. Und die Nummer mit dem Pfirsich sollte mich beeindrucken, um Zeit zu gewinnen. Abgewacktes Alo!«

»Ich werde Sie nicht verraten. Aber denken Sie mal

nach: In allen Straßen schwirren Dronos herum, die nach Ihnen suchen. Hier sind Sie in Sicherheit. Bei mir wird man Sie zuallerletzt vermuten.«

Sie schien seine Antwort zu verdauen, aber ihr Blick blieb misstrauisch. »Wieso tun Sie das?«

»Wenn ich so drüber nachdenke … Ich weiß es nicht.« Er verlor die Geduld. »Jetzt setzen Sie sich!«

Zögernd nahm Karna wieder Platz.

Orik suchte nach Worten. »In letzter Zeit schlafe ich schlecht. Diese Alpträume gehen mir auf die Nerven.«

»Berufsrisiko«, warf sie ein. »Wenn es wahr ist, was ich übers Große Dreieck höre, haben Sie viele Menschen - wie heißt es - „der gerechten Strafe zugeführt". Leute, die lesen können. Wie Sie und ich. Das belastet.«

»Sie wissen gar nichts.« Sein Tonfall war frostig. »Mein Beitrag ist bedeutsam. Er ist erforderlich im Sinne der Wehrhaftigkeit. Um unser Volk vor inneren und äußeren Feinden zu schützen.«

Karna gähnte demonstrativ. »Das geht mir so auf den Keros. Dieses ganze Gerede von Wiederaufbau, Feinden und *wasnichnoch.* Alles ein Vorwand. Merken Sie's nicht? Damit kann uns der Staat kontrollieren, als Gefangene im eigenen Land. Ihre Sprüche, die kenne ich. Die hat man mir im Strukturzentrum schon eingetrichtert, als ich kaum laufen konnte.«

»Wie, Sie waren *auch* da?« Damit hatte er nicht gerechnet.

»Keine Eltern: ab ins Strukturzentrum. So einfach ist das.« Sie stützte ihr Kinn auf die Hand. »Aber Sie waren gerade dabei mir zu sagen, was Sie so heftig aus dem Schlaf gerissen hat.«

Orik wich ihrem Blick aus. »In den Träumen … geht es um meine Fälle. Die übelsten verdränge ich selbst dann, aber diesmal hatte ich den schlimmsten Albtraum seit langem.«

»Worum ging es?«

»Mein Bruder. Sah aus wie in meiner Kindheitserinnerung. Er wirkte so echt, wie er da … aber er war nicht mehr am Leben. Ich stand vor ihm und dachte, ich sei schuld an seinem Tod. Er hat noch meine Eltern gekannt, er war für mich wie eine Verbindung zu ihnen. Sie haben ihm das Lesen beigebracht, bevor sie … Und er hat es mir beigebracht, bis auch er …«

»Verschwand. Haben Sie ihn je wiedergesehen?«

»Nur im Traum.«

»Ihre Eltern?«

Er schüttelte den Kopf.

»Sie haben nie darüber gesprochen.«

Er schwieg.

Karna lehnte sich zurück. »Was soll er mir nun sagen, Ihr Traum? Was hat er mit mir zu tun?«

Er wich der Frage aus. »Offiziell ist Symi Landergild Opfer eines Raubmordes. Ich bin davon überzeugt: Es ist etwas anderes. Und Sie sind der Schlüssel. Sie kennen Symis geheimes Zimmer. Ihre Bücher. Ihre Kontakte. Wenn Sie verhaftet werden, haben Sie keinen Wert für meine Arbeit.«

»Nett formuliert.«

»Helfen Sie mir, den Mord an Ihrer Freundin aufzuklären.«

»Und wenn ich …« Sie bemerkte, dass sein Blick an ihr vorbei auf die Wohnungstür gerichtet war.

»Warten Sie!« Orik sprang auf und sah sich die

Übertragung der Kamera an. »Das ist übel.«

Sie stand schon neben ihm. »Was ist los?«

»Vor dem Haus steht ein Einsatzkommando.«

Karna ließ das sacken. »Und ich soll Ihnen vertrauen?« Sie lachte gequält. »Haben Sie nicht gesagt, wenn ich verhaftet werde, bin ich wertlos für Sie?«

»Keine Ahnung, wer die hergeschickt hat.«

»Ich bin so bescheuert. Das ist so …«

»Still! Ich muss nachdenken.« Bei zwanzig Etagen käme der ungebetene Besuch sicher mit dem Aufzug. Für ihre Flucht könnten sie einen der anderen nehmen, aber von den ehemals vier funktionierten nur noch zwei. Bei der Stärke des Einsatzkommandos waren sicher beide Aufzüge belegt. Unten wartete man bestimmt auf sie. Kein guter Plan. Oriks Blick fiel auf die Alonit-Kiste, die sie gestern neben der Tür abgestellt hatten, vollgestopft mit Büchern aus Symis Versteck.

»Das muss weg.«

Karna packte zu. »Gibt es einen Weg zum Dach?«

»Da lang.« Orik riss die Tür auf, und sie stolperten mit ihrer Last die Stufen hinauf.

Kurz vor dem Zugang nach draußen gab Orik das Zeichen zum Absetzen. »Hier ist es am besten. An deren Stelle würde ich Dronos aufs Dach schicken.« Ihm fiel etwas ein. »Verdammt!«

»Was?«

Für eine Antwort war keine Zeit. Er sprang die Stufen hinunter. Im Hausflur hörte er den Aufzug auf dem Weg nach oben, als er die Tür zu seiner Wohnung aufstieß. Schnell zum Bett und wieder zurück ins Treppenhaus. Die Stufen sah er nur verschwommen, als er nach oben hetzte.

»Beinahe vergessen.« Japsend drückte er ihr etwas in die Hand. »Erklär ich später.« Ihr Blick folgte seinem schemenhaften Umriss, als er treppab verschwand. Karna wandte sich dem Gegenstand zu, den er ihr anvertraut hatte. Der fleckige Einband musste mal weiß gewesen sein. Sie schlug die erste Seite auf.

*

Wie albern, fand Orik, als er den Summer hörte und zur Tür ging.

»Locruzia?«

Aus den Aufzügen quollen Schwerbewaffnete. Ihre schwarzen Helme stießen aneinander, während sie sich im engen Hausflur mühten, Aufstellung einzunehmen. Weiter hinten im Gedränge erspähte er Domrich, der mit den Schultern zuckte, als wolle er sich bei ihm entschuldigen.

»Darf ich?« Locruzia spazierte in einer Duftwolke an ihm vorbei. »Du weißt, ich wäre auch so reingekommen, aber ich wollte nicht unhöflich sein.« Sie drehte sich auf dem Absatz um. »Was ist los? So außer Atem, Orik? Warst schon mal besser in Form.« Sie ließ ihren Blick über die Einrichtung streifen. »Wie ich sehe, hast du umgeräumt. Also: Wo ist sie hin?«

»Wer?«

»Nicht wer, Dummerchen. Die Orchidee. Schon vergessen? Mein kleines Mitbringsel, als mich der Herr noch in seine bescheidene Hütte *eingeladen hat.*« Sie umkreiste den Tisch. »Beim letzten Mal stand sie genau da, aber sie musste wohl … einem ausgiebigen Frühstück weichen.«

»Ist eingegangen.« Orik zwang sich, langsam zu atmen. »Locruzia … Was genau kann ich für dich tun? Für Schokoflocken und Obst sind wir ein paar Herren zu viel, fürchte ich.«

»Ja, was machen wir hier … Domrich, wo bleiben Sie?«

Verlegen schob sich Oriks Auszubildender erst an den Helmen, dann an Orik vorbei. Was hatte er hier zu suchen, und warum war er auf einmal Locruzias Hündchen?

Domrich räusperte sich. »Also, zunächst möchte ich anmerken, dass ich wirklich gern für Sie tätig war und …«

»Die Kurzfassung«, unterbrach ihn Locruzia. »Das Einsatzkommando wartet nicht ewig.« Domrichs Blick perlte an ihr ab.

»Ähm, Oberst Adamant«, sagte Domrich, »Ihr Nachbar …«

»Alwing?«

»Er wurde mit Karna Rolenka gesehen. Sie erinnern sich, die Frau, die ich zur Vernehmung laden sollte.«

»Ich weiß, wer das ist. Und wo steckt die Zeugin?«

»Wir dachten … also, vielleicht haben Sie …«

Locruzia verlor die Geduld. »Sie ist der Fall, an dem ich arbeite. Nach ihr wird gefahndet. Orik, wo steckt sie?«

Er tat, als würde er nachdenken. »Du meinst, hier im Haus. Mit Alwing.«

»Ja, was denn sonst?«

»Warum fragt ihr ihn nicht?«

»Er öffnet nicht.«

»Obwohl Ihr höflich geklopft habt, wie ich

annehme? Vielleicht hat er seinen freien Tag.« Orik bemerkte, wie ihr Hals sich rötete. Er entschied sich, den drohenden Ausbruch zu vermeiden. »Aber ja, ich erinnere mich. Alwing hatte Frauenbesuch.«

»Willst du mir nun sagen, ob sie's war – oder weiter meine Zeit vergeuden?«

»Genauer gesagt waren es zwei Frauen, er hat sie mir angepriesen. «

Locruzia hatte genug. »War mir ein Vergnügen, Orik.« Mit wenigen Schritten war sie im Hausflur und wies in Richtung Alwings Wohnung. »Alle auf Position. Wir gehen rein.«

Orik schloss die Tür. Und atmete aus.

9

»Ganz nett, um die Zeit totzuschlagen.« Karna gab ihm das Buch zurück.

»Gibt Schöneres als im Treppenhaus eine Razzia auszusitzen, hm?«

Sie verzog den Mund. »Einmal hab ich meinen Namen gehört. Ich dachte, wenn's brenzlig wird, schickst du die zu mir hoch. Ich neben der Bücherkiste.«

»So einer bin ich nicht.«

Sie standen sich gegenüber. Die Anspannung legte sich. Karna gab ihrem Impuls nach und umarmte ihn. »Danke.« Sie roch nach seinem Duschgel. »Was ist mit deinem Nachbarn?«

Orik schüttelte den Kopf. »Er hat es mit dem Aufzug versucht, aber sie haben ihn unten auf der Straße geschnappt. Hab's beobachtet.«

»Wart ihr befreundet?«

»Wir sind gewissermaßen verbündet.«

»Was meinst du?«

»Alwing weiß von dem Buch, das ich dir gegeben habe.« Er verstaute es im Geheimfach. »Hat mir mein Bruder geschenkt.«

»Hoffentlich hält er dicht,« sagte Karna. »Was hat er getan? Waren ne Menge Leute, die sie ihm auf den Hals gehetzt hat.«

Orik griff nach seinem Notizblock. »Ich hatte gehofft, du würdest es mir erklären. Wir wurden unterbrochen.« Er deutete auf den Sessel neben sich.

Karna wich seinem Blick aus. »Das ist … kompliziert.«

»Kompliziert? Meine Arbeit besteht aus nichts anderem. Wie ist das mit Alwing und dir?«

Sie tat, als sei sie überrascht, merkte aber, dass sie Orik damit nicht überzeugte. Sie nahm Platz. »Ich will ehrlich sein.«

»Das wäre ein Anfang.«

Karna sammelte sich. »Als ich in meiner Wohnung stand – dem Rest davon – habe ich tatsächlich daran gedacht, mich bei Symi zu melden.«

Er nickte. »Was kam dazwischen?«

»Ich wollte nicht, dass man uns abhört.«

»Du meinst wegen deines Versuchs, das *Luxor*-Netzwerk zu sabotieren.«

»Nein, das nicht. Der Brandanschlag, der jagt mir immer noch Angst ein. Dachte, ich sollte besser untertauchen und hab mein Visier zerstört.«

»Und was dann?«

»Ja, dann. Es war zu spät, ich habe Symi gefunden.« Sie raufte das Haar und sah zur Decke. In ihren Augen stand Wasser.

Orik schwieg und ließ sie erzählen.

»Du musst wissen, ich kenne Alwing länger. Sie hat ihn mir vorgestellt.«

»Symi hat *dir* Alwing vorgestellt?« Auf seinem Block zog Orik eine Verbindungslinie zu Alwing.

»Ja, sie hat für ihn was entworfen. Eine Schrift.«

Orik zog die Stirn kraus. »Was wollte er damit?«

»Nicht für ihn persönlich. Betrachte ihn als Teil von etwas Größerem.«

Eine Ahnung befiel ihn. »Er hat mir gegenüber die Alpha-Milizen erwähnt. Geht es in diese Richtung?«

»Er gehört dazu.«

Orik wartete ab.

»Und Symi. Sie hat an die Bewegung geglaubt. Also, am Anfang. Alwing war unser Kontakt.«

Orik trommelte mit dem Stift auf seinen Block. »Alpha-Milizen, Alwing, Symi und du ...«

»Jedenfalls ... irgendwann stand Alwing an meiner Tür und stammelte so Zeug. Symi und ich, wir seien in Gefahr. Sollten uns bei ihm verstecken.«

»Und?«

»Hab ihn weggeschickt.«

»Warum?«

»Er hat mich so angesehen. Hat mir nicht gefallen. Aber er hatte Recht. Symi ist ... nicht mehr am Leben. Und ich – hatte Glück.« Karna stand auf und kramte in ihrer Jacke. »Nach dem Brand stand jemand in meiner Wohnung. Unangenehmer Typ. Wollte das hier.« Sie hielt eine Digikarte in der Hand. »Machte Druck, aber ich konnte abhauen. Er war so blöd anzunehmen, ich würde ihm das echte Exemplar überlassen.« Karna traf eine Entscheidung. »Ich zeig's dir.« Sie durchschritt die halbtransparente Wand und nahm auf dem Bett Platz. Als er sich neben sie setzte, richtete sie die Digikarte auf den Projektor. »Bereit?«

Er nickte, obwohl er keine Ahnung hatte, was ihn erwartete. Es wurde dunkel. Vor ihm erschien ein Kreis, so groß wie der Raum, in dem sie saßen. Orik bemerkte, dass der Kreis elliptisch geformt war. Die Umrandung des Ovals war an den Seiten stärker als oben und unten. Ein Buchstabe. Das *O* pulsierte. Musik setzte ein, untermalt von wuchtigem Schlagzeug. Zur Stimme des Sängers schoss ein *yeah* an ihnen vorbei, sauste durch das *O* und verlor sich in der Tiefe.

Oriks Mund hatte dieselbe Form angenommen wie der Buchstabe. So etwas hatte er nie gesehen. Oder gehört. Unwillkürlich begann er zum Takt mit dem Fuß zu wippen. Er konnte nichts tun, die Musik erfasste den Körper. Die Zeichenketten zogen durch sie hindurch, fielen senkrecht von oben oder krochen in Schräglage an ihnen vorbei, einige hintereinander versetzt. Dabei wechselten sie zum Rhythmus die Farbe. Orik verstand kein Wort, aber er war hypnotisiert von dem Raum aus Schrift, der ihn umgab. »Das ist … *fantastisch*!«, stieß er hervor.

Kaum ausgesprochen, schrieben sich seine Worte in die Texte hinein. »Wo hast du diese Musik her?«

»Symis Lieblingsstück. Sie hat es aus einem Archiv auf ihre Digitafel geholt, nannte es *Webarchiv*.«

Orik gab sich dem Rausch hin, und Karna stupste ihn von der Seite an. »Scheint dir zu gefallen.« Sie griff nach seiner Hand. »Komm, wir tanzen.«

Aus allen Richtungen flogen die Zeichen heran und verschmolzen mit ihren wippenden Konturen. Umfingen sie, flossen an ihnen herab. Orik verfolgte ein *T*, dann ein *i*, ein *m* und ein *e*. Sie strichen über Karnas Gesicht. Ganz langsam, beinahe zärtlich. Er spürte, wie sie sich an ihn schmiegte, ihn umklammerte. Ihre Augen, ihre Lippen …

*

Beißender Geruch kratzte in seiner Lunge. Auf der rußgeschwärzten Wand identifizierte sein Visier einen mit bloßem Auge kaum wahrnehmbaren quadratischen Umriss. Orik entfernte die Abdeckung zum

Wandtresor und legte die Tasten frei. Dann gab er die Kombination ein, die er sich eingeprägt hatte: SYMI.

Er leuchtete ins Innere: eine Metallschachtel und Karnas goldenes Notizbuch. Orik verstaute beides in der Innentasche seines Mantels und wandte sich zum Gehen.

Neben dem verkohlten Spielbrett waren Bruchstücke aus transparentem Material verstreut: Überbleibsel von Karnas Visier. Orik ging zum Fenster und sog die frische Luft ein, während er zu den Zacken aus zerborstenem Glas Abstand hielt. Er sah hinab. Ganz schön tief. Der Aufprall musste schmerzhaft gewesen sein. Gestern hatte er ihre blauen Flecken gesehen. An Schulter. Oberschenkel. Hintern.

Eine Zeitlang hatten sie noch in Symis Schrift getanzt, bis sie auf sein Bett gesunken waren und sich die Kleider vom Leib rissen. Wie außer Kontrolle geratene Kompositpressen waren sie übereinander hergefallen. Danach mussten sie lachen: Wie verführerisch Schrift sein konnte! Karna verriet ihm, die tanzenden Buchstaben gehörten zu einem von sechs Programmen, alle mit Symis Hilfe entwickelt. Die Digitafel in Karnas Wohnung hatte sich in Rauch aufgelöst, seitdem besaß sie nur noch eine Kopie auf ihrer Karte.

Orik fiel ein, dass Karna die Digitafel ihrer Freundin erwähnt hatte, aber wo war die abgeblieben? Am Tatort hatte er sie nicht gesehen.

Auf Oriks Frage »Warum hast du mich eingeweiht?« hatte Karna gegrinst. »Wenn ich so drüber nachdenke … Ich weiß es nicht.«

Bei dem Gedanken daran musste er lachen. Die Nacht mit Karna hatte etwas in ihm geweckt … ein ganz und gar unbekanntes Gefühl – war es Unsicherheit, oder gar Angst?

Hinter der Haustür schaute Orik durch den Spalt, bevor er auf die Straße trat. Er mischte sich unter die Menge und ging vorbei an den Videobotschaften, die über die Hausfassaden geisterten. Sofern sich dahinter echte Häuser befanden. Brachen aus der Kriegszeit wurden an vielen Stellen mit *Luxor*-Projektionen verdeckt. Die Werbeszenen flimmerten vor sich hin, randvoll mit glücklichen Bürgern beim Einkaufen, Putzen, Naschen, Spielen, Trinken und natürlich beim Konsumieren von *Omnivisionen*.

Früher hatte Orik die Banner nicht bewusst wahrgenommen, jetzt sah er sie mit anderen Augen. Die eingeblendeten Symbole – Herzen in allen Formen und Farben, kichernde Gesichter, mit Sternen in den Augen, heraushängender Zunge oder Sonnenbrille, Daumen rauf, Daumen runter, Geburtstagstorten, Palmen, Sprechblasen mit goldenen Hämmern oder Symbolen, die er nicht kannte – kamen ihm albern vor.

»Ich bin *Dreinullachtneunsechs*«, schallte es von oben, teilweise überlagert von Klängen benachbarter Werbung. Ein kahlgeschorener Mann saß mit aufgesetztem Lächeln an einem Förderband für Therm-Guss-Fassaden. »Mit großer Freude erfülle ich meine Pflicht und arbeite für den Wiederaufbau.« Schwenk zur nächsten Szene. Eine Frau mit Glatze fütterte einen Greis. »Ich bin *Viernulleinsachtzwei*. Mit großem Stolz diene ich unserem Staat und kümmere mich um unsere junggebliebenen Veteranen.«

Jemand rempelte ihn an. »He, du Alo!«, rief ihm der Mann hinterher. »Gotz ni uff dreckes Nummernpack.«

Jedenfalls klang es so ähnlich. Orik suchte nach einer Antwort, gab auf und lief weiter.

Er sehnte den Eingang zum Bahnhof herbei, wollte Karna sehen, die in seiner Wohnung auf ihn wartete – samt der Mitbringsel aus ihrem Tresor. Noch einen Häuserblock, dann hatte er es geschafft. Ihm fiel auf, wie viele Passanten sich tastend an den Wänden entlang bewegten, nicht sicher, ob es sich um eine der täuschend echten Fassaden-Projektionen handelte. Dass sie gleichzeitig ihre Lieblings-*Omnivisionen* schauten, machte es ihnen nicht einfacher.

Vor dem nächsten Haus staute sich die Masse. Er zwängte sich hindurch und erkannte den Grund: eine Straßensperre. Uniformierte hatten den Zugang abgeriegelt. Mit ernster Miene sorgten sie dafür, dass niemand dem Vorhang aus rot leuchtenden Linien zu nahe kam, der sich von einem Haus zum anderen erstreckte, bis hinauf zu den Giebeln. Orik kämpfte sich zum Befehlshabenden durch und aktivierte sein Visier. Der Mann musterte ihn, dann rief er den anderen zu: »Autorisierung bestätigt.« Er gab ein Handzeichen, und Orik passierte die Holowand unbeschadet.

Auf einen Schlag war die Geräuschkulisse hinter seinem Rücken gedämpft. Hinter der Sperre war die Werbung abgeschaltet. Kaum jemand war auf der Straße. Orik genoss die Ruhe und hielt inne. Im Schatten eines Hauseingangs vernahm er ein Klicken. Schusswaffen wurden aktiviert.

»Weitergehen«, rief jemand aus dem Dunkel.

Orik kam der Aufforderung nach und näherte sich dem Rollweg zum Bahnhof. Ein Bewaffneter stellte sich ihm entgegen.

»Zugang gesperrt.«

»Einverstanden, grundsätzlich. Aber wie komme ich nach Hause? Ich kann hier schlecht ein Draxi bestellen.« Er deutete zum rot funkelnden Himmel. Orik wusste, dass die Straßen neuerdings auch nach oben abgesichert wurden – gegen Angriffe von Dronos.

»Vorschrift, Herr Oberst. Sicherheit hat Vorrang.« Der Mann deutete nach rechts. »Versuchen sie es beim anderen Eingang.«

Orik bog in die Seitenstraße, als Nieselregen einsetzte. Der Gehsteig führte an verdunkelten Fenstern vorbei. Auf seinem Weg begegnete er spärlich bekleideten Holos. Als er einem von ihnen zu nahekam, wurde das Fenster links von ihm transparent. Im violetten Licht posierten kahlgeschorene Mädchen und winkten ihm zu.

Irgendwo in der Ferne vernahm er Gefechtslärm. Er beschleunigte seine Schritte. War er jemals in diesem Teil des Gelben Viertels gewesen? Ein Händler kam ihm entgegen und warb für frisch gedruckte Würstchen. »Echter Grillgeschmack, neue Formel. Oder wenn Sie Appetit auf was anderes haben …« Orik winkte ab. Wo war der Weg zurück in seine Welt? Sein Bruder Hanrod hatte behauptet, in der Erstzeit seien Straßen beschriftet gewesen. Man habe extra Schilder angebracht, mit Namen drauf, zur besseren Orientierung. Aber jetzt, in seiner Situation, hätten ihm auch Straßennamen nicht weitergeholfen.

Die Häuserreihe, auf die er zusteuerte, bestand nur noch aus Ruinen. Kinder saßen davor, sichtlich unterernährt, aufgereiht an wackeligen Tischen mit aufgemalten Spielbrettern. Sie hoben ihre schmutzigen

Hände und riefen ihm Wetteinsätze zu. Dazu blinkten ihre Armbänder. Hatte früher einmal die junge Karna zu ihnen gehört, als sie ohne Eltern aufwuchs? So wie er selbst …

Das *tak – tak – tak* des Geschützfeuers kam näher, und Orik eilte weiter. Er musste aufhören, sich albern zu benehmen und überall an Karna zu denken. Als er in die nächste Straße bog, hoffte er inständig, endlich den zweiten Bahnhofs-Eingang zu finden.

Er fluchte. Noch eine Absperrung. Die Linien flackerten stärker und in blasserem Rot. Der Generator müsste ausgetauscht werden, dachte er und schritt auf einen der Uniformierten zu. »Lassen Sie mich bitte durch.«

Der Mann entsicherte seine Waffe. »Verschwinden Sie.«

Orik aktivierte sein Visier. Das Nieseln ging in Regen über. Ihn ärgerte die Ruppigkeit. »Ich bin dienstlich unterwegs. Wären Sie so freundlich …?«

Der Mann rückte ihm auf den Leib und hielt ihm die Mündung ans Kinn. Schnaps-Atem.

»Ich sag nich nochma. Hau ab!« Er rammte Orik die Waffe in den Magen. Den Gedanken, diesem Typen Disziplin gegenüber einem Vorgesetzten beizu-bringen, verwarf Orik auf der Stelle und trottete in die Richtung, aus der er gekommen war.

Es kann doch nicht sein, dass ich hier nicht rausfinde, dachte er noch, als vor ihm ein weißer Persoporter bremste und ihm den Weg versperrte. Die Schiebetür öffnete sich, und zwei bullige Sekuritaten bauten sich vor ihm auf. »Großes Dreieck, Sicherheitsdienst«, leierte der eine. »Sie sind Adamant, Orik, Gobriela,

Oberst der Nationalen Einheit, Gau i00-700-2.«

Es war keine Frage, und Orik nickte.

Der zweite Mann hatte auch einen Satz beizutragen. »Generalleutnant Wuelfenstrat wünscht Sie zu sprechen.«

Orik spürte, wie die Gegenstände aus Karnas Tresor gegen seine Brust drückten und setzte seine bewährten Atem-Techniken ein, um Ruhe zu bewahren. »Sehr aufmerksam von Ihnen, ich melde mich bei ihm.« Er aktivierte sein Visier, doch sein Gegenüber schüttelte den Kopf. »Nicht damit, er erwartet Sie persönlich.«

Orik kratzte sich an der Schläfe. »Das ist ein bisschen … ich führe gerade Ermittlungen durch, die für den Staatsrat erheblich sind. Könnten Sie dem Generalleutnant, meinem geschätzten Freund Brogan Wuelfenstrat, wohl ausrichten, dass ich ihn verlässlich noch im Verlauf des heutigen Tages kontaktiere?«

Der Bullige stand da und zerkleinerte Oriks Antwort in seinem Gehirn. »Die Instruktionen des Generalleutnants sind eindeutig«, gab er zurück. »Persönliches Erscheinen. Wollen wir?«

Der Mann trat zur Seite und wies ins Wageninnere. Zischend schloss sich die Tür des Persoporters hinter Orik, und sie nahmen Fahrt auf.

10

Lauranien, Belwederi, Arkonia … Karna war unermüdlich an der Glasfassade entlanggetigert, aber draußen gab es nichts zu sehen, jedenfalls keinen Orik. Sie ging sämtliche *Luxor*-Motive durch, die er abonniert hatte, jedenfalls die unverschlüsselten. Aber das alles langweilte sie. Nun saß sie am Strand und sah hinaus zum künstlichen Horizont.

Ohne Visier war sie abgeschnitten von der Außenwelt. Warum hatte sie das Ding zerstört? Jetzt hatte sie keine Möglichkeit zu erfahren, ob Oriks Mission erfolgreich war. Es sei denn, er käme endlich und würde ihr die Sachen aus dem Tresor bringen. Ihr ganzer Plan hing davon ab, und die Zeit lief ihr davon. Die erzwungene Untätigkeit ging ihr auf die Nerven.

Was hätte Symi getan? Schlagartig spürte Karna, wie ihr die Freundin und Verbündete fehlte. Der Moment, als sie Symi in diesem Zustand sah … Das Blut, das Messer im Bauch, der starre Blick.

Tränen schossen ihr in die Augen. *Ach Symi, warum hast du Alwing eingeweiht?* Alwing hatte geplaudert. Dieser Typ, der auf ihre Digikarte scharf war, wusste zu viel. Zum Glück war ihr dieser übergründliche Ermittler über den Weg gelaufen. Orik war ihr von Nutzen, auch wenn er alles verkörperte, was sie ablehnte: Diener eines korrupten Staates, angepasst, ein Mitläufer. Andererseits: Jemand, der lesen und schreiben kann. Der ihre Leidenschaft für Schrift teilt. Der an dem zu zweifeln beginnt, was er tut. Ein Mann der Widersprüche.

Schön wachsam bleiben. Muss nicht gleich alles vor ihm ausbreiten.

Karna starrte bestimmt seit einer Stunde auf den Ozean. Vom anderen Ende der Etage kam ein Geräusch. Die Wohnungstür.

»Bin am Strand, Orik. Hab mir Sorgen gemacht!«

Die Antwort blieb aus. Vermutlich war das Meeresrauschen zu laut.

Sie setzte sich auf. War es doch nicht die Wohnungstür gewesen? Karna musste wieder aufs Meer schauen, reflexartig. Aber warum? Mit der Brandung stimmte etwas nicht. Ein Schatten legte sich über das Meer. Jemand trat durch die Projektion.

»Klipf, klapf.« In den Augen des Mannes schäumte die Gischt.

Der Brandstifter!

»Unser letzt Biegnung end so abropt.« Er hielt einen Ausschalter in der Hand. Kam einen Schritt auf sie zu. »Sei ne schlaue Schikka. Nicht neu aus Fenster lunken. Bes onten zemlich woter Weg. Will am Leben dich. Tsss.«

Sein schräges Gequatsche ging ihr auf die Nerven. Sie täuschte eine Bewegung an und machte einen Satz zur anderen Seite. Zu spät. Sie hörte sich schreien, und alles wurde schwarz.

*

Orik saß eingezwängt zwischen den kräftigen Schultern der Sekuritaten. Zu sehen gab es nicht viel. In der halbtransparenten Scheibe vor ihm spiegelte sich seine düstere Miene. Auf dem Weg zum Großen Dreieck musste der Persoporter drei Straßensperren passieren. Jedes Mal wurde die Identität der Insassen akribisch kontrolliert. Nicht nur dadurch zog sich die Fahrt ewig hin.

Was konnte so wichtig sein, dass man ihn mitten auf der Straße aufgabelte, und dann noch dermaßen schwer bewaffnet? Wahrscheinlich stand er unter Beobachtung, die Frage war: seit wann? Womöglich schon seit seinem Besuch in Karnas Wohnung. Was, wenn sie es auf die Sachen aus Karnas Wandtresor abgesehen hatten? Aber dann hätten sie ihn längst filzen müssen.

War ihm sein Chef auf die Schliche gekommen und hatte herausgefunden, dass er Karna in seiner Wohnung versteckte? Unwahrscheinlich. Locruzia und ihr Einsatzkommando wären nicht ohne Karna abgezogen. Oder war der liebe Nachbar Alwing eingeknickt und hatte von Hanrods Buch erzählt, vom Versteck hinterm Bett? Grübeln war zwecklos, er hatte keine Ahnung, weshalb er wirklich in der Klemme steckte.

Als der Persoporter endlich das Fahrtziel erreicht hatte, goss es in Strömen. Die Wagentür schob sich zischend zur Seite, und die beiden Muskelpakete nahmen Orik auf dem Weg zum Eingang in ihre Mitte.

Seit wann war das Große Dreieck rot beleuchtet, fragte er sich. Erst als er näherkam, bemerkte er, dass es sich um Lichtstrahlen handelte, die er von den roten Straßensperren kannte. Er richtete den Blick nach oben und versuchte, den Regen zu ignorieren, der ihm ins Gesicht prasselte. Der scharlachrote Lichtvorhang ragte hinauf, soweit das Auge reichte und umhüllte das Gebäude, bis in die Spitze von Ebene Hundertzehnfünf. Eine Schicht aus Wasserdampf lag über dem fluoreszierenden Schutzwall.

Dahinter war es trocken. Vier Uniformierte nahmen ihn in Empfang. Einer streckte Orik die Hand entgegen. Er brauchte einen Moment, bis er begriff, dass es sich nicht um eine Willkommensgeste handelte: Es ging um seinen durchnässten Mantel. Orik zögerte, aber was blieb ihm übrig? Besser keinen Verdacht erwecken. Umständlich schälte er sich aus dem Mantel und übergab ihn dem Beamten, der ihn wortlos an den Nebenstehenden weiterreichte.

»Zügig folgen«, lautete die Begrüßungsformel, dann setzte sich die Gruppe in Bewegung. Der Gang, den sie betraten, wand sich spiralförmig abwärts, vorbei an einer Abfolge ovaler Türen. Während seiner Dienstzeit im Großen Dreieck hatte Orik das Untergeschoss nie betreten. Wie es dort aussah, wusste er nicht, und es hatte ihn auch nicht interessiert, bislang. Noch mehr ovale Türen. Niemand sprach ein Wort, bis sie vor einem Portal Halt machten. Ein behelmter Wachmann prüfte die Kennung der Visiere von Orik und aller Begleiter. Dann gab er das Signal zur Entriegelung, und das Tor teilte sich in der Mitte.

Brogan Wuelfenstrat trat hindurch und hob die Hand zum Gruß. »Danke, meine Herren. Ich übernehme. Oberst, wir werden erwartet.«

Als sich der Zugang hinter ihnen schloss, versuchte Orik, aus dem ernsten Gesichtsausdruck und aus dem förmlichen Gehabe seines Vorgesetzten schlau zu werden, aber der hielt sich bedeckt. Also richtete Orik den Blick auf das, was vor ihnen lag: Eine Treppe führte an der Wand entlang, weit hinab bis ins Innere einer mehrstöckigen Halle. Das Mauerwerk schien aus winzigen, übereinander geschichteten Schieferplatten zu bestehen. Ihre bunten Farben schufen ein unruhiges Muster. Aber … Das war kein Schiefer. Es waren Buchrücken.

»Gefällt Ihnen das Dekor?«, fragte Wuelfenstrat, während sie hinabstiegen. Seine Hand beschrieb einen Bogen von der Decke bis unten. »Alte Schmöker. Hier können sie nichts mehr anrichten. Seit dem letzten Jahr dürfen Straftäter vor der Entidentifizierung eine Auswahl ihrer Scharteken persönlich einmauern. Unser Großer Piktosoph hatte den Einfall, in seiner unendlichen Gnade.«

Orik suchte in der Stimme seines Chefs nach Anzeichen von Sarkasmus. Sie hatten die unterste Ebene erreicht. Nichts und niemand befand sich hier. Nur ein Stuhl, in Licht getaucht, genau in der Mitte der dunklen Leere. Was hatten sie mit ihm vor?

»Ich muss Sie jetzt verlassen«, raunte ihm Wuelfenstrat zu. »Setzen Sie sich. Ich sehe Sie gleich von da oben.« Er verschwand, und Orik blieb nichts übrig als Platz zu nehmen. Er sah sich um. Rechts und links von ihm reichten Pfeiler bis zur Hallendecke hoch. Sie liefen in Zweierreihen auf eine Empore zu, die sich in einem Fächer aus Lichtfingern vom dunklen Hintergrund abhob. Im Streiflicht wirkten die seitlichen Wandabschnitte mit den eingemauerten Büchern wie Buntglasfenster. Nach einer Weile ertönte eine Glocke, und Orik musste an das Innere eines sakralen Gebäudes denken, auf dem man das Große Dreieck errichtet hatte.

»Im Namen des Großen Piktosophen«, schallte es

ihm von der Tribüne entgegen, »erkläre ich die Versammlung für eröffnet.»

Orik erkannte die drei Männer des Vorstands. Sie trugen rote Hemden und waren in weiße Roben gekleidet. In der Reihe hinter ihnen saßen Wuelfenstrat und die anderen Ermittler aus Oriks Abteilung. Auch Locruzia und Domrich waren unter ihnen.

Der Vorsitzende fuhr fort. »Ich stelle fest: Wir sind vollzählig. Oberst Adamant, wir sind erfreut, dass Sie es einrichten konnten.«

Hinter seinem Kopf nahm Orik ein surrendes Geräusch wahr. Eine Sonde flog in sein Blickfeld und übertrug sein Gesicht auf die Empore.

»Oberst, lassen Sie mich zu Beginn unsere Verwunderung darüber ausdrücken, dass Sie mit den Alpha-Milizen Kontakt aufgenommen haben.«

Während sich die Sonde weiter auf ihn zu bewegte, zwang sich Orik, kontrolliert zu atmen. »Ich verstehe nicht, was Sie meinen.«

Der Vorstand links vom Vorsitzenden räusperte sich und ergriff das Wort: »Die Sekuritaten haben uns von Ihrer Begegnung mit feindlichen Streitkräften berichtet. Wir befürchteten schon, Sie würden zu denen überlaufen.«

Die Empore brach in Gelächter aus, besonders Wuelfenstrat war gut zu hören.

»Oberst, Sie können sich glücklich schätzen, dass unsere Männer zugegen waren. Das hätte schief gehen können.«

Orik verstand immer noch nicht. »Die Straßensperre … Sie war nicht von uns?«

»Wo denken Sie hin? Nicht in diesem sehr

speziellen Viertel. Bedauerlicherweise geben sich Banditen wie diese nicht zu erkennen, indem sie für ihre Holowände eine andere Farbe wählen als wir.«

Orik ließ das sacken. Der Uniformierte mit dem Fusel-Atem hätte ihn einfach erschießen können. »Ich versichere, die Identität dieser Leute und ihrer Sperrvorrichtung war mir nicht bewusst.«

»Zu Protokoll genommen«, kam es von oben zurück. »Aber nun sind Sie wohlbehalten unter uns. Würden Sie uns einweihen, was Sie in dieser vom Piktosophen verlassenen Gegend zu suchen hatten?«

Worauf wollte der Vorstand hinaus?

»Ermittlungen, Euer Ehren.«

»Der Mordfall.«

»Richtig.«

»Dann seien Sie doch so freundlich, und bringen Sie uns auf den aktuellen Stand.«

»Sicher.« Orik richtete sich auf. Das war sein Terrain. »Die Indizien in der Wohnung des Opfers Symi Landergild deuten auf ein Handgemenge mit Todesfolge, bei der ein physisches Messer zum Einsatz kam, welches dem Opfer gehörte. Es scheint aber mehr dahinterzustecken als es den Anschein hat.«

»Was wollen Sie damit sagen?«

»Die Analyse der Sonde legt einen Raubmord nahe. Diese Einschätzung kann ich nach eingehender Untersuchung nicht teilen.«

»Warum nicht?«

»Am Tatort befanden sich Wertgegenstände. Wäre es darum gegangen, sich zu bereichern, hätte sie der Täter mitgenommen. Schlampige Arbeit. Ihm ging es in Wahrheit um etwas ganz anderes.«

»Was denn zum Beispiel?«

»Vielleicht Informationen. Die ihm das Opfer verwehrte. Damit musste er rechnen, also hat er ihren Tod zumindest billigend in Kauf genommen.«

»Warum sprechen Sie von einem Mann?«

»Er wurde verletzt, als sich Symi Landergild zur Wehr setzte. Ich habe das Blut analysiert.«

»Und um wen handelt es sich?«

»Das konnte ich noch nicht herausfinden. Sein Profil ist in keinem Archiv hinterlegt.«

Auf der Empore kam Unruhe auf. Der Vorsitzende wandte sich um und fixierte die Anwesenden, bis Stille herrschte. Er setzte seine Befragung fort. »Nun denn, wir suchen nach dem großen Unbekannten. Ja?«

»So ist es, Euer Ehren«

»Und was ist mit der anderen Frau?«

»Ich verstehe nicht.«

»Die das Opfer gefunden hat.«

»Ich denke nicht, dass Frau Rolenka beim Tod von Symi Landergild tatbeteiligt war. Die beiden waren befreundet. Die Fingerabdrücke der Zeugin befanden sich auf dem Körper der Leiche, weil sie das Opfer gefunden und berührt hat. Nicht auf dem Messer.«

»Haben Sie die Zeugin vernommen?«

»Nein, sie ist nicht auffindbar, Euer Ehren, Sie hat ihr Visier zer … dauerhaft außer Betrieb gesetzt.«

Raunen auf den Rängen über ihm. »Das ist eine Straftat. Woher wissen Sie das?«

»Ich habe die Reste des Visiers gesehen. In ihrer Wohnung.«

»Moment. In wessen Wohnung? Die von Frau Rolenka? Was haben Sie da gemacht?«

»Das ist richtig. Ich hoffte, dort etwas zu finden, das mich in dem Fall weiterbringt.«

»Und? Was konnten Sie entdecken?«

»Leider nichts. Ein Brand hatte alles zerstört.«

»Ein Brand? Hat die Zeugin ihn gelegt?«

»Nein, dafür gibt es keinen Anhaltspunkt.«

»Wer dann? Unser Unbekannter?«

»Es ist zu früh, darüber zu spekulieren. Aber ich stehe vor dem Durchbruch.« Hatte er das tatsächlich gerade gesagt?

Der Vorsitzende kam zum Abschluss: »Danke, Oberst, für den Einblick in den Stand Ihrer Arbeit.« Er hielt inne. »Nur eine Frage hätte ich noch.«

Was hatte er noch im Ärmel?

»Ihr Ausschalter, Oberst Adamant, wurde laut unseren Informationen durch Fremdeinwirkung deaktiviert. Können Sie uns etwas dazu sagen?«

Für einen Moment wusste Orik nicht, was er antworten sollte. Daran hatte er nicht mehr gedacht. Für seine Replik wählte er einen betont beiläufigen Ton: »Bei meinen Ermittlungen traf ich auf Schattenvolk. Dabei wurde mein Ausschalter von einem Angreifer ausgelöst. Ging übel für ihn aus.«

»Das müssen Sie melden.«

»Selbstverständlich. Ich bin nicht dazu gekommen, die Ermittlungen …«

Der Vorsitzende räusperte sich. »Gut, zweiter Tagesordnungspunkt.«

Getuschel setzte ein, und zum zweiten Mal erklang die Glocke.

»Orik Adamant. Erheben Sie sich.«

Er stand vor seinem Stuhl und fühlte sich matt und

zittrig. Was erwartete ihn? Auch auf der Empore hatten sich alle erhoben.

»Ich ernenne Sie kraft meines Amtes zum Brigadegeneral. Enttäuschen Sie uns nicht.«

Die Anwesenden applaudierten, während Orik mit der Fassung rang. Freude über die Beförderung wollte sich nicht einstellen. Hatte man das alles inszeniert, um ihn auf die Probe zu stellen?

»Zugleich entbinde ich Sie von der Betreuung Ihres Auszubildenden. Sie dürfen und müssen sich mit voller Hingabe Ihren neuen Aufgaben widmen. Über Einzelheiten werden wir Sie in Kenntnis setzen. Das Protokoll wird subskribiert, ich erkläre die Versammlung für geschlossen.«

Der Vorsitzende hob feierlich die Hände. »Dein Bild sei unser.«

»Unser sei dein Bild!«, erscholl es im Saal.

11

Brigadegeneral Ulan Tromsbork zog seine letzte Bahn im Außenbecken der Dachterrasse. Beim Auftauchen strich er Wasser aus dem schütteren Haar und stützte sich mit den Unterarmen auf den beleuchteten Beckenrand. Zwischen der Prothese und dem eigenen Arm spürte er schon lange keinen Unterschied mehr. Zu den Errungenschaften in diesem Land gehörte die fortschrittliche medizinische Versorgung.

Er blickte hinab auf das funkelnde Panorama der Stadt. Hinter jedem dieser Fenster saß ein Schwachkopf und schaute anderen Schwachköpfen dabei zu, wie sie ihr unnützes Leben verbrachten. Die Leute hatten die Potenziale, die der Wiederaufbau bot, nie begriffen. Eine von Grund auf erneuerte Gesellschaft.

An der Entstehung des Staatenbunds war er maßgeblich beteiligt und hatte als Anführer der Truppen weit mehr als seine Pflicht erfüllt. Darauf war er stolz. Dem Volk mangelte es an nichts. Sicher, der Wohnungsbau konnte zügiger voranschreiten, und es gab Bezirke, die noch aufzuholen hatten. Wie auch immer, der Allgemeinheit ging es gut, daran gab es nichts zu rütteln. Was den meisten fehlte, war der Einsatzwille, für das Gemeinwohl zu kämpfen. Das ging bis hinauf in die obersten Ränge. Die waren nur auf ihr eigenes Wohl bedacht. Undankbares Pack.

Ein Wind zog auf. »Mehr Warmes«, knurrte er. Unter ihm begann es zu blubbern.

Schritte näherten sich. *Viernullsiebeneinsdrei* beugte sich zu ihm nieder und reichte ihm ein frisches Glas

Schamvin. »Soll ich das Abendessen zubereiten?«, erkundigte sie sich. Er konnte in ihren Ausschnitt sehen.

Tromsbork nickte. »Ich komme gleich.«

Sein Blick folgte ihr, und er wurde sich bewusst, wie sehr er sie jetzt schon vermisste. Sie und diese Residenz. Er würde Platz machen müssen für seinen Nachfolger. Einen gewissen Orik Adamant, dessen Vorgesetzter einige Hebel in Bewegung gesetzt hatte, um einen treuen Dockel an der Seite zu haben. Nun ja, Tromsbork musste zugestehen, dass dies wohl nicht der einzige Grund für Adamants Aufstieg war. Nach allem, was er in Erfahrung bringen konnte, schien der Mann ein begnadeter Ermittler zu sein.

Eigentlich war Tromsbork ebenfalls für eine Beförderung vorgesehen. Doch die Bedingungen waren nicht nach seinem Geschmack. Irgendeine Pappnase hatte die Unverfrorenheit besessen, ihm den neu geschaffenen Posten des Intro-Ministers anzubieten. Im Austausch dafür, dass er seine kritischen Äußerungen zu den abscheulichen Praktiken der Entidentifizierung und zu diesem lästigen Bilder-Fanatismus künftig für sich behielt. Natürlich hatte er abgelehnt. Die politische Bühne war nicht für ihn gemacht. Es dauerte keine Woche, und schon hatte jemand Tromsbork denunziert. Angeblich stand er in Kontakt mit einem Spion des Widerstands. Ausgerechnet er, treuester Diener des Volkes! Dafür hatte er im Krieg seinen Arm geopfert und eine Kopfverletzung davongetragen.

Seit Wochen fegte eine Welle von Verhaftungen durch die Straßen. Die Anschläge hatten an Intensität zugenommen, während der Widerstand näher rückte. Panik hatte die oberste Riege erfasst. Wer aus den eigenen Reihen könnte im Verborgenen für den Gegner arbeiten? Während die eigentlichen Verräter unentdeckt blieben, traf es Unschuldige. Der Urteilsspruch berief sich stets auf Artikel 47 der Verfassung:

> (1) Die Todesstrafe ist abgeschafft. Gefängnisse und Zuchthäuser sowie Folter sind untersagt.
> (2) Entidentifizierung darf nur in Fällen besonders gravierender Rechtsverstöße verhängt werden. Sie bedarf der Zustimmung des Staatsrates.

Jederzeit nachzuhören im Archiv des Großen Dreiecks, bei Vorlage einer Terminvereinbarung. Zu „besonders gravierenden Rechtsverstößen" zählte natürlich der Besitz jeglicher im Zusammenhang mit Schrift stehender Erzeugnisse.

Und Hochverrat. Das betraf ihn. Sie würden ihn wie die anderen am Leben lassen. Hinrichtungen, das hatten die Behörden festgestellt, waren - von wenigen Ausnahmen abgesehen - eine Verschwendung wertvoller Ressourcen. Für den Wiederaufbau wurden zu viele Menschen gebraucht. Deshalb hatte sich die Entidentifizierung als in jeder Hinsicht nützliches Strafmaß erwiesen.

Die Prozedur war kurz und schmerzlos. Ein weiterer Fortschritt der medizinischen Versorgung. Auch an Komfort fehlte es nicht. Der Verurteilte wurde in das ehemalige *Parkhotel* eskortiert und in einem der Zimmer untergebracht. Fürstlich eingerichtet. Nach dem Abendessen brachte man den Gast in einen Bereich des Kellers, wo sich einst die Turngeräte befanden. Der Delinquent saß in der Mitte des Raumes, um ihn herum das Publikum. Einer von ihnen hatte Tromsbork von diesen Prozeduren berichtet.

Gurte stellten sicher, dass sich die Person nicht bewegte. Ein Metallarm fuhr von der Decke herab und verabreichte eine örtliche Betäubung. Nun wurde ein Loch in den Schädel gebohrt und eine Kapsel implantiert, direkt zwischen Thalamus und Frontallappen. Danach war die Person ein abgestumpftes, kontrollierbares Wesen, ohne eigenen Antrieb. Das Wesen wurde mit einer Nummer versehen und einer Aufgabe zugeteilt, die es bedingungslos erfüllte. Die Herrscher in Ägypten wären begeistert gewesen: ein Heer williger Arbeitskräfte. Ohne Peitsche und Gebrüll.

Nun war er an der Reihe. Nur eine Frage der Zeit. Seine Kopfverletzung bereitete ihm Sorgen. Im Krieg hatte er einen Teil seiner Hirnmasse eingebüßt. Man hatte sie durch synthetisches Material ersetzt. Was, wenn sich die Entidentifizierung auf diesen Teil seines Gehirns nicht auswirken würde? Wäre er sich dann phasenweise seiner Nicht-Existenz bewusst?

Genug gegrübelt. Es lag nicht in seiner Absicht, sang- und klanglos zu verschwinden. Er hatte schon seit geraumer Zeit Vorkehrungen getroffen. Tromsbork schwamm ein paar Züge, griff nach der Leiter und zog sich aus dem Becken. Jemand versperrte ihm den Weg. War *Viernullsiebeneinsdrei* zurückgekehrt? Im Gegenlicht konnte er das Gesicht nicht erkennen.

»Guten Abend«, sagte eine Stimme.

Das Wasser rann an ihm hinunter, während er noch rätselte, wie der Fremde es geschafft hatte, die ausgeklügelten Sicherheitssperren zu überwinden.

»Wer sind Sie?«

Die Frage blieb unbeantwortet. »Ich möchte Ihnen ein Angebot unterbreiten.«

»Nicht interessiert«, entgegnete er und ließ sich widerwillig in den Bademantel helfen.

»Ihre Entscheidung. Wir wissen, dass Sie sich in einer schwierigen Lage befinden, aus der wir Sie befreien könnten. Für eine neue Aufgabe, die Ihnen sicher zusagt.«

*

Orik waren Paraden verhasst, aber aufgrund der neuen Position wurde seine Anwesenheit erwartet. Schon in der Kindheit war September Eins ein gefürchtetes Datum. Damals musste er diese unbequeme Kinderuniform anziehen, mit dem Kragen, der so fies am Hals kratzte. Ekzeme, eine Woche lang.

In seiner sehr lebendigen Erinnerung sah er sich mit seinen Kameraden aus den Strukturzentren im Gleichschritt an der Ehrentribüne vorbeiziehen. Dabei hielt er seine Digitafel ausgestreckt über dem schwitzenden Kopf und hoffte inständig, dass die Farben im richtigen Tempo wechselten. Von oben betrachtet ergab die Summe leuchtender Vierecke eine animierte Abfolge von Bildern. Düstere Motive der Erstzeit kontrastierten mit knallbunten Momentaufnahmen einer sorgenfreien Zukunft. Dazu schmetterte er mit den anderen die Hymne des Wiederaufbaus, die ganze Strecke entlang. Die Mitschüler nannten ihn „Heulboje".

Dem einfachen Volk war die Teilnahme an der Parade prinzipiell freigestellt, aber man hatte Maßnahmen getroffen, damit die Zuschauerzahlen den

Erwartungen entsprachen. Wer sich auf den Rängen registrierte, hatte Anspruch auf einen Steuernachlass. Die anderen erhielten nichts – außer einen Vermerk in ihrem Bürgerprofil.

Vierzig Jahre später erklomm Orik die Stufen zur Ehrentribüne und stellte fest, dass die „Steuererleichterungen" immer noch Wirkung zeigten. Unter ihm wimmelte es vor Menschen. Als er in jungen Jahren an ihnen vorbeimarschiert war, hatte er die Masse nicht wahrgenommen. Damals war sein Blick auf die Ehrentribüne gerichtet, wo der Große Piktosoph noch höchstpersönlich gesessen hatte. Nach einem missglückten Attentat war dieser dazu übergegangen, die Parade aus sicherer Entfernung abzunehmen.

Die letzten Strahlen der Sonne verschwanden hinter der Häuserschlucht, als Orik seinen Platz einnahm. Er spürte Unruhe auf beiden Seiten der Straße. Nicht die übliche, euphorische Anspannung in den letzten Minuten, bevor sich der Zug in Bewegung setzte. Nein, etwas anderes. Nicht greifbar, aber präsent. Er ließ seinen Blick über die Gebäude auf der anderen Straßenseite schweifen. Bildwände waren in regelmäßigem Abstand auf die Fassaden verteilt. Sie waren noch dunkel, die Übertragung hatte noch nicht begonnen. Jede Bildwand nahm mehr als zehn Etagen ein, befestigt an riesigen Gerüsten.

Im Zickzack der Metallstangen nahm Orik eine Bewegung wahr. Eine schwarz gekleidete Person hockte darin. Zwei Etagen höher entdeckte er eine weitere. Noch eine und noch eine. Das Gerüst war rundherum mit ihnen besetzt. Wie es schien, auch an den anderen Bildwänden. Technikvolk vielleicht.

Oder nein: In schwindelerregender Höhe hielten die Vermummten Stangen in der Hand. Orik hatte den Eindruck, sie würden auf einen Befehl warten.

»Die Entstörer gehören zu uns«, sagte Wuelfenstrat, als er sich neben ihm niederließ. »Unsere Informanten haben gemeldet, es könnte zu digitalen Schmierereien kommen.«

Orik aktivierte sein Visier und holte einen der Männer näher heran. Am Ende der Stange, die er umklammerte, erkannte er einen Aufsatz, aber die Funktion blieb ihm schleierhaft.

Sein Chef stupste ihn an. »Es geht los.« Er deutete auf den Anfang der Parade. »Süß, die Kleinen.« Wie üblich machten die Schüler den Anfang. Orik feuerte sie innerlich an, als sie ihre Fäuste in die Luft streckten. Die Digitafeln und simplen Farb-Mosaike seiner Kindheit waren durch monumentale Holos abgelöst worden. 3D-Fragmente entsprangen den Armbändern der Kinder. Durch leichte Drehung der Handgelenke steuerten sie ihren Bildausschnitt und leisteten ihren Beitrag zum großen Ganzen. Die Hymne war noch dieselbe. Auch die Motive hatten sich - abgesehen von der Technik - kaum verändert.

An den Fassaden flackerte es, und die Musik schwoll an. Die Übertragung hatte begonnen. Ein Gesicht trat aus den dunklen Flächen der Bildwände hervor. Grüne Augen, schwarzes Haar, straffe Haut. Gute Arbeit, dachte Orik. Der Große Piktosoph musste inzwischen über neunzig Jahre alt sein. Auch den Klang seiner Stimme hatte man frequenzmoduliert, aber seine Sätze waren das Original.

»Liebe Freunde,« begann er. »Heute feiern wir -

zum fünfzigvierten Mal – den *Tag des Sieges – über die Schrift.* – Jene – denen es vergönnt war – für die Überwindung des dunkelsten Kapitels unserer Geschichte – persönlich zu kämpfen – denken bewegt – an die Zeit zurück – in der wir – das Fundament für eine neue, vom Übel der Vergangenheit befreite – Ordnung – errichteten. – Allen sei gedankt – die durch ihre Tatkraft – ihren unbeugsamen Willen – und ihren Mut – bis zum heutigen Tag dazu beitragen – eine Gesellschaft zu schaffen – die für Frieden – und Gemeinwohl steht. Durch das Volk – und für das Volk – wurde wahrhaft Großes vollbracht.«

Frenetischer Applaus der Ehrentribüne, deutlich verhaltener auf der anderen Seite des Festzugs. Wie in jedem Jahr hatten die langen und zugleich abgehackten Sätze des Oberhaupts das Publikum erschöpft.

Er fuhr fort: »Liebe Freunde. Die haltlose Hetze – die von einer Handvoll Verwirrter gegen uns geführt wird – zielt nur darauf ab – eure – wachen – Instinkte – zu vernebeln und Zweifel in die Stärke – und Errungenschaften unserer Volksgemeinschaft zu säen. – Ihnen sei gesagt: – Wir werden niemandem gestatten – mit Füßen zu treten – was wir gemeinsam erreicht haben! Wer unseren Idealen entgegensteht, muss mit härtesten Konsequenzen rechnen.«

Zu den dröhnenden Worten des Großen Piktosophen zogen die Einheiten der Elitetruppen vorbei, ihnen voran die Formation der Schüler aus den Strukturzentren. Orik fragte sich, ob auch die kleine Karna da unten entlang marschiert war. Er rutschte auf seinem Sitz herum. Seit Tagen fühlte er sich angespannt. In der Nacht wälzte er sich von einer Bettkante zur anderen. Wo war sie? Bei seiner Rückkehr von der Beförderungszeremonie hatte er die Wohnung verlassen vorgefunden. Keine Nachricht. Hatte er Karna verärgert, weil sie so lange auf ihn warten musste? War sie einfach abgehauen? Aber wozu hatte er dann die Sachen aus ihrem Tresor besorgt? Es schien, als sei ihr viel daran gelegen. Das ergab keinen Sinn. Steckte Karna in Schwierigkeiten? Hatte man sie in seiner Wohnung entdeckt und verhaftet? Davon hätte er längst erfahren. Und die Kiste mit Büchern aus Symis Versteck wäre nicht unberührt geblieben. Alles sehr seltsam. Sollte er über seinen Schatten springen und Locruzia kontaktieren? Sie war jetzt schließlich seine Untergebene und leitete die Fahndung nach Karna.

»Scheiße! Warum tun die nichts?« Wuelfenstrat war neben ihm aufgesprungen und riss ihn aus seinen Gedanken. Die Tribüne war in Aufruhr. Orik blickte auf die Bildwand gegenüber und begriff. Während der Große Piktosoph unbeirrt weitersprach, war neben seinem Kopf eine pixelige Denkblase aufgetaucht. Sie enthielt vier pulsierende Symbole: goldene Krone, Clownsgesicht, Schamvinglas, Sonnenschirm. Dazu Untertitel, als seien es seine wahren Gedanken:

Ihr Trottel glaubt, dass ich mich für euch interessiere. Schuftet weiter, damit ich und meine Handlanger im Luxus schwelgen.

»Was sind das für Zeichen da unten?«, rief jemand aus dem Vorstand. »Kann das jemand übersetzen?«

Wollt ihr wissen, was mit euren Eltern, euren Freunden geschah, als sie spurlos verschwanden?

Der Rest ging im Tumult unter. Unten auf der Straße versuchte ein Teil des Publikums, die Sperren niederzureißen und die Parade zu fluten. Die Symbole in der Denkblase haben ihren Zweck erfüllt, dachte Orik. Oder hatten etwa einige von ihnen auch die Untertitel verstanden?

Als die ersten Schüsse fielen, wurden Orik und die anderen Gäste der Ehrentribüne von Sekuritaten gepackt und in Richtung Ausgang geschoben.

»Sofort abschalten!«, schrie Wuelfenstrat, verzweifelt bemüht, jemanden zu finden, der dafür zuständig war. »Und holen Sie diese Schmeißfliegen von den Wänden!«

12

»Sie kommt zu sich.« Die ersten Worte, die Karna hörte, seit sie weggetreten war.

Sie spürte sengenden Schmerz in der Hüfte. So stark, dass sie von einem Schwarz ins nächste stürzte. Sie wurde zwar wacher, sah aber nichts. Als hätte ihr jemand eins über den Kopf gezogen. Atmen fiel ihr schwer. Erst allmählich kam die Erinnerung: Oriks Wohnung. Schäumendes Meer. Der Typ, der ihr das zweite Mal aufgelauert hatte. Der Ausschalter.

»Alls preparat?« Schnarrender Klang, männlich. Da waren noch andere Stimmen. Sie lag auf dem Rücken, versuchte sich zu bewegen, war aber festgeschnallt. Etwas rüttelte unnachgiebig. Trotz offener Augen nichts zu sehen, das machte sie verrückt. Metallische Klänge – mal dumpf, mal helles Klappern. Rollen. Knirschen. Um sie herum Schritte. Rufe, fern und nah. Gesprächsfetzen. Sie kamen von vorn und entfernten sich hinter ihrem Kopf.

»… brauchen mehr von den …«
»… sie sollen auf gar keinen …«
»… den nächsten Angriff …«
»… habt ihr euch dabei …«
»… müssen wir vorrücken …«

Ein weiteres Rütteln. Das, worauf sie lag, schien sich zu bewegen. Am Boden waren Dellen oder etwas ähnliches.

»Wie ist ihr Zustand?«, fragte eine Frauenstimme.

»Bestens.« Sehr nah.

Karna wollte protestieren, brachte aber nichts hervor. Ihre Liege kam zu einem abrupten Halt.

Ein Klappern.

»Der hier ist noch frei«.

Zischen. Bewegung. Ein weiteres Zischen. Stille. Nein, nicht ganz. Da war ein sehr leises elektrisches Summen.

»Melden Sie sich, wenn Sie mich brauchen.«

»Danke.« Die Frau.

Gleißendes Licht. Au, das tat weh. Dieses Ding über ihrem Kopf war plötzlich weg. Karna blinzelte. Ein Augenpaar, riesig vor ihr. Mit etwas Sanftem im Blick.

»Kannst du mich hören?«

Karna wollte nicken, aber es ging nicht.

»Augenblick, das wird dir helfen.« Die Frau führte ein bläulich glimmendes Oval über Karnas Gesicht.

»So besser? Ich bin Ninothea. Du bist in Sicherheit.«

Die Lähmung ließ nach und Karna gewann ihre Stimme zurück. »In Sicherheit – wovor?«, lallte sie und bemerkte den kahlgeschorenen Schädel der Frau.

Ninothea lächelte und begann, Karnas Fesseln zu lösen. »Du wunderst dich, dass ich mich nicht mit meiner Nummer vorgestellt habe. Ich habe meine Identität zurückerhalten.«

Karna war sich nicht sicher, ob sie sich verhört hatte. »Das ist … gut. Aber wie …« Beim Versuch, sich aufzurichten, geriet sie ins Taumeln.

»Vorsicht, keine hektischen Bewegungen! Die Betäubung ist noch nicht ganz abgeklungen. Das dauert noch einen Moment.«

Karna fuhr sich mit den Händen über das Gesicht. »Wo bin ich, und was wollt ihr von mir?«

Wieder dieses Lächeln. Hinter ihr öffnete sich die Tür. »Da will dich jemand sehen.« Ninothea wandte sich zum Gehen. »Pass auf dich auf.« Sie nickte dem bärtigen Mann zu und ließ die beiden allein.

»Na, hallo! Wen haben wir denn hier …?«

Karna glaubte, ein Gespenst zu sehen.

»Alwing?«

Der Mann mit dem zerzausten Haar nahm sie in den Arm.

Sie ließ es geschehen. Zu vieles ging ihr durch den malträtierten Kopf.

»Karna, Liebes, endlich bist du bei uns. Komm, setz dich, du bist noch schwach auf den Beinen. Ist sie nicht reizend?«

»Wer?« Karna griff nach einem Stuhl.

»Ninothea. War mal Ärztin. Eine Perle, sage ich dir.«

»Mag sein, aber sie hat meine Fragen nicht beantwortet.« Karna dachte nach. »Müsstest du nicht … in Haft sein oder sowas, Alwing?«

»Nein … Woher diese Frage?«

Das Gespräch war wie Blei. »Von deinem Nachbarn. Orik Adamant. Er sagt, sie haben dich auf der Straße geschnappt.«

»Orik … Was hast du denn mit ihm zu schaffen? Gut, er kann lesen, aber er arbeitet nun einmal für die andere Seite.«

Karna stöhnte. »Jetzt geht das wieder los. Wann werdet ihr es kapieren? Ich hab's nicht so mit „diese Seite, jene Seite". Ich bin nicht eine von euch in diesem ganzen Schickschack.«

»Karna-Liebes, wir sind die Guten. Wir jagen die

elende Piktatur zur Hölle. Und dann bringen wir die Schrift zurück.«

Karna blickte zur Decke. »Zwei flinke Boxer jagen die quirlige Eva und ihren Mops durch Sylt.«

»Häh? Karna, ich rede mit dir.«

»Bogen, Punze, Arm, Steg. Majuskel, Minuskel. Durchschuss, Grauwert.«

»Bitte, lass den Blödsinn.«

Karna setzte sich auf. »Da hast du's, Alwing, das meine ich. Ihr habt nicht den geringsten Schimmer von Schrift. Null Interesse. Nur, solange ihr sie für eure Zwecke einsetzen könnt. Und alle, die sich auskennen, werden kaltgestellt.«

Sie schwiegen sich an. Karna erinnerte sich an ihre ursprüngliche Frage. »Wolltest du mir nicht sagen, warum du mir hier gegenübersitzt – anstatt auf dein Verhör im Großen Dreieck zu warten?«

Alwing zupfte an seiner Lippe und betrachtete sie. »Ich konnte entkommen.« Er sah ihren ungläubigen Blick. »Mit Unterstützung meiner Leute.«

Karna hielt es kaum auf ihrer Liege. »Deine Unterstützer. Das sind dieselben, die meine Wohnung abgefackelt haben, stimmt's?«

Alwing riss es vom Stuhl. »Schluss damit!«

So hatte sie ihn noch nie erlebt. Sein Gesicht war puterrot. Er brauchte einen Moment, um sich zu sammeln und nahm ungelenk wieder Platz.

»Der Tag war anstrengend. Du bist unser Gast, und wir wollen uns zivilisiert verhalten.«

Karna verschränkte die Arme. »Ich höre.«

»Wir haben nichts damit zu tun.«

»Glaub ich nicht.«

»Ich hatte dich gewarnt. Und es tut mir unendlich leid, was mit deiner Freundin geschehen ist. Siehst du es nicht? Die Piktokraten wollen ungeschehen machen, was ihr geschaffen habt. Wir müssen euer Werk vor der Vernichtung bewahren.«

»Klingt wahnsinnig selbstlos, Alwing. Aber wir haben euch nicht darum gebeten.«

Alwing seufzte. »Ich dachte nicht, dass du es mir so schwer machst. Kannst du dir nicht vorstellen, was wir damit in den Köpfen der Menschen bewirken können?«

»Das kann ich.«

Seine Augen leuchteten. »Ich wünschte, du hättest den Testlauf bei der Parade miterlebt.« Alwings Hand zeichnete ein Bild in die Luft. »Eure Schrift auf allen Bildwänden. Der Zorn des Volkes! Die Oberdeppen sind immer noch mit dem Aufräumen beschäftigt.«

»Moment.« Sie kam nicht hinterher. »Was soll das heißen? Woher habt ihr …«

Alwing zog eine Digikarte hervor. »Die haben wir in deiner Jacke gefunden. Mit deinem Finger konnten wir sie aktivieren. Ist alles drauf.«

Sie zwang sich, ruhig zu bleiben. »Der Punkt geht an euch. Aber damit kommt ihr nicht weit, jedenfalls nicht ins *Luxor*-Netz.«

Alwing nickte. »Deshalb bist du hier.« Er beugte sich vor und senkte die Stimme. »Wir brauchen dein Hypositron. Können wir auf dich zählen?«

»Was habt ihr denn damit vor? Sicher nicht, was Symi und ich im Sinn hatten.«

Alwing hob die Hände. »Wir wollen nicht, dass die falschen Leute das Ding in die Finger bekommen.

Deine freie Entscheidung, was damit geschieht. Du hast mein Wort.«

»So frei wie mein Aufenthalt hier?«

»Ich bedaure die Umstände, die dich hierhergeführt haben. Wir mussten verhindern, dass du in Feindeshand gerätst.«

»Jaja. Ich stehe in eurer Schuld. War schmerzhaft genug, in *eure* Hände zu geraten.« Karnas Augen verengten sich zu einem Schlitz. »Wer ist für Symis Tod verantwortlich?«

»Das Große Dreieck. Warum sollten wir jemanden töten, noch dazu deine Freundin?«

»Vielleicht beim Versuch, an das ranzukommen, was ich euch nicht gebe. Orik verfolgt eine Spur. Wenn der Täter jemand aus dem Großen Dreieck wäre, wieso sollte er nach ihm fahnden?«

»Ach, der gute Orik … Bei ihm muss alles seine Ordnung haben. Ich kenne ihn. Der sucht nach dem Täter, selbst wenn es um seine eigene Mutter ginge.«

»Warum auch nicht.«

Alwing schüttelte den Kopf. »Ich seh schon, so kommen wir nicht weiter.« Er tippte auf den Rand des Tisches. »Der Mann, der dich hierhergebracht hat, neigt manchmal zu übereifrigen Methoden. Ich finde, er sollte sich bei dir persönlich entschuldigen.«

Karna hörte das Zischen der Tür und wollte aufspringen, aber ihre Beine waren taub. Eine Hand drückte sie zurück in den Sitz.

»Entscholt mich«, sagte eine vertraute Stimme. Etwas Kaltes traf Karna am Hals.

Vor ihr dehnte sich Alwings Gesicht wie ein Ballon. Alle Farben nahmen einen Pastellton an.

Wer war sie nochmal?
Das Ohr. Sprach da jemand?
Zu ihr?

13

Die Katze am Fuße der Pyramide musterte ihn. Inquisitiv, beinahe drohend. Ihr Blick schien seinen Schritten zu folgen, doch sie bestand wie der Rest des Monuments aus Granit. Die Gruft direkt gegenüber enthielt offenbar die Überreste eines Pianisten. Er hatte wohl verfügt, dass man auf einem Flügel aus Marmor Klaviertasten in Schwarz und Weiß anbringt. Sein Grundstücksnachbar konterte mit einer filigran gemeißelten Staffelei, darauf sein steinernes Portrait.

Dieser ganze Prunk nützt euch nichts, dachte Orik. Der Tod macht uns alle gleich.

Ein paar Meter weiter klammerte sich ein großer Käfer aus Bronze (Insektenforscher oder Bestatter?) an eine zerborstene Steinplatte, die schräg in den modrigen Boden ragte. Den Abschluss des Weges markierte ein von Efeu überwucherter Tempel. Der Giebelschmuck enthielt ein längliches Objekt. Orik erkannte darin einen steinernen Bleistift.

An den aufgeschütteten Hügeln zwischen den uralten Grabstellen konnte Orik ablesen, dass nur die wenigsten Gräber erhalten geblieben waren. Auch der Rest war nicht unversehrt. Die Beschriftung hatte man abgeschlagen oder notdürftig übermalt. Hier und da konnte er Reste von Buchstaben erkennen. Vielleicht war Symi hier gewesen und hatte sich für ihre Schrift inspirieren lassen – Spekulation. Orik genoss die Stille. Er war die einzige lebendige Seele weit und breit. In früheren Jahren war er schon diese Wege entlang-geschlendert, um seine Gedanken zu sortieren. Manchmal war es ihm vorgekommen, als würden die Relikte der Erstzeit zu ihm sprechen.

Der Pfad führte Orik vorbei an Reihen von Sandsteinwänden mit einem kleinteiligen Muster auf der Oberfläche. Bei näherer Betrachtung waren es Fotos der Gefallenen aus dem Großen Krieg. In regelmäßigen Abständen schwebten Holo-Bildergalerien, die Auskunft gaben über den Werdegang der Verstorbenen. Links und rechts am Wegesrand flackerten die Zeugnisse vergangenen Lebens stumm vor sich hin.

Vor ihm lag ein bewaldeter Abschnitt. Als er ihn durchquerte, lauschte er dem Gezwitscher seltener Vögel. Dabei stolperte er beinahe über die Metallstange, die vor einem Baumstamm aus dem Boden ragte. Auf der kleinen Tafel am oberen Ende wechselten Projektionen der Toten, die unter seinen Füßen bestattet waren. Genauer gesagt: Extrakte ihrer Asche in kleinen Kapseln, tief unter dem weichen Teppich aus Fichtennadeln. Orik durchschritt die letzte Baumreihe und kam vor einer weiten Brache zum Stehen.

Hier, am hinteren Ende des Zentralfriedhofs, war die letzte Ruhestätte für Ent-Identifizierte. Offiziell als *Dividuen* bezeichnet. Die Bestattungen erfolgten immer anonym. Keine Holos, keine Fotos. Orik nahm wahr, dass seine Faust geballt war. Auch Symis sterbliche Überreste wollte man ursprünglich hier im Massengrab verscharren.

Durch Zufall hatte er davon erfahren und mit seinem ersten Gehalt als Brigadegeneral ein ordentliches Begräbnis finanziert. Es war ihm gleich, dass dies im Großen Dreieck auf Widerwillen stoßen würde. Symis Versteck hatte ihm eine neue Welt eröffnet. So viele ihrer Bücher hatte er inzwischen durchstöbert. Es war das Mindeste, das er für Symi tun konnte.

Orik betrat den Abschnitt für neu angelegte Gräber. Schon von weitem erkannte er die Silhouette seines ehemaligen Auszubildenden.

»Domrich. Freut mich, dass Sie kommen konnten. Weiß ich zu schätzen.«

»Ist selbstverständlich, Chef.« Sie gaben sich die Hand und betrachteten den ungewöhnlich geformten Grabstein.

»Gewagt. Aber Symi hätte es gefallen«, meinte Domrich.

Zwei Pfeiler aus schwarzem Gestein trafen diagonal aufeinander und bildeten am oberen Ende einen Scheitelpunkt. Ungefähr in der Mitte der dreieckigen Öffnung schwebte ein Holo. Es bildete einen Querstrich. Wer wollte, konnte in dem Ganzen ein A erkennen.

Domrich sprach aus, was beide dachten. »Warum musste sie sterben?« Orik schwieg und nickte.

»Schöne Bilder.« Domrich deutete auf das Holo mit Motiven aus Symis Leben.

»Kleine Auswahl. Aus ihrer Wohnung.«

Ich weiß, dachte Domrich. »Spricht nichts dagegen. Keine Nachfahren. Und da Sie der neue Mieter sind …«

Orik erstarrte. »Woher …«

»Ich sag's niemandem. Sie haben mein Wort.«

Orik betrachtete ihn prüfend. »Danke.«

»Erklären Sie es mir bitte.«

Als sich Orik begriffsstutzig gab, hakte Domrich nach: »Warum mietet ein hochrangiger Ermittler eine

Wohnung an, in der sich ein Mord zugetragen hat?«

»Wissen Sie, Domrich, es freut mich, dass Sie die richtigen Fragen stellen. Ja, es hat mit dem Fall zu tun. Und ich verspreche, dass Sie der Erste sind, den ich einweihe. Sobald der Zeitpunkt gekommen ist.«

Domrich nickte. »Ich verstehe Ihre Vorsicht, wenn ich an meine Vorgesetzte denke.«

»Locruzia hat es auf unsere Zeugin abgesehen, und ich werde alles tun, um ihr zuvorkommen.«

»War sie mal hier am Grab?«

»Karna? Nein.«

»Nicht einmal bei der Trauerfeier?«

Orik schüttelte den Kopf. »Sie scheint vorsichtig zu sein. Kann ich ihr nicht verdenken.« Er zog eine Metallschachtel aus seiner Manteltasche und entnahm ihr einen schimmernden Tetraeder. »Den trage ich immer bei mir. Ich will sie dazu befragen, wenn sie wieder auftaucht. Stammt aus Karnas Wohnung. Wissen Sie vielleicht, was das ist?«

Domrich wirkte irritiert. »Sie hatten gesagt, beim Brand sei alles zerstört worden.« Irgendetwas in Oriks Blick ließ ihn von weiteren Fragen absehen. »Darf ich? Oh, für die Größe ganz schön schwer.« Domrich begutachtete das Objekt von allen Seiten und gab es Orik zurück. »Soetwas habe ich noch nicht gesehen. Wirkt wie eine Eigenkonstruktion.«

Orik verstaute den Gegenstand. Sein Entschluss stand fest: Karnas goldenes Notizbuch hatte er bis jetzt nicht angerührt, aber damit war es vorbei. Es musste Hinweise zu dem seltsamen Objekt enthalten.

»Chef?« Domrichs Stimme riss ihn aus seinen Gedanken.

»Äh, ja. Ich habe nachgedacht … Domrich, unsere Zeugin ist weg, der Verdächtige ist auf freiem Fuß. Und Ihr Onkel Brogan setzt mich ganz schön unter Druck. Ich hoffe, Sie haben was für mich?«

»War nicht einfach, aber ich konnte rausfinden, wer das Täterprofil aus dem Archiv gelöscht hat.«

Orik spürte Adrenalin in den Adern. »Gute Arbeit. Wer?«

»Warten Sie, Chef. Das Beste kommt noch.«

Orik blickte fragend.

»Profil und Name des Täters sind weg, aber ich konnte eine fragmentierte Kopie des Fotos sichern. Vielleicht können wir es rekonstruieren, aber ich habe nicht die nötigen …«

»Gehen Sie zum Doktor.«

»Wie bitte?«

»Er nennt sich so. War mir mal behilflich. In meiner neuen Position kann ich mich beim Doktor nicht mehr blicken lassen. Ich sag Ihnen, wo Sie ihn finden.«

*

Locruzia Voltano blickte in den Spiegel. Vollkommen verschmiert. Sie sah furchtbar aus, aber es war ihr egal. Sie füllte den Kristallbecher bis zum Rand und wankte zur Glasschiebewand. Gerade noch rechtzeitig machte sie halt und stützte sich mit der Stirn an der kühlen Scheibe ab. Sie hörte sich ein Lied summen. Eine Kindermelodie. Ihre Mutter hatte es ihr vorgesungen. In behüteten Zeiten, lange her. Vor ihrer Flucht aus Arkonia, wo sie fast verhungert wären. An Tagen wie diesen spukten Erinnerungsfetzen in ihrem Kopf.

Renas angsterfüllter Blick, als die Wellen über ihrem Gesicht zusammenschlagen. Nutzloses Geschrei nach ihrer Mutter, während sich Locruzia an die nassen Schultern ihres Vaters klammert. Das rettende Ufer. Ihr Vater, der zurück in die Fluten springt.

Locruzia spürte Druck auf der Brust und hielt die Hand vors Gesicht, als könne sie die Heimsuchung der Vergangenheit abwehren. Bis heutige war sie überzeugt, der Tod ihrer Mutter sei ihre Schuld. Jahrelang hatte sie sich verkrochen, ein schüchternes Kind, das sich mit der Frage quälte, ob es an ihr lag, dass ihr Vater so oft fortging. Eines Tages war er nicht zurückgekehrt. Um sich durchzuschlagen, hatte sie eine Meisterschaft in Anpassung und Täuschung entwickelt.

Nach einem halben Leben hartnäckiger Suche war Locruzia dahintergekommen, dass sich ihr Vater mit den falschen Leuten im Staat angelegt hatte. Erst vor ein paar Tagen hatte sie herausgefunden, wie sie Dividuen lokalisieren konnte. Das Archiv im Großen Dreieck war ihr eine wertvolle Hilfe. Ihrer Recherche zufolge hatte sich ihr Vater in den Minen von Markland die Lungen ruiniert und lag auf der Intensivstation. Als es ihr endlich gelang, ihn aufzuspüren, war er kurz zuvor verstorben.

Den Anblick der dürren Gestalt mit dem aufgerissenen Mund würde sie nie vergessen. Die Scheibe beschlug von ihrem Atem. Schwerfällig hob Locruzia das Glas. Richtig gut, das Zeug. Brigadegeneral Tromsbork hatte erstklassigen Geschmack, davon war sie überzeugt, spätestens nach ihrem Rundgang durch sein Spirituosen-Kabinett. Es war ihm sicher nicht leichtgefallen, all das hier hinter sich zu lassen, nachdem er sich entschieden hatte, von der Bildfläche zu verschwinden.

Draußen war die Nacht in blaues Licht getaucht. Es kam vom Schwimmbecken. Sollte sie ein Bad nehmen, um auf andere Gedanken zu kommen?

»Locruzia. Du kann rekepten mir?«

Sie wandte sich um. Die Projektion war verwackelt und unscharf. Warum musste er immer noch in dieser dämlichen Mundart reden? Sie hatte es schließlich auch geschafft, ihren Dialekt aus Arkonia abzulegen. Ihr Alkoholpegel machte es ihr nicht leicht, aber sie bemühte sich um eine saubere Aussprache. »Ich hoffe, diese Leitung ist sicher?«

»Alls kontrollt. Ist von Belank.«

»Na, wenn du es sagst. Ich höre.«

»Hab ich Objekt gefonden jetz.«

»Gut. Ein Fortschritt. Probleme?« Sie bemerkte sein Zögern.

»Mussta besken helpen nach.«

Locruzia spürte ihren Puls. »Hast du …«

»Nich Sorga. Alls onder Kontroll.«

»Das will ich dir raten. Ich will nicht wieder hinter dir herräumen müssen.«

»Nich nodig. Alls henter ons balden.«

»Na, dann.« Locruzia setzte ein schiefes Lächeln auf und hob das Glas. »Auf den Sieg.«

»Offden Sieken.« Die Projektion löste sich auf.

Sie stand im Dunkeln und blickte hinaus. Was bedeutete ihr der „Sieg"? Ihr fiel auf, dass sie sich über die Zeit danach keine Gedanken gemacht hatte. In ihrem Rücken hörte sie Schritte, die sich näherten.

»Ihr Abendessen ist angerichtet. Brauchen Sie mich noch?«

Locruzia leerte ihr Glas. »Nein, vielen Dank.«

»Sehr wohl, gute Nacht.« *Viernullsiebeneinsdrei* verneigte sich.

»Warten Sie.« Locruzia folgte ihr und deutete zum Speisezimmer. »Leisten Sie mir doch Gesellschaft.«

14

Braune Pfützen im Asphalt. Leere Tablettenspender und aufgeweichte Verpackungsreste. Orik wählte seine Schritte mit Bedacht. Der Weg war um diese Zeit nicht nur menschenleer, sondern auch spärlich beleuchtet. Er musste an seine letzte Begegnung mit dem Schattenvolk denken. In dieser Drecksgegend würden die sich wohlfühlen. Orik entsicherte den Ausschalter.

Rumpelnd und schnaufend näherte sich ein Baggo. Die Sensoren hatten Orik längst erfasst, doch er trat sicherheitshalber zur Seite, als ihn das Ungetüm im berechneten Standardabstand passierte. Der doppelte Lichtkegel fuhr zitternd über die Müllberge, bevor sich die mannshohe Schaufel kreischend in den Abfall grub. Zwischen dem Schutt ganzer Straßenzüge erkannte Orik demolierte Getränketanks, entsorgte Projektoren und den Rest eines Visiers.

Karna ging ihm nicht aus dem Kopf. *Ihre eng umschlungenen Körper in einem Strom aus Buchstaben, die ihre nackte Haut umspülten.* Warum meldete sie sich nicht? Ging die Provokation aus Schrift während der Parade womöglich auf ihr Konto, und war sie deshalb untergetaucht? Nein, das passte nicht zu ihr.

Oder doch?

Das ewige Warten musste ein Ende haben. Er beschleunigte seinen Gang und bog um die Ecke, wo eine Kompositpresse damit beschäftigt war im Sekundentakt Mauerwerk und Konstruktionsteile auf das Förderband zu speien. Ein paar Meter weiter entstand aus dem Müll ein neues Haus.

Orik steuerte auf das ehemalige Eckhaus zu, das wie ein freistehender Zahn aus der Trümmerlandschaft ragte. In diesem Viertel hatte der Krieg kaum ein Gebäude verschont. Die oberen Etagen waren ausgebrannt und standen leer, aber der Rest war noch erstaunlich intakt. Niemand kannte das genaue Baujahr, zumal das Haus mehrfach instandgesetzt und umgebaut worden war.

An der Brandmauer flimmerten frohe Botschaften über staatliche Vergünstigungen. Hektische Versuche, die Erinnerung an das Desaster bei der Parade zu verwischen, dachte Orik, als er sich dem Eingang unter dem Emblem mit dem Trinkgefäß näherte. Antikes Neon in Dreiecksform mit Stiel. Dieser Retrostil war genau nach seinem Geschmack.

Auf der wuchtigen Tür prangte das Piktogramm eines Menschen, dem der Kopf fehlte. Das Symbol war durchgestrichen. Dividuen waren wohl nicht erwünscht. Vielleicht hatte der Laden Probleme mit Prostitution gehabt. Die Tür fiel hinter ihm zu, und er bewegte sich auf die einzige Lichtquelle im Halbdunkel zu.

Ein Weißhaariger stellte das frisch polierte Glas zurück in die Lücke vor der Spiegelwand.

»Guten Abend, Herr Adamant.«

Orik grüßte den Inhaber.

Der Mann nahm das Schildchen mit dem durchgestrichenen Stuhl an sich und wies auf den letzten Hocker am Tresen. »Wie gewünscht an der Station.«

Orik bedankte sich, legte seinen Mantel neben sich ab und nahm Platz.

»Darf es schon etwas sein?«

»Ich nehme diesen blauen …« Orik wollte der Name nicht einfallen.

»*Blaues Wunder*, sehr gern. Entschuldigen Sie mich für den Moment, Herr Adamant.« Der Mann bückte sich und zog am Griff einer Luke. Orik verfolgte, wie der Weißhaarige mit feierlichen Schritten in einem Loch im Boden verschwand. Scharrende Geräusche drangen nach oben, während sich Orik vom Platz aus im Gastraum umsah. Die Wände waren in Anlehnung an das Umfeld mit Schrott dekoriert. Es handelte sich wohl um Teile entsorgter Mikrokraftwerke. An den Tischen saßen vereinzelt Gäste, darunter seine Leute – für alle Fälle. Er nickte dem einen oder anderen zu.

Unten im Keller klapperte es. Dann wuchs der Mann hinter dem Tresen mit jedem Schritt in die Höhe und reihte seine Mitbringsel vor sich auf. »Ich habe für Sie einen Rum und einen Curaçao, die es beide nicht gibt.« Er zwinkerte ihm zu. Flinke Hände begannen mit der Komposition des Getränks.

Oriks Blicke folgten angestrengt den routinierten Bewegungen. »Ich habe Sie das nie gefragt«, sagte er. »Wo haben Sie sowas gelernt?«

Sein Gegenüber sah auf, während er die Arbeit fortsetzte. »Meine Großmutter. Ich hatte die Ehre, bei ihr in die Lehre zu gehen.« Er senkte die Stimme und deutete mit kummervoller Miene auf das Arsenal aus bunten Blechkanistern im Regal hinter ihm. »Als es noch Flaschen mit ordentlicher Beschriftung gab.« Er griff nach dem Metallbehälter, den er von unten mitgebracht hatte und drehte die Vorderseite in Oriks Richtung. »Tut mir leid. Mehr steht nicht drauf.« Auf dem Etikett prangte das Symbol einer Kuh. »Sie müssen mir vertrauen. Seltenes Exemplar ihrer Gattung. Kleine Abfüllung, exklusiv für unser Haus.«

Orik nickte anerkennend. »Deswegen bin ich bei Ihnen, Herr de Moor, und nicht woanders.«

Der Angesprochene sah an ihm vorbei. Seine Nasenflügel zuckten missbilligend. »Da kommt Ihre Verabredung«, raunte er Orik zu, bevor er den Stahlbecher auf das Glas setzte und mit dem Schütteln begann.

»Hab ich was verpasst?«, rief Locruzia auf halbem Weg und ließ sich mit großer Geste auf den Hocker neben Orik fallen. »Ich nehm ein Glas Vinrot.«

Der Mann hinter dem Tresen lüpfte die Augenbraue. »Gnädige Dame, ich möchte Sie vorsorglich darauf aufmerksam machen, dass Vinrot ein recht kostspieliges Imitat …«

Locruzia zückte ihre Digikarte und ließ den Balken ihres Kreditumfangs aufleuchten. »Reicht das?«

Orik schaltete sich ein. »Vinrot, dein Ernst? Die Mixgetränke hier sind ausgezeichnet.«

»Danke, ich bleib dabei.«

»Ganz wie Sie wünschen«, sprach der Barmann mit einer Spur von Kränkung in der Stimme und begab sich auf die Suche nach dem Kanister.

»Orik, wo schleppst du mich hin?«, fragte Locruzia. »Die Gegend ist gruselig. Ist doch in Ordnung, wenn ich dich weiter duze? Du bist ja neudings mein Vorgesetzter.«

»Mach, wie du willst.«

»Sehr zum Wohl«, sagte der Barmann und setzte die blau schimmernde Glaskugel auf einer ehemaligen Solarzelle ab.

Orik probierte. »Köstlich«, gab er zurück.

De Moor verneigte sich, dann reichte er Locruzia das Glas mit roter Flüssigkeit. »Und der … Vin.« Mit ausdrucksloser Miene entfernte er sich.

Sie nippte und fand nichts daran auszusetzen. »Also, was ist wirklich los? Deine Nachricht klang geheimnisvoll.«

»Nun, im Mordfall Symi Landergild beschäftigen mich … wie soll ich sagen … Ungereimtheiten. Vielleicht kannst du mir helfen.«

»Ich werd's versuchen«, erwiderte Locruzia. Sie schob ihr Glas ein Stück zur Seite »Weißt du, ich fand es immer schade – nein, ich war wütend auf dich –, dass sich unsere Wege so unschön getrennt haben. Darum hat es mich überrascht, dass du Tromsborks Palast ausgerechnet mir überlässt.«

»Passt besser zu dir. Ich bin mit meiner alten Etage zufrieden.« *Und Karna soll wissen, wo sie mich finden kann*, dachte er.

»Jetzt bittest du mich auch noch, dir bei einem Fall zu helfen.« Sie legte den Kopf schief. »Warum ich?«

»Du bist für mich eine wichtige Informationsquelle. Wir sind beide auf der Suche nach der Freundin der Toten. Wenn auch aus unterschiedlichen Gründen. Ich brauche sie als Zeugin, du fahndest nach ihr.« Er beugte sich vor. »Was mich zu meiner ersten Frage bringt: Alwing? Du hast ihn festgenommen, weil es eine Verbindung zwischen ihm und Karna gibt. Was hast du von ihm erfahren?«

»Ach, das weißt du ja noch nicht.«

»Was?«

»Er ist uns entwischt. Blöder Hinterhalt.«

Orik rieb sein Kinn. »Noch jemand verschwunden. Er hätte uns vielleicht sagen können, wo wir diese Karna finden.«

»Wieso ist sie so wichtig?«

»Ich bin sicher, sie kann uns zum Täter führen.«

Locruzia prüfte ihre Fingernägel. »Der große Unbekannte.«

»Oh, das ist er nicht mehr. Er hat jetzt ein Gesicht.“ Er beobachtete Locruzia, wie sie nach dem Glas griff.

»Das ist … großartig.« Ihr Gesichtsausdruck ließ sich nicht deuten. Sie prostete ihm zu. »Glückwunsch! Und wie bist du auf seine Identität gestoßen?«, fragte sie beiläufig.

»Nicht meine Lorbeeren«, antwortete Orik. »Jemand hat mir geholfen, sehr gründliche Arbeit.«

Ihre Augen verengten sich.

Die stumme Frage ignorierte er. »Hast du irgendwelche Anhaltspunkte, wo wir nach der Zeugin Karna suchen könnten?“

Sie sah in ihr Glas. »Mir geht's wie dir. Wir treten auf der Stelle. Hinweisen zufolge hielt sie sich zuletzt an Alwings Wohnort auf, aber da verliert sich ihre Spur.«

»Wofür wollt ihr sie drankriegen?«

Locruzia wedelte mit der Hand in der Luft, während die Farbe ihrer Fingernägel von Rot zu Schwarz wechselte. »Die Dame hat einen Weg gefunden, ihre Programme über das *Luxor*-Netzwerk zu verbreiten.«

»Programme?« Orik spielte den Ahnungslosen.

»Schrift. Aufwieglerisch genug, um die obere Ebene des Großen Dreiecks zu alarmieren.«

»Du sollst Karna aufspüren, bevor sie ihr Vorhaben

in die Tat umsetzt?« Orik nahm einen Schluck vom Blauen Wunder. »Aber da ist etwas, mit dem ich nicht klarkomme. Karna Rolenka entwickelt was, im Geheimen, vermutlich zusammen mit Symi Landergild. Damit kann sie über öffentliche Kanäle Schrift in Umlauf bringen. Das hat Sprengkraft.«

»Und?«

»Was genau hält sie davon ab, es zu tun?«

»Keine Ahnung – vielleicht wartet sie auf den richtigen Zeitpunkt.«

»Hm, wann soll das sein? Du fahndest schon eine ganze Weile nach ihr.«

»Jetzt kipp schon dein Pack um, Orik, wie lautet deine Theorie?«

Er grübelte. »Könnte doch sein … dass ihr dazu ein wichtiger Baustein fehlt.«

»Und zwar?« Sie gab dem Mann an der Station ein Zeichen. »Noch eins, wenn's geht.«

Orik fuhr mit seinen Überlegungen fort. »Sie will also ihre Schriftprogramme in die *Luxor*-Kanäle pumpen. Was, wenn sie dazu so ein … Übertragungsdings braucht. Womit man sich ins Netzwerk einklinken kann.«

»Hypositron … ich glaube, so heißt das Ding. Könnte schon sein. Aber warum sollte es ihr fehlen?«

»Ihre Wohnung wurde abgefackelt, sie ist auf der Flucht vor den Brandstiftern und vor eurer Abteilung. Vielleicht bewahrte ihre Freundin dieses *Was-auch-immer* für sie auf. Und die wurde umgebracht.« Orik spekulierte weiter: »Ich frage mich, ob die Alphabetisten dieses Ding nicht mindestens so gern in die Finger bekämen wie die Regierung.«

Locruzia blieb skeptisch. »Karna will Schrift unters Volk bringen, also arbeitet sie längst für den Feind.«

Orik trank von seiner Glaskugel. »Unwahrscheinlich.«

»Wieso?«

»Da ist der Mann, der Symi Landergild getötet hat. Laut Archiv arbeitet er für den Widerstand. Warum sollte er sie umbringen, wenn Symi und Karna auf seiner Seite stünden?« Orik hob die Hand. »Warte, ich bin noch nicht fertig. Am Tatort gab es ein Detail, das mich die ganze Zeit beschäftigt hat. Die Tür zur Wohnung.«

»Was ist damit?«

»Sie war nicht aufgebrochen.«

»Symi kannte den Mann und ließ ihn rein. Und?«

Orik schüttelte den Kopf. »Dagegen sprechen die Kampfspuren im Eingangsbereich. Ihre Flucht in die Küche. Ihr Griff nach dem Messer.«

»Bedeutet?«

»Der Täter hatte einen Helfer.«

»Wieso?«

»Wohnungstüren lassen sich ohne Gewaltanwendung nur auf drei Arten öffnen: erstens vom Bewohner selbst, zweitens durch den Hauseigentümer oder …« Er nahm einen Schluck.

»Oder was?« Die Knöchel der Finger, mit denen Locruzia ihr Glas hielt, waren weiß.

»Das Visier eines Ermittlers. Öffnet jede Tür. Eines steht fest. Der Hauseigentümer kommt nicht in Frage. Kein ersichtliches Motiv. Bleibt der Helfer, der dem Täter sein Visier überließ.“

Locruzia setzte das neue Glas ab, ohne davon getrunken zu haben. »Es könnte aber auch jemand gewesen sein, der sich als Lieferant ausgab. Um sich Zugang zu verschaffen und den Raubmord zu begehen.«

»Dazu passt nicht der Versuch, die Daten des Täters aus dem Archiv zu löschen. Warum sollte jemand aus unseren Reihen so etwas tun?«

»Du sprichst also von einem Maulwurf im Großen Dreieck.« Sie fuhr mit dem Daumen die Kontur ihres Glases entlang. »Und ich soll helfen, diese fiese Wühlmaus aufzuspüren.«

»Ich bin mir bereits im Klaren, um wen es sich handelt. Vorhin, als ich dir sagte, der Täter habe inzwischen ein Gesicht …« Er sah ihr in die Augen. »Du wolltest gar nicht wissen, wer es ist.« Er streckte das Handgelenk aus, und eine Projektion schwebte über seinem Armband. »Kennst du diesen Mann?«

Sie sah nur flüchtig hin. »Was wird das hier, Orik? Eine Vernehmung – in einer bescheuerten Bar? Nicht persönlich gemeint, der Herr.« Sie warf einen Seitenblick auf den Mann, der die Gläser sortierte und so tat, als hätte er nichts gehört.

»Deine Antwort, Locruzia«, beharrte Orik.

»Ist mir nie begegnet, dieses Männchen. Und überhaupt. Was hab ich mit Alphabetisten zu schaffen?«

Orik nickte. »Werden wir uns gleich ansehen. Der freundliche Herr de Moor hat eine Angewohnheit, die mir gelegen kam. Er nimmt mit seinen Linsen alles auf, was in seiner Bar vor sich geht. Meine Bildsuche nach dem Profilfoto führte zu einem Treffer in seinen Aufzeichnungen. Du kannst dir nicht vorstellen, wie überrascht ich war, als ich sah, wer neben dem Verdächtigen saß. Darf ich bitten?«

Über ihren Gläsern tanzten Bilder. Eine Aufnahme von der Nische in der Wand gegenüber. Dort hatten zwei Gäste gesessen. »Näher«, insistierte Orik. Die Aufzeichnung sprang zu den beiden am Tisch. Die Frau gestikulierte. Es war Locruzia.

»Ton dazu?«, fragte der Barmann.

Orik wehrte ab. »Nicht nötig, ich kenn's ja schon.« Er wandte sich an Locruzia. »Und du wirst auch noch ungefähr wissen, worum es ging. Ihr habt euch zwar im arkonianischen Dialekt unterhalten und vermieden, Namen zu nennen, aber es gibt keinen Zweifel. Du hast ihm Zutritt zu Symi Landergilds Wohnung verschafft, weil ihr dachtet, sie sei an dem Abend nicht da. Als die Sache schief ging, hast du die Profildaten deines Komplizen aus dem Archiv gelöscht.«

Locruzia zeigte keine Regung, also fuhr Orik fort. »Der Mann hat Symi Landergild getötet, und er hat es auf Karna Rolenka abgesehen. Um ihn geht es mir aber nicht, im Moment. Er arbeitet für dich, also hast du auch mit Karnas Verschwinden zu tun. Sag mir, wo sie ist, und ich werde mich für dich …«

Ihr kehliges Lachen unterbrach ihn und brachte ihn einen Moment aus dem Konzept. Orik sah zu den anderen Gästen, die das Schauspiel verfolgten. »Reiß dich zusammen, Locruzia. Ich habe meine Leute in Position. Für den Fall, dass du auf abwegige Ideen kommst.«

Sie blickte sich um, tat einen Moment lang erschrocken und prustete los. »*Deine* Leute? Ach, Dummerchen, wenn du nur wüsstest. Im Gegensatz zu dir mach ich's kurz.« Sie stieg vom Hocker und zeigte auf Orik. »Verhaften Sie diesen Mann.«

Prompt erhoben sich vier Besucher von ihren Tischen und näherten sich aus verschiedenen Richtungen. Ein weiterer blockierte den Ausgang.

Orik rang mit der Fassung, als er eine Berührung am Arm spürte.

»Die Rechnung.« Der Barmann hielt ihm eine Digitafel mit fünf Kreisen hin. »Ich bedauere *zu-tiefst.*«

Orik fügte einen sechsten Kreis hinzu. Erst jetzt bemerkte er, dass ihm sein Gegenüber mit der freien Hand Zeichen gab.

Der Zeigefinger war nach unten gerichtet. Was wollte er damit sagen? Wertvolle Sekunden verstrichen, während Locruzias Handlanger auf ihn zukamen. Meinte er vielleicht … Orik begriff und nickte ihm zu.

»Wünschen die Damen und Herren noch etwas zu trinken?« Der Barmann breitete die Arme aus.

Locruzia drehte sich auf dem Absatz um. Gerade öffnete sich ihr Mund, als das Licht ausging.

Das war Oriks Chance. In vollkommener Finsternis umrundete er den Tresen und schlich die matt leuchtenden Stufen hinunter. Er vernahm noch, wie sein unerwarteter Verbündeter die Luke hinter ihm leise verriegelte und den Gästen versicherte, der Stromausfalls werde nicht andauern, und alles, was sie zu befürchten hätten, sei ein Freigetränk. Mehr gelangte nicht mehr an Oriks Ohr, während er sich Meter für Meter durch das Kellergeschoss tastete.

Wie lange würden Locruzia und ihr Gefolge brauchen, bis sie die Öffnung im Boden entdeckten? Als er gegen einen Wandvorsprung stieß, aktivierte er die Leuchtfunktion seines Visiers. Orik hielt inne.

Die Wände waren von Regalen gesäumt. Auf den staubigen Brettern aufgereiht: eine bunte Kollektion von Flaschen. Sie trugen Etiketten, teilweise verblichen. Orik erfasste ein paar Schriftzüge und Begriffe, mit denen er nichts anfangen konnte.

Mampe Karthäuser grün, Vallindras Kitron Naxos, Zafiro Añejo, Ron 10 Cane, Vodka Werchojansk.

In einem Regal weiter hinten erspähte er Buchrücken. Hier also wurden die Schätze aufbewahrt. Zu gern hätte er sie in Augenschein genommen. Wo blieben seine Verfolger? Noch immer vernahm er keine Schritte auf den Stufen, keine Stimmen. Was hatte sie wirklich aufgehalten?

Orik griff sich an die Brust. Dort, wo er Karnas Schachtel bewahrte. Ihr Hypositron. In der Innentasche seines Mantels, der sich jetzt ein paar Meter über ihm befand. Auf dem Barhocker, wo er ihn abgelegt hatte.

Er fluchte laut, aber es half nichts, er musste verschwinden.

Durch ein enges Kellerfenster quälte er sich nach draußen und wandte sich der dunklen Straße zu, wo er schnaufend innehielt. Der Asphalt unter seinen Schuhen begann zu rumpeln. Er sprang zur Seite, als eine Kolonne aus Miliportern an ihm vorbei donnerte. Orik duckte sich hinter eine Mauer und lugte an der Seite vorbei. Das mussten mindestens dreißig gepanzerte Fahrzeuge sein. Sie waren an der Seite beschriftet. Die Zeichenfolge kam ihm bekannt vor:

ALPHA.

Der letzte Wagen zog vorbei, als Feuerbälle über der Stadt zerplatzten und zwischen den Häusern Flammen hervorschossen. Der Angriff des Widerstands hatte begonnen.

ICHABERBEREITETEIHNENEINENMIL

ALPHABETISMUS

Aufbruch zur Vernunft [Auszüge]

Kapitel I – Weißgeblutete Kultur

… Von manchen piktosophischen Anführern unseres Jahrhunderts wird kolportiert, sie hätten die Schrift nur abschaffen wollen, weil sie persönlich unter ihr litten. Aus Legasthenikern wurden Schriftverächter, aus Skeptikern der Literatur und anderer sprachlicher Zeugnisse wurden herzlose Tyrannen, die jeden Buchstaben verbannten, weil er ihnen die eigene Kindheit verhagelt hatte.

Mag sein, dass in der Erstzeit zu viele Texte auf das Konto gewissenloser Geldschneider gingen. Mag sein, dass Texte irgendwann einmal mehr der Werbung dienten als dem Bewahren jahrtausendealter Schriftkultur. Mag auch sein, dass jeder Satz das Risiko birgt, missverstanden zu werden - im zwischenmenschlichen Verhältnis, vor Gericht oder in einem Moment, in dem es auf jede Nuance der Wortbedeutung ankommt. Aber nur deshalb die Schrift zu verteufeln, ist eine Idiotie. Sie zu meiden, mag noch verzeihlich sein, aber sie gesetzlich und in einer Verfassung, die vorgelesen werden muss, zu verbieten, ist ein Verbrechen gegen die Menschheitskultur.

Und das nicht nur, weil der Verzicht auf Schrift und ihre Ersetzung durch Bilder, Zeichen, Piktogramme nichts besser macht. Sondern auch, weil damit die Literatur getötet wird, die Kultur, die Seele unseres Volkes und der Menschheit.

Weil ein Führer sich gestört fühlt von der Textwüste aus Zutaten und Verträglichkeitshinweisen auf seinem Glas Josterbeerenmarmelade, verbietet er die Schrift erst per Dekret, dann per Verfassung, jede Schrift im Staat. Konnte es irrer kommen?

Gegen diesen Terror der Dummheit hieß es aufzustehen. Selbst wenn die Wirtschaft – durch die Einführung absurder Provisorien als Ersatz für Schrift – anfänglich in ungeahntem Maße florierte und der Staat scheinbar von einem Erfolg zum nächsten taumelte. [...]

Schon in den Wintertagen des vorangegangenen Jahres berichtete man mir über zwei Stoßrichtungen der Staatsführung, die jedem kulturell wachen Menschen das Herz aus dem Leib reißen mussten. Der Oberste Piktosoph, der es in einem von mir betreuten, gerechten und demokratischen Sozialwesen nicht einmal zum Obergefreiten der Amöben gebracht hätte, sandte Botschafter aus, die darauf wirken sollten, das üble Gedankengut der Schriftgegner zu verbreiten. Wir fingen einige dieser Depeschen ab, auch ihre Boten, mit denen wir gerechten Prozess machten.

Gleichzeitig schwebte dem Obersten Schwachmaten eine sogenannte Vertiefung der Piktosophie vor. Die Öffentlichkeit erfuhr von dem Ansinnen auch deshalb nichts, weil wir bereits die Erörterung in den piktosophischen Instituten, den Kornkammern der Unterdrückung, hemmten und weitgehend unterbinden konnten. Die Vertiefung sollte über das Verbot der Schrift weit hinausreichen und einen in der logischen Konsequenz teuflisch nachvollziehbaren Plan um-setzen: Dem Verbot der Schrift sollte in den kommenden

Jahren eine „Reform" der gesprochenen Sprache folgen. Dem alten Spruch unbekannten Ursprungs, *Am Anfang war das Wort*, sollte entgegengesetzt werden: *Das Wort war am Ende.*

Die piktosophische Führung wünschte sich zu Weihnachten ein Volk der Bilderbuchbetrachter und der Laller, die keinen anständigen Satz mehr würden zustande bringen können, weder schriftlich noch mündlich. So, dachte man ganz oben, könnte man sie endlich zum Schweigen bringen, die denkenden, sich erinnernden, empfindenden Menschen. Man könnte sie einpassen in ein Schaltsystem des Funktionierens und der Macht.

Ihre Saat würde aufgehen wie einst die heilig-teuflische Ambrosia, die den Staatenbund der Erstzeit verpestete. Wer hätte sie aufhalten können, wenn nicht wir? Die Mütter, die Väter, die Großmütterchen, die Kinder - alle, die schliefen, brauchten Schutz. Und wir waren da. Wir waren eine Macht. Wir waren bereit, gewillt und in der Lage zu handeln. [...]

Kapitel IV – Taktik

[...] Manche in unserem Kader glaubten allen Ernstes daran, dass die Protypo-Bewegung die Speerspitze der Rückeroberung sei. Wieder einmal bewies sich, dass die Kader keine Idee von der wirklichen Lage auf den Straßen hatten. Ich hingegen hielt mit sämtlichen relevanten Protypo-Gruppen Kontakt und kannte daher ihre Motive und ihre Fähigkeiten, wenn es zum Schwur käme. Viele ihrer Kämpfer wollten das Beste, waren bereit, das Leben für den Sieg zu opfern. In

Wahrheit waren sie oft nicht einmal in der Lage, einen Vertikopter vom Himmel zu holen oder eine Holowand in der Innenstadt zu sabotieren.

Ich unterhielt mich unter dem Schutz einer Verkleidung als Müllvertikutierer mit einer Rebellin, die eine Schwadron junger Frauen führte. Regelmäßig irritierten sie staatliche Kontrolleinheiten dadurch, dass sie gleichzeitig Fassadenholos löschten und falsche Straßensperrenwände aufblitzen ließen, die den offiziellen, staatlichen Sperrwänden täuschend ähnelten. Für Unbedarfte wirkte das Ergebnis erschreckend: Von einer Sekunde zur nächsten verschwand die gewohnte Wohnstraße und zeigte ihr wahres Gesicht: das einer Trümmerlandschaft; zugleich wurden Zu- und Abgang der Straße durch Sperrwände abgeriegelt. Das war das Ziel der Schwadron: Unsicherheit schüren, das Vertrauen der Menschen in den verfaulenden Staat erschüttern. Gleichwohl waren diese Frauen Experten auf dem Gebiet der Schaltkreise und Meme-Bots, aber sie brachten es nicht übers Herz, auch nur einen Handlanger des Systems umzubringen, wenn es darauf ankam. Zugleich waren sie selbst bedauernswerte Opfer des Systems, das ihnen Schreiben und Lesen beizubringen verweigerte. Sie wussten also nichts von Anarchisten und Freiheitskämpfern der Weltgeschichte, weil sie nicht über sie lesen durften, sie kannten nur sich selbst und ihren Bezirk.

Ich entschied dennoch, die Frauen-Schwadron und andere versprengte Gruppen der Stadt mit Material, Finanzmitteln und Personal zu versorgen, und fand Wege, sie mit Kenntnissen der Erstzeit zu peppeln und einige von ihnen zu alphabetisieren.

Die Ernte ließ sich binnen Wochen einfahren: Das Terrorregime verlagerte einen Großteil seiner Energie auf die Defensive. Weil man annahm, dass es sich bei den Protypo-Aktivisten um gewissenlose Einzeltäter handelte, sah das System in ihnen *zivile* Störer - und nicht etwa *militärische* Feinde. Es baute also seinen Exekutivapparat aus, füllte ihn auf mit ungelernten Prügelkorvetten, dachte aber nicht daran, die *militärische* Abwehr zu intensivieren. Damit war für uns ein guter Teil der Ablenkungsstrategie ausgebaut. Das System rechnete allenfalls mit Unruhen oder Aufruhr. Ich aber bereitete ihnen einen militärischen Konflikt.

Meinen Einfluss hatte ich geltend gemacht, so dass im gesamten Ring um das Stadtzentrum herum nie, nicht ein einziges Mal ein Anschlag stattfand, nicht einmal eine Provokation gegen unberechtigte Kontrollen. Tumb verlagerte die Staatsmacht ihre Exekutiveinheiten mehr und mehr in die innere Altstadt, in ihre heiligen Viertel der Farben, und vernachlässigte die vermeintlich ruhige Neustadt. Eigentlich unnötig zu erwähnen, dass wir unsere Basen im äußeren Ring um die Stadt ausbauten, verteilt auf acht Einheiten, die sich individuell tarnten. Die gepanzerte E-Aerodivision im Westen wiesen wir als Erntehelfer aus, im Norden sammelten sich Einheiten unter dem Deckmantel einer Brotfabrik.

In den Jahren des Untergrundkampfes akquiriert, konnten wir binnen 48 Stunden 1.400 Aktivkräfte vor die Tür ihrer Quartiere treten lassen - und hatten bereits die gesamte Neustadt in der Hand, ein Drittel des Staatsgebiets. Zur Kommunikation zwischen unseren Verbänden verwendeten wir verschlüsselte Schrift. So nahm uns die Staatsspitze weiterhin nicht ernst, ja nicht einmal wahr.

In der Nacht von Tag zwei zu Tag drei liefen die Kohorten unserer Dronos per Luft und in den Kanälen Sturm auf das Zentrum, kappten alle wesentlichen Verbindungen, verdunkelten die Zonen des Stadtstaates, zeigten den Menschen die Wahrheit ihres am Boden liegenden Scheinstaates und ließen Sprengsätze dort hochgehen, wo Feinde und Kollaborateure Ausbruchsversuche hätten unternehmen können.

In der Nacht zu Tag vier erfolgten die chirurgischen Luft- und Unterbodenangriffe unserer Verbündeten, die ich im Staffelzentrum 3 in der Nähe des Großen Dreiecks koordinierte. Der feine Herr Piktosoph hatte inzwischen daran gedacht, Luftverbände gegen unsere neustädtischen Einheiten einzusetzen, doch seine Pläne und die seiner Komplizen scheiterten bereits beim Besteigen ihrer Kriegsmaschinen. […]

Tag fünf brachte uns in rechte Bedrängnis, weil das Schurkensystem in den Gewässern der Stadt eine Armada amphibischer Kampfdronos versenkt hatte, genauer gesagt 29 Einheiten, die es nun aktivieren zu können glaubte. Es war grausam anzusehen, wie die kopflosen Kampfmaschinen an die Ufer der Kanäle und Seen sprangen und auslöschten, was ihnen in den Energiestrahl kam. Feind, aber auch Freund. Doch auch hier fanden wir, wie schon beim Individual-, Massen- und Militärverkehr des Feindes, einen effizienten Weg der elektronischen Impulssperre, mit der wir dem Spuk bald ein Ende bereiteten.

Mit zwölf Stunden Verspätung gab ich den Befehl an alle verdeckt operierenden Verbündeten innerhalb der Verteidigungsstellungen, sich zu offenbaren. Sie alle, die wir über Jahre angeheuert und ausgebildet hatten, erhielten die staatsrechtlich relevante Kompetenz, binnen 72 Stunden alle Vertreter des Verbrecherregimes zu stellen, zu identifizieren und - falls uneinsichtig - zu eliminieren. Die Zahl von 137 im Kampf getöteten „Sekuritaten", 4.571 Soldaten und 8.945 Geheimdienstlern auf Feindesseite scheint mir geschönt, aber in etwa mag sie zutreffen. [...]

Kapitel VII – Tragödie und Freiheit

[...] Die Geschwindigkeit unseres Vorrückens überraschte selbst mich, aber rasch erkannte ich die Ursachen für das aktuelle Versagen des piktosophischen Systems. Kurz gesagt: Die alten Männer dachten in Parzellen, ich dachte in Straßenzügen. Das heißt, sie hatten nicht nur alle Straßentafeln abmontieren lassen, sondern auch die Erinnerung an deren Namen ausgemerzt.

Stattdessen teilten sie alles in kleine und kleinste Sechsecke, zu denen sie nun punktgenau ihre Verteidigungstruppen schickten. Manche Sechsecke, abstrakte Gebiete mit Farb- und Nummernkodierung, lagen in Hinterhöfen oder überschnitten sich mit Gebäudekanten.

Wer es nicht selbst gesehen hat, glaubt nicht, wie die Kämpfer der Piktatur oftmals als eingeschüchterte, orientierungslose Mäuse in ihren zugeteilten Sechsecken verharrten. Selbst diejenigen, denen man eine Fortbewegung in andere Sechsecke befahl, hatten meist keine Ahnung, in welchem Bezirk sie operierten und wo die Fronten verliefen. Nachdem mein Generalstab zunächst darauf aus war, in den Bunkern der Machthaber auf Überreste uralter Papierkarten zu stoßen, lud ich ihnen schlicht die vormals verbotenen Satellitenkarten mit sämtlichen Straßen herunter und gab ihnen Orientierung. So hatten wir die Möglichkeit zur direkten Einspeisung von Vorwärts-Befehlen. […]

Gegen die Bedenken einiger Mitstreiter etablierte ich ein Rekrutierungssystem, mit dessen Hilfe unsere *Truppen der Freiheit* binnen Stunden zu einer beachtlichen Armee anwuchsen. Wer immer sich bereit erklärte, mit uns gegen die Piktatur zu kämpfen, musste nur sein Einverständnis per Sprachnachricht erklären, und wenn die biografische Algorithmik nichts Negatives meldete, wurde er noch in derselben Sekunde zu einem offiziellen Soldaten meiner Truppe. Uniform hin oder her – mit derartigen Petitessen mochte ich mich nicht aufhalten.

So versammelte ich auf unserer Seite schon nach Einnahme des Gebiets von Falkenbrunn bis zum Westufer der Habula 115.700 Kämpfer, nach Übernahme des südlichen Stadtkerns waren es bereits 450.000, und am Ende lag die Zahl bei nahezu einer Million.

Kritiker warfen mir vor, unbedacht auch auf einige Mitläufer gesetzt zu haben. Es mag sein, dass die Zukunft manchen von ihnen als ungeeignet herausfiltern wird, entscheidender aber war, dass uns so viele Menschen im entscheidenden Moment folgen wollten. Darunter waren auch Personen, die bis dahin nicht einmal wussten, dass es uns gab. Sie hatten vielleicht vor Jahren ein Buch über unsere Verteilerposten erhalten und wussten nichts über dessen Herkunft; heimlich lernten sie lesen und hielten somit die Flamme der Kultur am Leben, bis wir den Freiheitskampf entzünden konnten.

Das piktosophische System erwies sich als derartig morsch, dass man beinahe hätte Mitleid entwickeln können mit den greisen Herrschern. Doch ich vergaß nie und werde ihnen nie vergessen, dass sie Bibliotheken gesprengt und Bücher verbrannt hatten, dass sie die Schrift und das Lesen zu Teufelswerk erklärten und jene folterten, die an der Kultur festhalten wollten. Aus ehrbaren Männern und Frauen machte man gefügige Dividuen oder „Nummernwesen" - wie das Volk sie abfällig bezeichnete. [...]

Ich zog deren Militärführer damit auf, unsere Monate würden künftig nicht nur Nummern von I bis XII tragen, sondern auch Namen: Goethe, Schiller, Enzensberger, Semmeling ... Ein besonders überzeugter Piktokrat fragte feixend, ob diese Schriftverbrecher überhaupt unserem Volke angehörten oder aus dem Ausland kämen. Er verstand nicht, dass Sprache und Literatur, auch wenn sie von Region zu Region eigene Formen findet, universell ist. Ich ließ ihm auftragen, den Tag seiner Verurteilung selbst in das Protokoll einzusprechen: der vierundzwanzigste Heine. Ihm kochte das Blut. Mich freute es. Doch nicht in Rache kamen wir, sondern beseelt von dem Wunsch, den Generationen von damals, von heute und der Zukunft die Schrift zurückzubringen. Wir waren keine Kämpfer für elitäre Zirkel, sondern halfen dem Volk dabei, sich im Sturm die Schrift zurückzuerobern, die Kultur, die Selbstbestimmung.

Als ich in der Übergangszeit alle Exekutiveinheiten

auflöste, kamen hochrangige Generäle zu mir und baten um Gnade. Sie erwarteten, dass wir mit ihnen umsprangen wie sie mit ihren unschuldigen Opfern und Versklavten. Sie staunten nicht schlecht, als ich sie, sofern sie sich keines strafrechtlichen Verbrechens schuldig gemacht hatten, lediglich dazu verpflichtete, sich an den staatlichen Alphabetisierungszentren einzuschreiben. Großmut ist eine Zierde für den Sieger.

[…] Man trug nun an mich allerlei Bitten heran, höchste Staatsämter wahrzunehmen. Ich stellte klar, dass meine Aufgaben erfüllt waren. Ich stünde, erklärte ich, für Detailfragen des Tagesgeschäftes nicht zur Verfügung. Dennoch fragte man mich wiederholt, wie etwa mit den Abertausenden von Dividuen zu verfahren sei. Dies jedoch sind Aufgaben, denen sich eine neue, zivilgesellschaftliche und demokratisch gewählte Regierung zu widmen hat. Auch für kleinteilige Deutungsfragen stehe ich nicht zur Verfügung. Ob denn unser Vormarsch eine Rebellion gewesen sei, eine Revolte, eine Revolution oder vielmehr ein Putsch? Die Schrift bahnt den Weg zur Diskussion in Offenheit und Ehrlichkeit, mögen künftige Gestalter sich ihr stellen.

Für mich zählt nur eines: Schrift ist Menschenrecht. Schrift ist Freiheit.

Verbürgt und freigegeben
Ulan Imilian Tromsbork

AMENDEEINERSERIEPROVOZIERENDE

A

»Ich hasse es!«, rief Symi.

»Das ist also der Dank«, protestierte Orik. »Ist dir das überhaupt klar? Wenn ich nicht gewesen wäre, hätten sie dich im Massengrab verscharrt.«

Sie redete weiter, als hätte sie das nicht gehört. »Und was ist mit den Proportionen? Nicht einen Hauch von Goldenem Schnitt. Vollkommen daneben. Überhaupt, warum musste es ein *A* sein?«

»Na ja, der erste Buchstabe des Alphabets. Aber wenn es nach der feinen Dame gegangen wäre, hätte ich wohl ein *S* nehmen sollen. Für einen Grabstein etwas unpraktisch, meinst du nicht?«

Hallo, können Sie mich hören?

Er wandte sich hilfesuchend an Karna, die mit ihren Stiefeln auf der Pritsche hockte und einen blauen Kautschik aus ihrer blauen Kunstlederjacke hervorzog. »He, warum sagst *du* denn nichts dazu? Ich hab mir doch wirklich Mühe gegeben.«

Was ist los mit Ihnen?

Karna blies eine Strähne aus ihrem Gesicht und begann zu kauen. »Ich dir beistehen, und der Mörder meiner Freundin läuft immer noch frei rum? Du hast uns beide längst vergessen.« Humorloses Lachen. »Und wie war das mit meinen persönlichen Sachen? Die hast du dieser Locruzia als kleines Präsent überlassen. Wie kann ich dir vertrauen?«

»Autsch«, kommentierte Symi.

Karna war noch nicht fertig. »Hier, schau dir das an. Du beschäftigst dich damit, hunderte von Strichen in die Wand zu kratzen. Für jeden Tag deiner armseligen Existenz in diesem Scheiß-Blechkasten.« Sie richtete sich auf und spuckte den Kautschik in die Kloschüssel. »Wenn du hier drin verrecken willst, bitte sehr. Aber sag nicht, du hast dich bemüht.«

Sie müssen mich ansehen, wenn ich mit Ihnen rede!

Er bemerkte, wie Symi am Knopf ihrer Bluse zupfte. Wie hatte sie das hinbekommen? Das Messer war weg. Und das ganze Blut. Makelloses Weiß.

»Karna hat recht«, sagte sie. »Du hast immer nur gewartet. Wach auf!«

Hat nix Sinn, keine Regung. Fass mit an, wir tragen ihn raus. Krepiert uns sons', un' werham den Ärger.

»He, Sie!« Jemand stach mit dem Finger in seine Brust. Wieder und wieder. Bis Orik den Arm packte und den Quälgeist von sich stieß.

Schwerfällig richtete Orik sich auf und blinzelte in die tiefstehende Sonne. Männer und Frauen standen über ihm und starrten ihn an. Ihre Haare zerzaust, ihre Gesichter abgekämpft. Sie alle steckten in roten Einteilern, die sich nur durch die aufgemalten Nummern unterschieden. Orik war auf dieselbe Art bekleidet. Vom Schweiß durchtränkter Mikrofaserstoff klebte an seiner Haut.

»Hoch mit Ihnen!« Der Mann mit dem hartnäckigen Finger hielt ihm die Hand hin und half beim Aufstehen. »Sie wollen doch nicht schlapp machen!«

Orik klopfte Sand von der Hose. »Tut mir leid – ich muss weggetreten sein.«

»Mir ging's wie Ihnen«, sagte der Mann. »Die ganze Zeit in diesen Scheißkäfigen. Ohne Klimaanlage. Macht einen fertig. Passen Sie auf sich auf.«

Die Gruppe zerstreute sich. Er sah ihnen nach. Sie steuerten auf ein dreigeschossiges, langgezogenes Bauwerk zu. Es setzte sich aus übereinandergestapelten, ausrangierten Frachtkapseln zusammen. Einige aus der Gruppe blieben im Schatten der Stahlkonstruktion stehen und unterhielten sich, andere stiegen die Gerüste hinauf und setzten sich vor die Luken der Kapseln.

Neben den Öffnungen prangten Zahlen, so groß, dass Orik sie selbst aus der Entfernung lesen konnte. Oben in der dritten Reihe erkannte er die Nummer seiner Behausung.

Eine plärrende Stimme drang an sein Ohr und verkündete das Ende der Ausgangszeit: »Alle Arrestanten in die zugeteilten Wohnbereiche.«

Hektik.

Die Gerüste schepperten unter dem Gewicht der Insassen auf dem Weg zu ihren Quartieren, unter den misstrauischen Blicken ihrer bewaffneten Bewacher auf der obersten Etage.

Orik drehte sich um die eigene Achse. Sein Blick glitt über die haushohe Mauer aus zusammengeflickten Stahlbehältern, die den kreisförmigen Innenhof umschloss. Das Gelände, auf dem er stand, war von fein zermahlenem Schutt bedeckt.

Er erinnerte sich. Sein Zellennachbar hatte ihm zugeraunt, dies seien die planierten Trümmer des Großen Dreiecks. Orik setzte sich mit angewinkelten Beinen in den Staub. *Sollen sie mich holen.* Die Sirene heulte auf, und die Wachen bellten Befehle.

*

Die Entriegelungsbolzen schnappten zurück.

»451, stehen Sie auf.«

Eine Frau schritt durch die Öffnung. Sie war in Begleitung von zwei Wachen, die ihre Position einnahmen, als sich die Tür hinter ihnen schloss. Die Besucherin nahm Orik gegenüber Platz und legte ihre Digitafel ab. Ihr Kopf wirkte wie frisch rasiert, so kurz war ihr pastellgraues Haar.

Die Deckenlampen erloschen. Nur der Tisch zwischen ihnen gab ein milchiges Licht ab. Sie faltete die Hände und betrachtete ihn im Halbdunkel.

»Sie hatten Glück. Es hätte schlimm für Sie ausgehen können. Ihre Weigerung, die Unterkünfte aufzusuchen, ist nicht zu tolerieren.«

Orik erwiderte ihren Blick. »Helfen Sie mir auf die Sprünge: Sie halten mich seit einem Jahr in einer stickigen Blechbüchse gefangen, die Sie als Unterkunft bezeichnen und nennen das Glück. Ich nenne das grotesk. Was habe ich getan?«

Er sah in leicht mandelförmige Augen.

Seltsam unerbittlich.

»Das kann ich Ihnen sagen. Die Aufzeichnungen des Referats zur Aufarbeitung von Piktatur-Verbrechen sind aufschlussreich. Sie waren Ihr Leben lang militärischer Beamter des Großen Dreiecks. In hoher Position. Die abscheulichen Praktiken der so genannten Entidentifizierung haben vielen Menschen Leid zugefügt. Mich eingeschlossen.« Sie ließ das wirken, bevor sie fortfuhr. »Sehen Sie es als Privileg, dass ein hochrangiges Mitglied unseres Staatsrats sich dafür eingesetzt hat, Ihr Verfahren vorzuziehen.«

»Wer soll das sein?«

»Die Person zieht es vor, ungenannt zu bleiben. Beginnen wir mit der Befragung.«

»Was soll das bringen?«

»*Ich* stelle die Fragen. Lassen Sie uns herausfinden, ob Sie sich in mentaler Opposition zur Piktatur befunden haben. Ein signifikanter Faktor, sofern Sie auf ein Entlastungszeugnis Wert legen.«

Ihre Finger fuhren über die Digitafel, und an der Wand hinter ihr erschien eine Projektion. Eine Ansammlung von Buchstaben. »Schauen Sie geradeaus und lesen Sie die beiden ersten Reihen. So, dass ich Sie gut hören kann.«

Orik fiel auf, dass sich ihre linke Pupille erweitert und eine hellblaue Farbe angenommen hatte. Sie analysierte ihn. Er lächelte in sich hinein und las brav vor. »E – F – P – T – O – Z – L – P – E …«

Sie schaltete die Projektion ab.

»Lesen Sie weiter, nach Erinnerung.«

»Keine Ahnung, was Sie meinen.«

Sie ignorierte die Bemerkung. »Es ist Ihr Geburtstag. Jemand schenkt Ihnen ein Buch.«

»Das ist derselbe Text, den wir bei unseren Verhören im Großen Dreieck verwendet haben. Nur das Geschenk, das haben wir *Scharteke* genannt.«

»Beantworten Sie die Frage.«

»Das ist keine Frage.« Orik lehnte sich zurück. »Denken Sie ernsthaft, von mir kommt jetzt: Ich würde das Buch nicht annehmen und diesen Jemand den Behörden melden? Das ist doch albern.«

»Ich erwarte nichts. Es ist ganz einfach. Sie haben es in der Hand, weiter in Haft zu bleiben oder nicht.«

Orik dachte nach. »Fahren Sie fort.«

»Gut. Beschreiben Sie in einzelnen Worten, was Ihnen in den Sinn kommt, wenn Sie … an einen Stift denken.«

»Metallbefestigung … Bleistift … Papier, Zeichnung, Skizze … Notizblock, Schreiben.«

Ihre Augenbraue hob sich. »Sie besitzen einen Notizblock?«

»Gerade nicht zur Hand, in meiner Wohnung.«

Sie wischte auf ihrer Digitafel herum. »Machen wir weiter. Auf welcher Seite eines Buches stehen die ungeraden Seitenzahlen?«

»Rechts.«

»Ihre Frau greift nach Ihrem Lieblingsbuch. Sie knickt den Rücken durch, reißt Seiten heraus und wirft es in den Kamin. Wie reagieren Sie?«

»Im Idealfall halte ich sie davon ab.«

Orik gab in der nächsten halben Stunde sein Bestes, sich nicht provozieren zu lassen. Am Ende verharrte sein Gegenüber und schwieg. Er wusste nicht, was von ihm erwartet wurde und tat es ihr gleich. Irgendwann nahm er wahr, dass ihre linke Pupille die Ursprungsfarbe angenommen hatte. Sie erwachte aus ihrer Warteposition und tippte mit dem Finger auf die Digitafel. Die Deckenbeleuchtung sprang an, und sie erhob sich. »Wir danken für Ihre Mithilfe und werden Ihnen das Ergebnis zeitnah mitteilen.«

Am Ausgang drehte sie sich noch einmal zu ihm um. »Ein Rat, 451. Verhalten Sie sich kooperativ.«

Die Wachen nahmen sie in die Mitte, und sie ließen Orik zurück. Die Verriegelung rastete ein.

*

»Zwanzigeins.« Orik verließ den Aufzug.

An seiner Tür klemmte ein Zettel. *Willkommen zurück. Sei nett zu deinen neuen Nachbarn. Alwing*

Er schaute sich um. Seinen Reflex, das Papier zu zerknüllen, konnte er gerade noch unterdrücken. Muss mich daran gewöhnen, dass Schrift nicht mehr verboten ist, dachte er. Beim Betreten der dunklen Wohnung stieß er gegen etwas Schweres. Er rief nach Licht und stand vor dem Alonit-Behälter mit Büchern aus Symis Versteck.

»Karna?« Keine Antwort, nur das Flirren der Klimaanlage. Musste jemand angestellt haben. Er betrachtete die staubige Kiste zu seinen Füßen. In so vielen Nächten der Haft hatte er von den Büchern geträumt. Von nun an würde er sie ohne Heimlichtuerei lesen. Einen Moment stand er unschlüssig herum, dann warf er sich auf das Bett. Sein eigenes Bett.

Er räkelte sich genüsslich, als ein Gedanke aufblitzte. Das Buch seines Bruders - war es noch da? Er kramte im Geheimfach und atmete auf: Er konnte die Seiten fühlen. Da war noch etwas anderes.

Eine kleine Kugel rollte in seine Hand. Ihm war entfallen, dass er in dem Fach auch seine Pioniersonde deponiert hatte. Aber was sollte er mit ihr anfangen? Er legte sie zurück, streckte sich aus und sah zur Decke.

Den Anblick der Rohre hatte er beinahe vergessen. Sie hatten weitere Monate ungestört vor sich hin gerostet. Alwing würde sie nicht mehr reparieren. Er war ausgezogen. Von nun an musste sich Orik selbst darum kümmern. Von Karna wusste er, dass Alwing dem Widerstand angehörte, also würde man unter den neuen Verhältnissen nicht mehr nach ihm fahnden. Im Gegenteil: Er arbeitete vermutlich schon für das neue Regime. Das würde seinen Umzug erklären. Bessere Gehaltsklasse. Anders als Orik. Mit dem Großen Dreieck hatte sich auch sein Arbeitsplatz in Staub aufgelöst. Würde er jemals woanders neu anfangen können? Alles hatte sich verändert. Was, wenn er Karna nie wieder sah? Er richtete sich auf und suchte etwas Vertrautes.

»Belwederi.«

Nichts tat sich. War er zu leise?

»Belwederi!«

Keine Weinhänge, kein Kastell, kein Gecko. Stattdessen nackter Beton in blassgrünem Deckenlicht. Er versuchte es anders. »Diagnose.«

Nach Sekunden kam eine elektronische Stimme. »Anwendung nicht gefunden.«

Orik stieg ächzend aus dem Bett. Es wurde Zeit, seine neuen Nachbarn kennenzulernen. Vielleicht hatten sie ähnliche Probleme. Der Weg zur anderen Etagenhälfte war unbeleuchtet, und er tastete sich voran.

Hinter der Tür hörte er Stimmen. Ein flimmerndes Gittermuster tastete über seine Iris. Die Tür öffnete sich und gab den Blick frei auf eine junge Frau. Rotes Haar, ein paar Millimeter kurz. Sie trug etwas, das aussah, wie ein langes, zerknittertes Herrenhemd.

Offenbar ihre einzige Bekleidung.

Sie sah ihn an und stand einfach nur da.

»Oh, äh – ich wollte nicht stören«, stammelte er und wandte sich zum Gehen.

»Eh, nich wegspring.«

Sie streckte ihm die Hand entgegen. »Ima.«

»Orik, angenehm. Wenn's nicht passt, kann ich …«

»Warte.« Sie rief in den Flur hinter sich. »Liebes, du nix glauben, unser Nachbar is zück!«

»Es ist mir wirklich, also, es muss nicht jetzt …«

»Schhh. Das Orik. Rona, meine Sisse.«

Eine zweite Frau stand in der Tür. Die Ähnlichkeit war frappierend, auch in Bezug auf die Frisur und die spärliche Garderobe. »Hallo, Orik. Nett, wir end treff.« Rona lächelte. »Alwing hat dich eig mal zu Essen einladen, du wollst nich.«

»Ich hatte schon was vor, das ist etwas anderes.«

»Abso wichtig, he? Du warst tera lange tauchweg«, sagte Ima.

»Tauch … weg. Kann man so sagen.«

»Willste rein?«, bot Ima an.

»Nicht heute. Ich wollte nur fragen, ob bei euch alles in Ordnung ist.« Orik blickte in verdutzte Gesichter. »Was die Technik angeht.«

Die Schwestern sahen sich an, und Orik präzisierte.

»Ob eure Projektoren laufen.«

»Projektoren?«

»Ich kann mein *Panovision* nicht aufrufen.«

»*Pano*… was?«

»Ihr macht euch lustig …«

»Halt«, unterbrach ihn Rona. »Da war mal was …«

Ima nickte. »Bei mir macht's auch *Pling*. Omei, bist du tauchweg. Diese Panos sind sowas von gemetzelt.«

»Ich versteh nicht … was habt ihr stattdessen?«

»Na, watschon – was alle ham.«

DERBEHÄLTERWARZUMRANDMITBUCHS

B

»Vermeide Kopfbewegungen.«

Orik bemühte sich, den Juckreiz in den Augen zu ignorieren und den Anweisungen der künstlichen Stimme in seinem Ohr zu folgen. Ohne das Visier fühlte er sich unbeholfen und ausgeliefert. Solange es ging, hatte er Linsen abgelehnt, aber nun blieb ihm keine Wahl. Sein Ermittler-Visier hatten sie ihm bei der Verhaftung abgenommen.

»Willkommen bei *Typolux*.«

Das Markenzeichen näherte sich aus der Tiefe des Raums. Kurz vor seiner Nasenspitze machte es halt. Die Buchstaben, aus denen es bestand, kamen ihm bekannt vor.

»Deinen Namen sprechen, bittté.«

»Orik Adamant.«

»Wiederholen.«

»Orik Adamant.«

»Vielen Dank. Dein Konto wirrrd eijngerichtet.«

Ein kreisförmiges Symbol drehte sich vor seinen Augen, bis sich ein Schriftzug in sein Blickfeld schob: *Arrestant 451*.

»Kannst du deinen Namen vorlesen, bittté?«

»Ja, aber das ist nicht mein Name.«

»Bitte nur Ja oder Nein antworten.«

Orik verdrehte die Augen.

»Bitte nach vorn schauen. Kannst du deinen Namen vorlesen, bittté?«

»Ja«, gab er zähneknirschend von sich.

»Ist die Schreibweise korrrekt?«

»Nein!«, rief er einen Hauch zu aggressiv.

»Bittté beginne mit Korrektur.«

»Sehr witzig, und wie soll ich das machen?«

»Triff deine persönliche Auswahl: A) Du kannst lesen. B) Du bist Illiterat und möchtest Kurs buchen.«

Er atmete durch. »A, ich kann lesen.«

»Danke, bittté beginne mit Korrektur.«

Oriks Wutanfall wurde unterbrochen, als vor ihm ein Gesicht aufpoppte.

»Guten Morgen, 451«, sagte der junge Mann. »Ich bin Ihnen als Sekutor zugeteilt. Meine Kontaktdaten erhalten Sie nach unserem Gespräch.«

»Aha«, grummelte Orik. »Und was treiben Sie so, als Sekutor?«

Das Gesicht strahlte ihn an. »Ich bin dafür zuständig, dass Sie Ihre Bewährungsauflagen erfüllen.«

Orik fühlte sich matt. »Ich habe ein Jahr abgesessen. Was soll ich denn *noch* machen?«

»Arbeiten, 451.«

»He, ich habe einen Namen. Was soll der Blödsinn mit dieser Nummer?«

Der Sekutor spulte sein Programm herunter. »Sobald Sie die Zeit Ihrer Bewährung ohne Regelverstoß absolviert haben, erhalten Sie Ihren Namen zurück. Bis dahin führen wir Sie als Arrestant 451. Ich hoffe, nach reiflicher Überlegung ist das für Sie in Ordnung.«

»Habe ich eine Wahl?«

»Nein. Aber betrachten Sie es so: Aus Ihrer vorherigen Tätigkeit ist Ihnen die Vergabe von Nummern an Personen vertraut. Sie können sich glücklich schätzen. Die neue Regierung sieht keine Notwendigkeit für operative Eingriffe. Sie verstehen?«

Orik fröstelte. »Und was muss ich tun? Damit ich meinen Namen zurückerhalte.«

»Sehen Sie, das ist die richtige Einstellung. Lassen Sie mich nachschauen. Ah, ja – hier haben wir es. Oh, oh … Das sieht nicht gut aus.«

»Was denn?«

»Wie ich sehe, hatten Sie durch Ihre Position im Großen Dreieck Anspruch auf einen hohen Kreditrahmen.«

»Das ist doch gut.«

»An sich schon. Der Kredit wurde jedoch während Ihrer Inhaftierung ausgeschöpft. Sie sind insolvent.«

»Wieso das?«

»Ein Jahr ohne Einkommen. Zwei Unterkünfte. Eine im Zentrum und eine im Roten Viertel, plus Nebenkosten.«

Symis Wohnung!, schoss es ihm durch den Kopf. Er hatte sie angemietet, um ihr Versteck zu schützen.

»Und was soll ich jetzt machen?«

»Ihre Schulden tilgen. Es gibt aber auch eine gute Nachricht: Ich könnte Ihnen eine Stelle im Strukturzentrum vermitteln. Wird Ihnen gefallen.«

*

Die Bahn beschleunigte vor der Kurve. Orik drückte die Ohrstecker tiefer, um den Lärm, der von den Gleisen kam, zu dämpfen. Hatte er sich nicht früher über die Fahrgäste lustig gemacht? Jetzt starrte er wie die anderen ins Leere und konsumierte Bilder, die auf seine Linsen projiziert wurden.

Auf dem Weg zum neuen Arbeitsplatz zogen im

Hintergrund die Stationen und im Vordergrund die Nachrichten vor seinen Augen vorbei. Wie in früheren Zeiten stand eine Sprecherin (war das dieselbe?) vor einer Projektion aus bunten Bildern. Aber ihm fielen auch Dinge auf, die es früher nicht gegeben hatte: In der Ecke prangte die *Typolux*-Marke.

Neu waren auch die Textzeilen am unteren Bildrand. Sie dienten nicht etwa der Zusammenfassung von Meldungen für Menschen mit Hörproblemen. Sie präsentierten ein Ratespiel.

Das Motto: *Gewinnen Sie mit etwas Glück eine eigene Wohnung, ein Jahr mietfrei!*

Arkonia entsendet Botschafterin

- *a) zur Ablösung ihres Vorgängers*
- *b) zur Stadtmitte*
- *c) zur Festigung der Völkerfreundschaft*

Auflösung konterrevolutionärer Zellen

- *a) mithilfe interner Profile aus dem Großen Dreieck*
- *b) nach Hinzugabe von Säure*
- *c) durch scharfes Nachdenken*

Komitee für den Wiederaufbau verkündet im ersten Halbjahr die Errichtung von

- *a) 5 Wohneinheiten*
- *b) 50 Wohneinheiten*
- *c) 500 Wohneinheiten*

Ihre Form mochte anders sein, aber die Inhalte wirkten wie Nachrichten aus der Zeit vor dem Machtwechsel. Oriks Gedanken begannen abzuschweifen. Da war etwas mit den Textzeilen, sie übten eine

Anziehung aus. Er zog seinen Notizblock hervor und blätterte zurück zu den Skizzen aus Symis Zimmer. Das Papier war bekritzelt von seinen ungelenken Versuchen, ihre Schrift festzuhalten. Es waren dieselben Buchstaben. Das *Typolux*-Zeichen, die Nachrichtentexte, die Bedienoberfläche - überall waren Zeichen aus Symis Entwürfen.

Orik notierte: *Wie kommt ihre Schrift in das Programm? Karna?* Er durchkreuzte den Namen. Das passte nicht. Symi und ihre Freundin hatten den Alphabetisten nicht nahegestanden. Er klappte den Notizblock zu. Würde er anhand der Schrift herausfinden können, wo Karna abgeblieben war?

»Kolibri-Garten«, hallte es in seinen Ohren, und er entstieg der Bahn.

Der Weg zum Strukturzentrum nahm mehr Zeit in Anspruch als gedacht. Vor dem Rollweg nach oben verkündete ein handgeschriebenes Schild: „Außer Betrieb". Mit den anderen Fahrgästen kämpfte er sich durch ein dreidimensionales Labyrinth von Treppen. Draußen gab es zwar keine Straßensperren mehr, die ihn aufhielten; dafür eingestürzte Gebäude und Berge von Trümmern, die ihn zu Umwegen zwangen. Der Widerstand hatte sich hier schwere Gefechte mit der Piktatur geliefert. Er begegnete Überlebenden mit Bandagen und blutigen Kopfverbänden, die vermutlich ihre Wohnungen verloren hatten. Sie schleppten körbeweise Steine zum Sammelpunkt, wo der Schutt in Karren abtransportiert wurde. Andere hockten mit angezogenen Beinen in den Ruinen und dämmerten vor sich hin.

Auch die geschwungene Fassade des

Strukturzentrums hatte gelitten. Jemand sprühte weiße Farbe auf die ramponierte Wand, als Orik das Gebäude betrat. Vor der Sicherheitssperre wartete er, bis das Gittermuster seine Iris abgetastet hatte.

»Sie können passieren, 451.«

»Danke. Wo muss ich hin?«

»K 2811 GX.« Der Mann wies zum Gang rechts von ihm. »Bis zum Ende, dann die zweite Etage. Sie werden erwartet.«

Orik schritt den Flur entlang, vorbei an ovalen Türen. Wie oft hatte er in einem dieser Räume gesessen, um mit den anderen Kindern die Prinzipien der Piktosophie zu erlernen? Ein rhythmisches Klappern drang durch die Türen. Erst jetzt fiel ihm auf: Diese Türen waren nicht mehr mit bunten Motiven bemalt, sondern vollkommen weiß, und sie unterschieden sich nur durch ihre Beschriftung: K 1901, K 1902, K 1903. Er blieb stehen und lauschte. Junge Stimmen krähten im Chor Wörter wie *Arbeit, Blume, Chef, Dach, Ecke, Frau* … Der Lehrplan hatte sich geändert. Im Weitergehen bemerkte er parallellaufende Linien an den Wänden, sehr dünn, kaum wahrnehmbar. Sie begleiteten ihn auf der gesamten Strecke, nur durch Türen und gelegentliche Abzweigungen unterbrochen. Die Linien hatte es zu seiner Zeit nicht gegeben. Vor ihm öffnete sich eine Tür, und ein kleiner Junge stolperte vor seine Füße. Er sah mit großen Augen zu ihm auf und stammelte: »'schuldigung, Herr Lehrer. Wissen Sie, wo die Pinkelbecken sind?«

Orik musste lächeln. Er erinnerte sich und deutete auf die nächste Gabelung. »Auf der linken Seite, kleiner Mann.« Der Junge schoss davon. Einen Moment blickte Orik ihm nach, bevor er die letzten Meter zurücklegte. Er hatte das Ende des Gangs erreicht und nahm die Treppe zur nächsten Etage. Waren hier nicht früher die Büros der Schulleitung?

»Kommen Sie schon, setzen Sie sich«, sagte der alte Mann, als Orik eintrat. »Ich habe nicht mehr so viel Zeit wie Sie.« Er fuchtelte mit der Hand, bis sich sein Besucher gesetzt hatte. »Was haben Sie nun also auf dem Herzen?«

»Ich bin wegen der Stelle hier.«

»Ach, ja. Ja, natürlich.« Er richtete seine schlitzförmigen Augen auf den Bewerber. »Ich muss Sie das fragen: Sind Sie einer von *denen* oder einer von *denen*? Sie wissen schon.« Er deutete eine Kopfbewegung an.

»Ich verstehe nicht«, erwiderte Orik.

»Können Sie lesen? Oder haben Sie für die andere Seite gearbeitet?«

»Ja und ja.«

Der alte Mann schaute verdutzt.

»Es ist ein wenig kompliziert. Ich bin hier zur Schule gegangen.« Orik legte nach. »Als Sie unser Rektor waren.«

Sein Gegenüber griff nach dem Wasserglas auf dem Tisch und lehnte sich zurück. »Ausgeschlossen. Das muss mein Vorgänger gewesen sein.« Er trank einen Schluck. »Aber wenn Sie, wie Sie sagen, hier gelernt haben – wie ist es möglich, dass Sie nun also lesen können?«

»Mein Bruder hat es mir beigebracht.«

»Verstehe. Und dennoch haben Sie für den Feind gearbeitet.«

Orik spürte ein Ziehen im Bauch. »Wie schon

gesagt, es ist kompliziert. Ich nahm an, mein Sekutor hätte Ihnen das berichtet.«

Der Mann betrachtete ihn über den Rand seines Glases. »Das hat er. Ich wollte es von Ihnen hören.«

Dieselben Spielchen wie früher, dachte Orik. Er ließ seinen Blick durch den Raum wandern. Ein Bild an der Wand hinter dem Rektor zog seine Aufmerksamkeit auf sich. »Ist das nicht …«

»Kommandant Tromsbork. Held unseres Volkes. Er hat uns zum Sieg über die Piktatur verholfen.«

»Eine vielschichtige Persönlichkeit«, gab Orik zurück. »Ich kenne ihn noch als Brigadegeneral beim Großen Dreieck.«

Sein Gegenüber setzte das Glas ab. »Ich hätte einen guten Rat für Sie: Behalten Sie das für sich.«

»Das werde ich.« Orik spürte das dringende Verlangen, die Unterhaltung zum Ende zu bringen. »Um welche Stelle geht es? Verwaltung?«

»Oh, nein. Dafür wären Sie überqualifiziert. Gewissermaßen.« Der Stuhl knarrte, als sich der alte Mann vorbeugte. »Nein, für Sie haben wir eine weitaus ehrenvollere Tätigkeit. Sehen Sie die Kiste? Bringen Sie mal her. Mein Rücken leistet das nicht mehr.«

Der Rektor hat nicht übertrieben, was das Gewicht angeht, dachte Orik, als er den Behälter schnaufend auf dem Tisch absetzte. Der Behälter war zum Rand mit Buchstaben aus schwarz-legiertem Metall gefüllt, jeder von ihnen so groß wie ein Daumen.

Der alte Mann erhob sich. »Vielleicht sind Ihnen unterwegs die Linien aufgefallen. An den Wänden, hm?«

»Stimmt. Was ist mit ihnen?«

»Hier, nehmen Sie.« Er überreichte Orik eine Digitafel. »Sehen Sie die Namen?«

Orik überflog die Zeilen einer alphabetisch sortierten Liste und brach irgendwann ab.

»Sie wollen wissen, wer das ist? Es handelt sich um Dividuen. Sie haben ihre Entidentifizierung oder die Zwangsarbeit nicht überlebt. Ihre Namen sollen unser Institut zieren, damit wir ihrer gedenken. Die Linien werden Ihnen das Anbringen erleichtern.«

»Was … das ist …« Orik rang mit Worten. »Ich soll Buchstaben anbringen?«

»Sie sind perfekt dafür geeignet. Sie können lesen. Und wie ich hörte, sind Sie für Ihre Gründlichkeit bekannt. Nebenan finden Sie Ihr Arbeitswerkzeug und die anderen Kisten. Sie können gleich anfangen.«

ERTRÄUMTEVOMGOLDPROGRAMMUNDEI

C

Möchtest du Typolux unterbrechungsfrei genießen? Einfach ins Gold-Programm wechseln mit Reta „Gold".

Blau ist das neue Gelb! Den Nanorak von Zolidas gibt's jetzt in tollen Farben mit Klimaaktiv-Schutz für nur fünfdreinull Punkte. Heute-da-bestellt mit Reta „Nano blau".

Hali hali, 451, du bist durstig. So schrecklich durstig. Spürst du die Trockenheit im Mund? Zehnsechs Schritte und dann nach links, zum Ziel deiner Träume! Auf dich wartet ein kühler Tera-Mix, dazu ein frisch gedruckter Nutri-B mit Hähnchen-Aroma.

Freundliche Erinnerung: Bestätige mit Reta „Ja" die Auswertung deiner Vitalwerte. Für ein stabiles Gesundheitsprofil. Mit Reta „Nein" stimmst du zu, dass wir dich im Fall einer …

Oriks Augen brannten. Selbst bei geschlossenen Augen wurde Werbung auf seine Netzhaut projiziert, begleitet von klimpernden Klängen und Stimmen in verschiedenen Tonlagen, mal verführerisch, mal mit künstlicher Heiterkeit. Hatte das Stakkato aus *sensationellen* Angeboten – natürlich nur für ihn und nur für kurze Zeit – in den letzten Tagen zugenommen? Wie zur Hölle hielten die anderen das aus? Wo er sich auch befand, immer schien etwas zum Greifen nah, das sein Leben erst lebenswert machte.

Mit unsicheren Schritten überquerte er die Kreuzung und kämpfte sich durch die trüb beleuchtete

Straße, während Bilder, Schriftzüge und tanzende Symbole unablässig vor seine Augen wirbelten.

Er träumte vom *Gold-Programm* und einem *unterbrechungsfreien* Leben, doch das lag in weiter Ferne. Bis seine Schulden abgearbeitet waren, würde sehr viel Zeit vergehen. Beim Anbringen der Namen in den Gängen des Strukturzentrum kam er nur schleppend voran. Seine Schultern schmerzten jeden Tag mehr, und dabei hatte er erst den Anfangsbuchstaben D hinter sich gebracht. Nach der Arbeit war er jedesmal so erledigt, dass er sich nur noch ins Bett fallen lassen und zudröhnen konnte, um dem Dauerfeuer der Werbebotschaften zu entgehen. Wenn er benebelt eingenickt war, schaltete sich das *Typolux*-Programm ab. Das konnte aber keine Dauerlösung sein.

Orik hatte von Tricksereien gehört, mit denen sich die EEG-Werte auch tagsüber auf Schlafniveau senken ließen, das blieb jedoch nicht ohne Nebenwirkungen und Unfälle. Darauf wollte er sich nicht einlassen. Irgendwann war in ihm eine Idee aufgeflackert. Die Erinnerung an jemanden, der ihm vielleicht helfen könnte, sein Leben zurückzuholen.

Aus dem Nichts, direkt vor ihm, erschien ein Werbe-Holo. Mit unnatürlich großen Augen zwinkerte sie ihm zu und säuselte: *Noch fünf Schritte zum kühlen Tera-Mix!* Über ihrem Kopf blinkte ein Pfeil. Orik unternahm den Versuch eines Ausweichmanövers und stolperte über einen real existierenden Müllbehälter. Er fing sich, drehte sich um und wollte seinem Ärger Luft machen, aber da war niemand.

Er rieb sich das Schienbein und setzte seinen Weg fort. Am Ende der Sackgasse, neben dem halbverfallenen Tor, hockte ein blinder Bettler und summte.

Orik räusperte sich. »Guten Abend. Ich suche den Doktor. Wissen Sie, wo ich ihn finde?«

Der alte Mann kratzte sich am Kopf und streckte ihm eine Digitafel entgegen. Auf dem zersprungenen Bildschirm leuchtete ein Betrag.

»Oh, ich habe kein Geld«, bedauerte Orik und griff in die Tasche, die er bei sich trug. »Aber ich könnte Ihnen eines meiner Bücher überlassen.«

»Willstumichverarschen?«, brabbelte der Blinde.

»Nun, Sie wissen es vielleicht nicht, aber Bücher sind rar und neuerdings heiß begehrt«, erwiderte Orik. »Sie könnten es gegen Geld tauschen. Dieses Exemplar hier ist viel wert.«

»Wieviel?«

»Schätze, mindestens zweinullnull.«

»Gibher.«

»Und was ist mit dem Doktor?«

»Wassollmitihmsein?«

Orik atmete tief durch. »Wo finde ich ihn?«

»Werwilldaswissen?«

»Orik Adamant. Ich habe einen Termin.«

»Jajaweißichdoch.«

»Sie *wissen* das - warum fragen Sie dann?«

»BineinvorsichtigerMensch.«

»Und sagen Sie mir jetzt, wo ich ihn finde?«

Der Mann kratzte sich erneut am Kopf. »Durchden-HofzweiteTürrechts. NimmdenAufzugunddrückdie5. Fallsdulebendankommenwillstverzichteaufverdächti-geBewegungen.«

»Falls ich ... Danke für den Hinweis.«

Orik setzte sich in Bewegung, aber der Blinde griff nach seinem Handgelenk. »Wenndichjemandansprichtsagstdu: *Der – Engel – schickt – mich.*«

»Der Engel?«

»Dustehstvorihm«, grinste der Mann und zog sich an ihm hoch. »VielGlück. IchmussloshabGeschäftezuerledigen. WillhoffendeinBuchistwirklichwaswert.«

Orik trat durch das Tor und sah sich um. Der Hof war mit heruntergefallenen Resten der Fassade bedeckt, zwischen denen er herumstakste. Nicht eine Menschenseele. Auch in den Fenstern um ihn herum nahm er keine Bewegung wahr. Erst auf halbem Weg bemerkte er die beiden Scharfschützen auf den Dächern. Dem Rat folgend bewegte er sich ruhig und unauffällig. Neben der Tür, auf die er zusteuerte, ragten Rohre aus der Wand, denen beißender Qualm entwich. Er betrat den Vorraum. Niemand erwartete ihn. An der rechten Seite sah er den Aufzug und bestieg ihn. Ruckelnd endete die Fahrt nach oben, und die Türen öffneten sich.

Eine Wache stellte sich in den Weg. »Wo wollen Sie hin?« Es klickte beim Entriegeln der Waffe.

»Zum Doktor. Der Engel schickt mich.«

Der Mann schulterte sein Gewehr und tastete ihn gründlich ab. »Sie gehen vor. Ich begleite Sie.«

Er lief den Gang entlang, an weiteren Posten vorbei, bis sie vor einer rot und schwarz beschmierten Betonwand zum Stehen kamen.

Sein Begleiter wies auf einen Klappstuhl. »Setzen. Warten Sie hier.«

Gedämpfte Geräusche drangen an Oriks Ohr. War das eine Säge? Scharrend öffnete sich die Wand, und weiße Schwaden quollen hervor. Reflexhaft fuhr Orik vom Stuhl auf und wich zurück, als Lüfter ansprangen und den Qualm binnen Sekunden aufsaugten. Aus den restlichen Schleiern trat eine ältere Dame hervor, etwas zittrig auf den Beinen. Sie beäugte ihn. Der Wachmann nahm sie in Empfang: »Ich bring Sie wieder nach unten.« Dann nickte er Orik zu: »Sie können rein.«

Orik folgte der Aufforderung. Hinter ihm schloss sich die Wand. Im Halbdunkel des Raums stand ein Behandlungsstuhl mit abgewetzten Polstern. Seitlich und am Kopfende ragten obskure Gerätschaften hervor. Schläuche führten zur Decke. Der Boden war von zerknüllten Papiertüchern übersät. Ein gammeliger Geruch drang in seine Nase, als Orik eine Bewegung in seinem Rücken spürte.

»Sie haben Mut, hier aufzutauchen.« Der korpulente Mann im grauen Kittel näherte sich mit finsterer Miene. In der Rechten hielt er etwas, das aussah wie eine lange Pinzette. Als er direkt vor ihm stand, knuffte er Orik in die Seite und brach in Gelächter aus. »Was denn, ich mach nur Spaß. Mann, Sie sind ja ganz weiß.« Er schlug Orik auf die Schulter. »Was verschlägt Sie in meine feudale Praxis, Herr Adamant?«

Orik hüstelte und versuchte sich zu entspannen. »Na, ja. Ich weiß noch aus der Zeit vor dem Putsch, dass Sie gewisse Leistungen anbieten.«

»In der Grauzone fühle ich mich immer noch am wohlsten. Bringt mehr ein, und ich bin unabhängig. Also, was kann ich für Sie tun?«

»Wie kann ich meine Linsen deaktivieren?«

»Ach, das. Sie haben die Frau gesehen?«

»Die vor mir rauskam?«

Der Doktor nickte. »Dasselbe Leiden. Und soeben genesen.«

Orik gelang es zu lächeln. »Sehr gut, das hatte ich mir erhofft. Es gibt nur ein Problem.«

»Ja?«

»Schulden. Ich kann Sie nicht bezahlen. Nur mit Büchern. Hab ein paar dabei, aber es gibt noch mehr.«

Der Doktor seufzte. »Wissen Sie, wenn ich an die Zeit des Großen Dreiecks zurückdenke … Sie haben mich nie verraten und für meine Informationen anständig gezahlt. Sowas merke ich mir.«

»Das freut mich.«

»Na, kommen Sie. Setzen Sie sich. Wollen wir uns das mal ansehen.«

Orik sank in den Behandlungsstuhl. Beunruhigt nahm er wahr, wie sich stählerne Spangen um seine Arme und Beine schlossen. Ein gepolsterter Bügel drückte sanft, aber beharrlich seine Stirn zurück und arretierte seinen Kopf.

»Nur zu Ihrer Sicherheit.« Der Doktor zog ein Papiertuch aus dem grauen Kittel, schnäuzte sich und ließ es fallen. »Trockene Luft … macht mir zu schaffen.«

Orik ruckte im Stuhl, während der Mann Knöpfe drückte.

»Es wird jetzt ein bisschen pieksen.«

Orik spürte den Einstich in der Wange, und nach drei Sekunden war sein Gesicht vollkommen taub. Das sägende Geräusch, das Orik draußen vernommen hatte, gehörte zu einem verchromten Arm, der sich mit ruckenden Bewegungen auf sein Gesicht senkte.

Filigrane Klammern tasteten sich an seine Augenlider heran, griffen zu und zogen sie weit auseinander. Orik spürte nichts mehr und konnte nur noch zur Decke starren. Unvorbereitet traf ihn ein gleißender Lichtstrahl.

»Meinen Engel am Empfang haben Sie ja kennengelernt«, plauderte der Doktor und wühlte klappernd in seinen Instrumenten. »War mein erster Patient. Bin ihm was schuldig – lief nicht alles glatt.«

Orik lallte.

»Ich mach nur Witze! Aber Sie hätten mal Ihr Gesicht sehen sollen.« Die Pinzette näherte sich Oriks linkem Auge. »Ich werde jetzt Ihre Linse an der Seite ein bisschen lüpfen, dann appliziere ich die Nanos.«

Ein dünner Schlauch geriet in Oriks Gesichtsfeld, etwas surrte.

»Die kleinen Krabbelviecher brauchen am Anfang noch ein bisschen Hilfestellung«, kommentierte der Doktor und hantierte mit der Pinzette. »So, das hätten wir. Jetzt noch das rechte, dann haben Sie es gleich überstanden.« Wieder das Surren.

Schweißgebadet zwang sich Orik, etwas Schönes herbeizudenken. Karna. Wo steckte sie? Lebte sie?

Zapp!

In seinem Auge blitzte ein Bild auf.

Zapp, zapp – zapp!

Noch mehr Bilder. Seine Angst wich Panik. Die Bilder bewegten und überlagerten sich in rascher Folge. Er versuchte, sich auf das zu konzentrieren, was in ihnen zu sehen war.

Schummrige Straßenbeleuchtung. Sackgasse. Niemand unterwegs. Nur ein Holo, mit einem tanzenden Pfeil über dem Kopf. Alter Mann am Boden, der ihm einen flachen Gegenstand zeigt.

Das hatte er gerade erst erlebt.

Umgestürzter Müllbehälter. Dahinter, an der Straßenecke, ein Mann mit schwarzer Weste …

Moment, den Kerl hatte er unterwegs nicht bemerkt. Konnte er seinen Augen trauen, oder entsprang das der Fantasie? Noch einmal sah er die Bilder an sich vorbeiziehen, dann war der Spuk vorbei.

»Das war's«, rief der Doktor, und die Pinzette fiel scheppernd in die Schale mit einer milchigen Flüsigkeit. Lidklammern und Spangen zogen sich zurück. Der Behandlungsstuhl richtete sich auf, und die Betäubung in Oriks Gesicht ließ nach.

»Ich bin – ah – kann mir …« Orik keuchte.

»Geht es Ihnen gut?«

»Brauch noch …«

»Atmen Sie ruhig ein und ruhig aus. Ihr Körper muss sich auf die Nanos einstellen.«

»Was machen – *die – mit – mir?*«

»Keine Sorge, gleich vorbei.«

Orik sammelte seine letzten Kräfte und griff nach dem Kittelärmel. »Bilder, viele Bilder. Wie Erinnerungen … vor dem geistigen Auge … kurz vor dem Tod.«

»Sie hatten Nachbilder, eine normale Reaktion.«

»Normal? Ich hatte eine *Todesangst* …«

»Na, na, beruhigen Sie sich. Sie gewöhnen sich schon daran. Hier, trinken Sie.«

Orik stürzte das Wasser hinunter. »Da war so ein Bild«, japste er. »Ich bin nicht sicher, ob ich das …«

»… wirklich gesehen habe?« Der Doktor nickte. »Auch das kommt vor. Bilder wie diese sind tatsächlich durch Ihre Pupillen gegangen, aber manches davon haben Sie beim ersten Mal nicht *wahrgenommen*.«

»Und kann ich es nochmal abrufen?«

»Klar. Ein Befehl an die Nanos, und sie machen sich ans Werk. Probieren Sie's.«

In Oriks Blickfeld erschien eine Liste, und er traf seine Wahl. »Echo Minus Eins«, sagte er. Die Bildabfolge wiederholte sich. Als der Müllbehälter erschien, starrte er auf das Feld zum Anhalten der Szene.

»Echo Plus.«

Das Bild vergrößerte sich schrittweise, während er den Fokus auf den Mann an der Straßenecke verlagerte. Über dem Gesicht lag ein Schatten, Details waren kaum zu erkennen.

In der Sekunde legte sich ein Schriftzug darüber, und eine Stimme dröhnte in seinem Ohr:

Bestätige mit Reta „Ja" die Auswertung deiner Vitalwerte. Für ein stabiles Gesundheitsprofil. Mit Reta „Nein" stimmst du zu, dass wir dich im Fall …

Orik fluchte. Hektisch durchsuchte er die Liste mit den Befehlen und rief: »Typo Reta Aus!«

Die Werbung verschwand. Er genoss die Stille und konnte sein Glück nicht fassen.

»Doktor, Sie sind ein Genie.«

»Oh, war mir ein Vergnügen. Ach, haben Sie schon gehört? Der Große Piktosoph…«

»Was ist mit ihm? Sitzt er brav seine Strafe ab?«

Der Doktor schmunzelte. »Für seinesgleichen sind Zellen nicht geschaffen. Er ist tot.«

»Tatsächlich. Hat ihn jemand umgebracht?«

»Ach, nein, er ist einfach so gestorben. Altersschwäche. Vor mindestens fünf Jahren. Man hat seine sterblichen Überreste gefunden.«

Orik war fassungslos. »Vor fünf Jahren? Aber das hieße ja … Was ist mit seinen Auftritten, seinen Reden bei der Parade?«

»Oh, er hatte wohl Unmengen an Textbausteinen diktiert. Die hätten noch für fünfzig Jahre Piktatur gereicht. War nur dem engsten Kreis bekannt. Sein Holo haben sie subtil altern lassen.«

»Das ist …« Orik fehlten die Worte.

Ein Summen ertönte.

»Ich fürchte, da wartet schon der nächste Patient.« Der Doktor begleitete ihn zur Betonwand. Weiße Schwaden traten hervor, als sie sich zur Seite schob. Sie gaben sich die Hand.

»Was ist mit der Bezahlung, Doktor?«

»Schon gut. Nehmen Sie Ihre Bücher wieder mit. Ich finde keine Zeit zum Lesen.«

DIEALTEFRAUSCHÜTTETDENSUDMITD

D

Oriks Pioniersonde schwirrte durch Symis Kammer. Die Aufzeichnungen füllten sein Sichtfeld.

Tiefflug über den zerschlissenen Teppichläufer. Langsamer Aufstieg. Fahrt entlang der Bücherregale. Vereinzelte Lücken. Schien eine Ewigkeit her zu sein, dass er mit Karna Exemplare ausgewählt und in der Kiste verstaut hatte, die nun in seiner Etage stand. Die Sonde näherte sich der hinteren Ecke des Zimmers. Das schmale Bett, gegenüber Symis Arbeitstisch aus dunklem Holz. Auf seiner abgewetzten Oberfläche lagen verstreute Papiere. Stifte verschiedener Größen und Farben. Aus den Seiten eines Buchs ragten Klebestreifen hervor. Im hinteren Teil war es aufgeschlagen. Links ein großes Bild. Ein Kreis mit vier Linien, die sich im Zentrum trafen. Handschriftliche Notizen.

»Speichern und Ende.«

Die Sonde kehrte zurück und landete in Oriks Handfläche. Sie hatte Symis Digitafel nicht finden können, aber die Abbildung im Buch ließ ihn nicht los.

»Dieser Kreis«, murmelte er. »Womit hast du dich da beschäftigt?«

Er sah hinüber zum Bett. Symi starrte zur Decke, aber ohne Messer im Bauch.

»Schmollst du etwa immer noch?«, fragte Orik.

Symi zog es vor zu schweigen.

»Was soll ich machen?«, rief Orik frustriert. »Ich hab mich doch für den Grabstein entschuldigt.«

»Hast du *nicht*!«, platzte es aus Symi heraus.

»Kann sein, dass ich mich in der Wahl der

Proportionen *etwas* vertan habe. Klar, ich hätte dich fragen können, aber du warst … verhindert.«

Symi sprang auf. »Spar dir die blöden Bemerkungen. Ich bin schon am Verrotten, und du quatschst mit mir. Du bist so kaputt.«

Orik wusste nicht, was er entgegnen sollte und wechselte das Thema. »Was ist mit dem Kreis? In deinem Buch.«

»Was soll damit sein?«

»Hat dir was bedeutet.«

»Wenn's dich interessiert, lies meine Notizen.«

Orik legte den Kopf schief. »Hab ich schon.«

Sie rollte mit den Augen. »Ich seh schon, muss dir alles vorkauen: Zeichen für den Frieden. Entworfen von einem pazifistischen Grafiker. Vor hundertfünfzig Jahren oder so.«

»Pazi… ?«

»Du hast keinen Schimmer, oder? Friedensbewegung. Hat mich damals umgehauen, was ich in dem Buch dazu gefunden habe. Eine Zeitlang hatte ich tatsächlich vor, sowas in der Art wieder aufziehen. Karna hat immer gestichelt. Ihre Art, mich vor dummen Ideen zu warnen.« Symi seufzte. »Sie fehlt mir.«

»Mir auch. Ich finde sie«, versprach Orik.

»Warten wir's ab.« Sie sah ihn an, ihr Kinn auf die Hand gestützt. »Du hattest übrigens recht, deiner Sonde nicht zu trauen. Sie hat schon beim ersten Mal versagt. Damals, auf der Suche nach meinem Versteck. Hier drin hat sie dich schon wieder im Stich gelassen.«

»Worauf willst du hinaus?«

»Nie auf die Idee gekommen, bei den Büchern nachzuschauen? D wie Digitafel.«

Orik fasste sich an den Kopf und stürmte zum Regal. Mit beiden Händen tastete er die Buchrücken ab und schob sie zur Seite. Da, in der zweiten Reihe. Er zog die Digitafel hervor und fuhr mit dem Finger über den Schalter.

*

Der Gehweg quoll von Menschen über. An den Fassaden hockten Obdachlose zwischen Abfall und Styrophan-Kartons. Die an ihnen vorbeihastenden Leute blickten grimmig, rempelten und fluchten, als müsse sich auf dem schmalen Streifen sämtlicher Missmut der Bürger entladen. Orik kam ins Schwitzen, als er sich durch das Gedränge arbeitete. Um nicht über ausgestreckte Beine und querliegende Matratzen zu stolpern, hielt er seinen Blick auf den Boden gerichtet.

Seine Gedanken kreisten um Symis Digitafel. Es wurmte ihn, dass er nicht in der Lage war, herauszufinden, was sich darauf befand. Das Passwort, mit dem sich Orik damals Zugang zu ihrem Versteck verschafft hatte, war ihm diesmal keine Hilfe gewesen. Die Verschlüsselung war nicht zu knacken. Im offenen Bereich hatte er nur ein Verzeichnis mit Filmen gefunden. Von Karna wusste er, dass Symi längst vergessene Musik aus einem *Webarchiv* kopiert hatte. Daher stammten wohl auch die Filme. Orik hatte die Vorschaubilder nur überflogen. Auffällig waren die opulent gestalteten Filmtitel, die sich aus ungewöhnlichen Schriften zusammensetzten. *Der Name der Rose, Der Club der toten Dichter* … Orik sagte das nichts. Auch Filme hatten auf dem Index gestanden.

Orik hatte schon aufgeben wollen, doch dann war er doch noch auf etwas gestoßen: das Fragment einer Tonaufzeichnung. Zum ersten Mal drang Symis Stimme in sein Ohr. Ihre echte Stimme, tiefer und sanfter als in seiner Fantasie. Sie sprach mit Karna. Orik hatte sich den Ausschnitt immer wieder angehört, doch er war nicht dahintergekommen, worum es ging. Die Verbindung hatte mehrfach ausgesetzt: »Karna *tskts* dich vor, diesem *ztiksks* alles zu *tskts* für die Zeit danach *tstoksssksktsi* ausgehandelt, *stikschkskr* bis hinauf ins Große Dreieck *tstoksss* –«

Seine Erinnerung wurde von einem Pochen hinter seinen Schläfen unterbrochen. Orik geriet ins Taumeln und musste sich an der Hauswand abstützen – sie war zum Glück keine Projektion, sondern eine echte Wand. Die Nanos in seinen Augen spielten ihm wieder einen Streich, als Nachbilder von seinem Weg durch die Straße auf ihn zu schossen.

Faltige Frau hinter dampfendem Kessel, zum Rand mit künstlichen Taschenkrebsen gefüllt. Vor ihrem Kiosk eine Menschentraube. Alle halten seltsame Objekte in den Händen. Wie Helme, mit der Öffnung nach oben. Die alte Frau schüttet den Sud mit den Krebsen hinein. Am Ende der Schlange: ein Mann, der seine Shotozig zum Mund führt und pafft. Kinnbart. Elegant gekleidet, schwarze Weste.

Die Bilderflut ließ nach. Orik ballte die Faust. Er hatte seinen Verfolger zum zweiten Mal übersehen.

Aber diesmal hatte er ihn eindeutig erkannt. Der Kerl auf dem Archivfoto, Symis Mörder. Angespannt inspizierte er die Massen, die an ihm vorbeizogen, doch wohin er auch sah, er konnte den Mann mit der Shotozig nicht ausfindig machen. *Was wäre, wenn?* Die

Frage stellte sich Orik nicht zum ersten Mal, obwohl sie jedesmal schmerzte. Sie machte ihm bewusst, dass er keine Befugnisse hatte. Er war kein Ermittler mehr.

Selbst wenn es ihm gelänge, den Mann zu stellen, würde er ihn nicht verhaften können. Und wenn er den Täter stattdessen überwältigte und den Behörden meldete? Orik hatte keinen Ausschalter mehr, und sein Verfolger schien recht kräftig zu sein. Wenn es ihm dennoch gelänge, wie musste das auf die Behörden wirken: Arrestant 451, auf Bewährung, greift einen Unbekannten an und wirft ihm einen Mord vor, angeblich begangen vor mehr als einem Jahr, während der Piktatur. Blöde Idee.

Er nahm die Abkürzung und bog in eine weniger belebte Nebenstraße ein. Irgendwann bemerkte er am Boden einen langgezogenen, weißen Strich. War das noch eine Nebenwirkung der Nanobot-Attacke, oder brachten ihn die Wandmarkierungen im Strukturzentrum um den Verstand? Er ging in die Hocke und fuhr mit dem Finger über die Kontur. Pudrige Substanz. Er richtete sich auf und stellte im Weitergehen fest, dass die Linie ohne Unterbrechung über die gesamte Länge des Bordsteins lief. Nicht linear, sondern in geschnörkelter Form. Jemand musste sie mit unendlicher Geduld auf dem Asphalt angebracht haben. Gerade wollte er die seltsamen Kringel näher in Augenschein nehmen, als ein Reinigungsfahrzeug eintraf und mit viel Dampf und noch mehr Getöse die Schnörkel vom Boden entfernte. Orik wechselte die Straßenseite.

»Guten Tag, den *Nachweis zur Lesebefähigung*, bitte.«

»Muss das sein?«, stöhnte Orik. »Sie haben doch meine Daten. Das ist die dritte Kontrolle heute.«

»Kann ich nichts machen. Vorschrift.« Der Kerl mit der Narbe am Kinn erweckte nicht den Eindruck, sich auf Diskussionen einzulassen, und Orik ließ die Prozedur über sich ergehen.

Der Mann hielt Orik einen Leuchtstift vor die Augen und überprüfte sein Profil. »In Ordnung, 451.« Er wies ihm den Weg vorbei an dem Zelteingang mit der Aufschrift *Alphatest.*

Als Orik das Zelt umrundete, hörte er das Schluchzen einer Frau. Uniformierte hatten sie gepackt, um sie von den Türen eines Persoporters wegzuzerren.

»Ich will meinen Jungen zurück!«, schrie sie und griff in die Luft, als der Wagen losfuhr.

»Was ist hier los?«, wollte Orik wissen. Die Frau warf ihm flehende Blicke zu, bevor sie im Knäuel der Sicherheitskräfte hinter der Plane verschwand.

Einer der Männer kam auf Orik zu. »Gehen Sie bitte weiter. Wir machen hier nur unsere Arbeit.«

Orik wich nicht vom Fleck. »Sagen Sie mir, was vorgeht. Wer ist Ihr Vorgesetzter?«

Der Angesprochene fuhr sich über die Bartstoppeln. »Gehen Sie. Zweite Aufforderung. Eine dritte gibt's nicht.« Er hatte seinen Ausschalter gezückt.

Orik spürte, wie sein Puls raste. »Was bilden Sie sich ein? Wir leben doch nicht mehr in der Piktatur!«

Ich hab Sie gewarnt! war das letzte, was er hörte, bevor ihn die Blitze trafen und er zusammenbrach.

*

Der Nebel vor seinen Augen begann sich zu lichten. Jemand rüttelte an seinem Arm.

»Lass mich, ich will schlafen«, murmelte Orik. Er wollte sich zur Seite drehen, doch etwas hielt ihn ab. Gurte. Er stemmte sich dagegen und stöhnte auf vom brennenden Schmerz in seiner Schulter.

»Jetzt macht ihn endlich los!«, rief eine polternde Stimme, während fremde Hände an ihm zerrten.

»Ist gut, ist gut, das reicht. Jetzt weg da! Lasst uns allein.« Ruhe kehrte ein. Orik hörte wieder die Stimme. »Kommen Sie zu sich.«

Das Gesicht eines Mannes. Stechender Blick, voluminöser Mund, strahlende Zähne. Operierte Nase. »Ja, so ist es besser. Lassen Sie sich helfen.«

Mit großer Kraftanstrengung setzte sich Orik auf. Erst allmählich gewöhnte er sich an das grelle Licht. Eine Kammer ohne Fenster. Er rieb sich die Augen, während sein Besucher den Metallstuhl scharrend zum Bett zog und Platz nahm.

»Adamant, was soll ich nur mit Ihnen machen? Sie sehen wieder beschissen aus!« Wuelfenstrat brach in schallendes Gelächter aus, das in ein glucksendes Husten überging. Er klopfte Orik auf den Rücken, ohne den Schmerz in seinem Blick zu bemerken. »Respekt, ich hätte nicht gedacht, dass ein Rebell in Ihnen steckt. Ha-ha!«

Orik wusste immer noch nicht, was er sagen sollte und überließ Wuelfenstrat das Reden.

»Meine Leute haben Sie mir als aufmüpfig beschrieben. Sie sollen darauf bestanden haben, den Vorgesetzten zu sprechen. Große Klasse!«

Wuelfenstrat schlug sich vergnügt auf die Schenkel. »Wie in alten Zeiten.«

»Was ist mit der Frau?«, wollte Orik wissen.

»Sie können ja doch sprechen! Ich dachte schon, Sie hätten einen Knoten in der Zunge.«

Orik zwang sich ein Lächeln ab. »Wissen Sie, was mit der Frau im Zelt geschehen ist?«

Wuelfenstrats Gesicht wurde schlagartig ernst. »Die Aufsässige, die Sie zu dieser Aktion angestiftet hat. Ist nebenan. Habe mich gekümmert, wir schicken sie nach Hause.«

»Und ihr Sohn?«

»Hat den Alphatest nicht bestanden, jetzt lernt er lesen.«

»Ich glaub's nicht. Sie bringen ihm Lesen bei?«

»Nein, nicht wir. Das überlassen wir den Experten. Er wird ins Strukturzentrum überstellt.«

Orik fuhr sich über die Stirn. »Mein Dröhnschädel. Hindert mich am Denken. Bitte entschuldigen Sie, Generalleutnant.«

»Nicht doch, nicht doch.« Wuelfenstrat winkte ab. »Ich bin nur noch einfacher Major mit lausigen Exekutiv-Einheiten. Wir mussten alle unsere Opfer bringen, nicht wahr?« Er zwinkerte Orik zu.

»Nehmen Sie Bezug auf mein Jahr in Haft?«

»Ein Jahr, tatsächlich?«, rief Wuelfenstrat. »Herrje, das ist hart. Ich hatte angenommen, Sie seien untergetaucht. Wir haben – wirklich – alles Menschenmögliche unternommen, um unsere Leute rauszuholen. Diese Tests zur Prüfung der mentalen Opposition – die haben verdammt viel Zeit gekostet.«

»Ich nehme an, aufgrund von Personalmangel.«

»Sie sagen es. Und dann hatte irgendwer die glorreiche Idee, den Arrestanten Nummern zu verpassen – glauben Sie mir, die Identifizierung war die Hölle.«

Er rückte auf seinem Stuhl näher heran und legte die Hand auf Oriks Arm. »Die Umstände sind bedauerlich, aber jetzt sind Sie hier. Meine Leute wussten nicht, mit wem sie es zu tun haben.«

»Wer bin ich denn?« Orik verzog das Gesicht. »Mein Sekutor nennt mich *451*.«

»Darüber wollte ich mit Ihnen reden.«

»Ach, die Nummer gefällt Ihnen nicht?«

Wuelfenstrat hob die Hände. »Ich kann Ihren Sarkasmus verstehen. Aber es ist wie es ist: Sie sind mein bester Mann. Bin froh, Sie gefunden zu haben.«

»Die Zeiten des Großen Dreiecks sind vorbei.«

»Ja, ja, schon richtig. Ich kann nicht zaubern, aber gewisse Einflussmöglichkeiten habe ich schon. Arbeiten Sie für mich, Adamant, und ich sorge dafür, dass Sie Ihren Namen zurückbekommen.«

»Gut, und als was wäre ich für Sie tätig?«

Der Stuhl knarrte, als sich Wuelfenstrat vorbeugte: »Als mein Ermittler.«

Orik spürte ein Kribbeln im Nacken.

»Ein heikler Fall, nehme ich an.«

»Sie können sich nicht vorstellen, *wie* heikel.«

WIELANGWARDASHEREINJAHRODERME

E

»Wo ist Tromsbork?« Alwing rieb sich den speckigen Bart und blickte in die Runde.

Alle sahen sich an, ein paar tuschelten, bis jemand einwarf: »Er ist krank und lässt sich entschuldigen.«

»Eine Schande«, grummelte Alwing. »Lässt den Staatsrat hängen, wenn ich den Vorsitz habe.« Er nahm Platz. »Also, was liegt an?«

Sein Gegenüber ergriff das Wort und hakte mit dem Finger den ersten Punkt auf seiner Digitafel ab. »Die Maßnahmen zur Neubesiedlung der Innenstadt … laufen planmäßig.«

»Geht das präziser? Wann treffen die ersten Kompositpressen ein?«

Der Angesprochene blätterte fahrig in seinen Daten. »Nach meiner Kenntnis … sofort, unverzüglich.«

»Gehen Sie der Sache nach.«

»Selbstverständlich.« Der Referierende ging zum nächsten Thema über. »Abteilung für Alphabetisierung: Major Wuelfenstrat meldet für das letzte Halbjahr steigende Quoten bei der Erfassung und Behandlung von Lesetestverweigererern. Er stellte Fragen zum Verwahrungsort für diese Personen. Unangenehm, dass ich ihm das nicht beantworten konnte.«

Alwing rollte mit den Augen. »Vertrösten Sie ihn. Was noch?«

Der pausbäckige Mann zu seiner Linken strich sein Hemd glatt und räusperte sich. »Die neuen Alphabetismus-Verordnungen scheinen unseren Sympathiewerten in der Bevölkerung nicht zuträglich zu sein.«

Einige murmelten zustimmend.

Betont langsam wandte sich Alwing ihm zu. »Ist das so?« Ohne hinzusehen, schob er dem Angesprochenen den Teller mit den Keksen zu. »Möchten Sie?«

»Oh, danke, das ist sehr …«

Alwing hieb auf den Tisch, und die Kekse hüpften in der Luft. »Hab ich Sie nach Ihrer Meinung gefragt?«

»Das nicht, aber wir müssen doch …«

»*Aber wir müssen doch*«, äffte Alwing ihn in weinerlicher Tonlage nach. Er ließ seinen stechenden Blick über die nervösen Gesichter im Saal gleiten. »Nur zu. Wer möchte sich den überaus inspirierenden Ausführungen des Herrn Vorredners anschließen?«

Eine Hand hob sich. »Bei allem Respekt, wir können die Signale aus der Bevölkerung nicht ignorieren.«

Alwing nickte bedächtig. »Glauben Sie mir, das habe ich nicht vor. Im Gegenteil.«

»Und was bedeutet das?«

»Sie werden es erfahren.«

Die Tischnachbarin grätschte ein. »Ich glaube, was mein Kollege sagen wollte: Diese Versammlung ist der geeignete Ort, um darzulegen, was Sie vorhaben.«

»Das ist mir bewusst.«

»Ausgezeichnet, dann sind wir gespannt.«

Alwing atmete durch. »Ich habe also Ihre Aufmerksamkeit. Das ist gut. Lassen Sie mich mancherlei klarstellen. Das Wichtigste zuerst: Das Volk ist dumm. Daran hat auch das Ende der Piktatur nichts geändert. Wir haben es geahnt, aber nun müssen wir den Mut aufbringen, es auszusprechen.« Alwing sprang auf. »Die Menschen haben keinen Schimmer, was gut für sie ist. Sie verlangen Führung. Die starke Hand.« Er griff in die Luft. »Eine Hand, die das Übel an der Wurzel packt - und beseitigt.«

Während er mit seinem Monolog fortfuhr, setzte er sich in Bewegung und vollendete hinter dem Rücken der Anwesenden seine Runde um den Konferenztisch. »Das Volk braucht nicht nur Führung, es braucht eine Aufgabe. Etwas, das sie antreibt. Das den Selbsterhaltungstrieb anspricht. Einen gemeinsamen Feind.«

Niemand rührte sich, und Alwing kostete die Stille aus. Er setzte sich.

»Sie alle wissen, von wem ich spreche. Die Schmierereien auf den Straßen. Die wiederholten Versuche, unsere *Typolux*-Kanäle zu stören. Die Anschläge auf unsere Energieversorgung. Das *muss - ein - Ende - haben!*« Die Kekse rappelten auf dem Teller, als seine Faust die Tischfläche bearbeitete.

Der pausbäckige Mann hatte seine Stimme wieder gefunden. »Ich verstehe nicht ganz. Was haben Sie vor? Wollen Sie sagen ...«

»*Unterbrechen* Sie mich nicht*!*«, brüllte Alwing. Die Versammlung erstarrte, während Alwing ein breites Grinsen aufsetzte. »Meine Freunde, Sie sollten mir Vertrauen entgegenbringen. Ich habe eine Lösung, die gleich zwei Probleme beseitigt: das Gemaule in der Bevölkerung und diese elenden Unruhestifter.«

Mit beiläufiger Geste gab er einen Befehl. Die Wand hinter ihm hob sich. Zum perfekt orchestrierten Stampfen der Stiefel schritten Uniformierte hindurch und stellten sich in zwei Reihen auf. Mit regungsloser Miene entsicherten sie ihre Waffen.

Alwing breitete die Arme aus. »Darf ich vorstellen? Diese tapferen Männer und Frauen unseres neuen

Sonderkommandos werden die Anständigen im Volk, die Aufrechten da draußen, bedingungslos unterstützen. In unserem Kampf gegen den Feind.«

Im Staatsrat breitete sich Unruhe aus. Einige erhoben sich. Jemand rief: »Sind Sie komplett übergeschnappt?«

Alwing sah zur Decke und stöhnte. »Glauben Sie mir. Ich hatte gehofft, Sie mit Worten zu überzeugen.«

*

Die Wände waren von Schimmel überzogen, und ein Geruch von Exkrementen lag in der Luft. Im Halbdunkel des eingestürzten Kellergeschosses stolperte sie über loses Gestänge. In einer Ecke kauerte sie sich hin und lehnte ihren Rücken an die kalte Mauer. Für die Nacht war es mehr, als sie erhofft hatte. Ihr Körper bebte, als sie stumm zu weinen begann. Von ihrem Kinn tropften Tränen auf den staubigen Boden. Drei Tage auf der Flucht, immer in Bewegung, ohne Schlaf. Karna war ausgezehrt, am Ende ihrer Kraft. In ihr blitzten Erinnerungsfetzen auf.

Der chromblitzende Applikator im kalten Gegenlicht. Der Pieks am Hals. Die roten Wolken, die sie umfingen, als die Wirkung der Drogen einsetzte. Der quietschende Stuhl. Jeden Tag hatte sie darauf gehockt. Sie hatte ihre eigenen Programme umgeschrieben und verbogen – nach den Wünschen ihrer Peiniger. Nur um an den nächsten Schuss zu kommen und die Entzugsschmerzen zu vergessen.

Karna hatte nichts empfunden, während sie Symis Schrift Buchstabe für Buchstabe in den Typolux-Kanal übertrug, in die Schulungen des Strukturzentrums, in

Druckvorlagen für staatlich genehmigte Bücher. Ihre Zelle war fensterlos, also hatte sie auch jegliches Zeitgefühl verloren. Da stand ein Eimer neben ihrer Matratze, in den sie sich regelmäßig erbrach, nachdem Alwing und sein ebenso widerlicher Handlanger Suroxo „nach ihr gesehen hatten".

Karna schrak auf. Aus der Ecke gegenüber vernahm sie ein Rascheln. Vielleicht nur Mäuse. Ihr Atem stockte, als ein fahler Lichtstrahl über den Boden huschte und Karna erfasste. Karna tastete nach der Eisenstange, die neben ihr lag. In der Finsternis schepperte es, bis ein faltiges Gesicht mit dünner, spitzer Nase über ihr erschien.

»Kindchen, was *machst* du denn hier?«

Das Mütterchen war nur mit einem dreckverkrusteten Nachthemd bekleidet. Karna schätzte sie auf über neunzig, aber das lag wohl an ihrer ledrigen Haut und dem schütteren Haar. Wahrscheinlich war sie dreißig Jahre jünger. Wässrige Augen betrachteten Karna von oben bis unten.

»Hast du kein Zuhause?«

»Bin abgehauen«, erwiderte Karna.

Das stimmte sogar, auch wenn sich die Alte gewiss etwas anderes darunter vorstellte.

Ninothea. Ihr verdankte es Karna, dass sie sich nicht länger in Gefangenschaft befand. Irgendwann hatte die ehemalige Ärztin einen Weg gefunden, die Kontrollen zu täuschen und die Drogen nach und nach durch Kochsalzlösung zu ersetzen.

»Warum hilfst du mir?«, hatte Karna sie gefragt.

»Du erinnerst mich an meine Tochter.«

»Versteht ihr euch gut?«

»Wir hatten keine Gelegenheit. Die Piktokraten haben sie mir weggenommen, als sie noch ganz klein war. Kurz vor meiner Entidentifizierung. Sie würde mich nicht wiedererkennen. Aber du … wirst mich in Erinnerung behalten.«

Woche für Woche war Karna aus dem Dauernebel erwacht. Im Stillen hatte sie damit begonnen, Widerstand zu leisten und Hintertüren in ihre Programme einzubauen. Zwar war es ihr gelungen, Alwing von alledem abzulenken, doch ihre Veränderung war ihm nicht entgangen. Unter strenger Bewachung hatte er sie an einen anderen Ort versetzen lassen. In eine Fabrik für Buchstaben. Wo sie keinen größeren Schaden anrichten konnte.

Eines Tages war Ninothea aufgetaucht.

»Karna, du musst sofort verschwinden. Sie wollen dich entidentifizieren. Schon morgen.«

»Aber wenn ich weg bin, wissen die doch sofort, wer mir geholfen hat.«

»Es gibt nichts, das ich zu bereuen hätte.«

»Ich geh nicht ohne dich.«

Die Entscheidung war gefallen, als sie die Schritte des Wachkommandos vernahmen.

»Na gut, Karna. Hauen wir ab!«

Es sollten ihre letzten Worte sein. Auf der Flucht waren sie unter schweren Beschuss geraten, und Ninothea hatte sich beim Sturz von einer Treppe das Genick gebrochen. Karna war schon bereit aufzugeben, doch sie hatte sich besonnen und das Weite gesucht. Ninotheas Opfer sollte nicht umsonst gewesen sein.

Karna wischte sich Tränen aus dem Gesicht.

»Du hast wohl einiges hinter dir«, wisperte die alte Frau. »Keine Sorge, ich stelle keine Fragen. Du kannst bleiben. Ist ja mein Haus.«

»Echt jetzt, Sie wohnen hier?«

»Macht nicht viel her. Der Krieg hat seine Spuren hinterlassen, aber es ist ein Dach über dem Kopf.«

Karna blickte nach oben und konnte die Sterne sehen, beschloss aber, nicht darauf einzugehen. Ein Trieseln ging durch ihren Kopf. »Haben Sie was zu essen?«

Die Alte schüttelte betrübt den Kopf. »Tut mir leid. Ich hatte gehofft, dass du was dabeihast.« Sie fuhr mit der knöchernen Hand über Karnas Kunstlederjacke. In ihrem Ausdruck hatte sich etwas verändert. »Schönes Blau. Darf ich sie mal anziehen?«

Da war etwas hinter dem Rücken der Frau. Reflektiertes Licht. Karna fuhr hoch, als der Arm der Alten auf sie zuraste, um ihr das scharfe Messer in die Brust zu rammen. Nur knapp konnte Karna ausweichen. Mit aller Kraft, die ihr verblieben war, stieß sie die Angreiferin zu Boden. Beim Aufprall schnitt sich die Alte in den Arm und schrie auf. Das verschaffte Karna den nötigen Vorsprung. Unter ihr schepperte das Gestänge, als sie sich aus dem Kellergeschoss kämpfte.

»Ja, verpiss dich, du undankbare Missgeburt!«, keifte das Mütterchen hinter ihr her.

Während ihr Gezeter verklang, keuchte Karna durch die Dunkelheit. Rannte und rannte, bis das Seitenstechen sie zum Stehen brachte. Und was jetzt? Die zweite Nacht ohne Bleibe.

Oriks Wohnung kam nicht in Frage. Von dort hatte man sie verschleppt. Das Haus stand sicher unter Beobachtung. Und selbst wenn nicht: Konnte sie auf Orik zählen, würde er sie noch schützen wie beim ersten Mal? Seit ihrer Entführung hatte sie nichts von ihm gehört.

Wie lang war das her, ein Jahr oder mehr? Bestimmt erinnerte er sich nicht mehr an sie. Oder dachte sie zu schlecht von ihm, und er hatte sie trotz aller Mühen nicht aufspüren können? Genauso möglich war es, dass er längst für die neuen Machthaber arbeitete. Da konnte sie gleich freiwillig in ihre Zelle zurückkehren und ihren Hals hinhalten.

Karna trottete weiter, bis das Schwarz des Himmels in irgendeine Schlammfarbe überging. Die Straße endete, und vor ihr lag ein Park. Die Rotunde aus Bäumen kam ihr bekannt vor. Das musste der Indigo-Park sein. So oft war sie hier mit Symi spazieren gegangen. Auf der anderen Seite lag die Siedlung, in der ihre Freundin gewohnt hatte. Eine Welle der Trauer überkam sie. Zuerst hatte sie Symi verloren und jetzt Ninothea.

Erschöpft sank sie auf die Knie. Etwas drückte sie am Oberschenkel. Sie wühlte in der Seitentasche ihrer Hose und zog ein kleines dunkles Objekt hervor. Auf Karnas Gesicht legte sich ein schwaches Lächeln, während sie das K in ihrer Handfläche betrachtete. An ihrem letzten Tag in der Fabrik hatte sie den Metallbuchstaben eingesteckt. Wie um sich an etwas zu erinnern.

Ich bin Karna. Ich habe das Schlimmste überstanden, und ich bin immer noch da.

Sie richtete sich auf. Neue Energie durchströmte sie, als sie durch den verlassenen Park lief.

Ein bequemes Bett erwartete sie in Symis verborgener Kammer. Karna näherte sich dem Haus und wollte die Straße überqueren, als sie den weißen Persoporter bemerkte, der an der Ecke parkte. Karna duckte sich hinter ein Gebüsch und lugte durch die Blätter. Hinter der Windschutzscheibe erkannte sie zwei Silhouetten. Karna fluchte leise. Diese Mistkerle observierten sogar Symis Haus. Sie musste sich etwas einfallen lassen.

In gebeugter Haltung, den Blick auf das Fahrzeug vor ihr gerichtet, zog sie sich Schritt für Schritt in den Park zurück. Hinter ihr knackte ein Zweig. Langsam drehte sie sich um. Ein dünner Mann stand vor ihr. Sein Anzug war fleckig und zerschlissen. Das ausgemergelte Gesicht sah nicht viel besser aus. Seine Pupillen waren vom *Hexarin* geweitet.

»Gefällt mir, deine Jacke.«

EINKREISMITLINIENDIEINSZENTRU

F

Orik trat aus dem Aufzug und schlich durch den dunklen Flur, als er eine Stimme hörte.

»Gehst mir ausweg?« Im Gegenlicht der geöffneten Tür stand seine Nachbarin. Er war sich nicht sicher, wer von den beiden. »Seh dich lang nix.«

»Viel zu tun. Wusste nicht, dass ihr da seid.«

»Oh, meine Sisse is nich da.« Betont beiläufig strich sie sich durchs Haar. Immerhin trug sie diesmal mehr als nur ein Hemd.

»Also, ich finde es schön«, begann er, »… wenn ich etwas Zeit für mich habe.«

Ihre Lippen formten einen Schmollmund. »So gepsycht, ja?«

Er beschloss, die Situation zu entschärfen. »Ich muss dann. Schönen Abend.«

»Halt.« Sie hielt etwas in der Hand. »Da war einer, der wolln zu dir. Soll dir gebn das hier.«

Er nahm die Digikarte und drehte sie zwischen den Fingern. »Was ist da drauf?«

»Nix verraten, der Typ. War aber exonett.«

Er trat einen Schritt auf sie zu. »Tut mir leid. Ich wollte nicht unhöflich sein.«

Sie zog sich hinter die Tür zurück, tippte auf das Schließfeld und warf ihm einen Blick zu, den er nicht deuten konnte.

»'Nacht.«

Kondenswasser. Hatte er beinahe vergessen. In langen Streifen floss es die Scheiben hinab. Alles auf Anfang, dachte Orik: Seine Etagenhälfte, auf ewig dem Verfall preisgegeben. Aufdringliche Nachbarn. Derselbe Chef. Aber er hatte seinen Namen zurück.

Auf halber Strecke seines Rundgangs durch die Wohnung blieb er stehen. Spärlich verteilt funkelten Lichter gegenüber in den dunklen Fassaden. Welcher geheimnisvolle Typ hatte die Mühe auf sich genommen ihn persönlich aufzusuchen? Was sollte die Übergabe der Digikarte? Sie enthielt keine verwendbaren Daten, lediglich ein Bild mit einem Ausschnitt von etwas, das aussah wie ein schwarzgefärbter Daumen.

Hing das schon mit dem Fall zusammen, den ihm Wuelfenstrat in seinem neuen, eleganten Büro übertragen hatte? Orik waren gleich die hübsch aufgereihten Schiffsmodelle aufgefallen; auf wundersame Weise waren sie – allen Wogen der Zeitenwende zum Trotz – auf Kurs geblieben.

Sein Chef hatte die Unterredung mit einer Frage eröffnet: »Schon mal vom *Dopitanom*-Institut gehört? Nein? Ging mir nicht anders. Kennt nur ein elitärer Zirkel.«

»Woran arbeitet man dort?«

»Sie meinen den Haufen Weißkittel, die dem Trommeln des Großen Piktosophen gefolgt sind. Die sollten nach einer Methode forschen, mit der sich der menschliche Wille ausknipsen lässt.«

»Dividuen.«

»Adamant, Sie sind schon wieder so ein verdammter Klugscheißer. Haha! Genau. Das Institut hat die Kapseln entwickelt, die man in die Köpfe der armen Seelen gesteckt hat.«

»Wir.«

»Was?«

»Es geschah im Auftrag des Großen Dreiecks.«

»Adamant, jetzt lassen Sie doch mal diesen haarspalterischen Ton. Wo war ich?«

»Bei den Kapseln in den Köpfen. Und den armen Seelen.«

»Richtig.«

»Was ist aus diesen Forschertypen geworden? Man hat sie sicher aus dem Verkehr gezogen.«

»Nein, im Gegenteil.«

»Wie bitte?«

»Einige in unserer neuen Regierung haben Verwendung für die Wissenschaftler.«

»Lassen Sie mich raten: Sie sollen die Entidentifizierung wieder rückgängig machen.«

»Sie haben es erfasst.«

»Scheint ja geklappt zu haben. Jetzt wird mir einiges klar. Am Ende meiner Haft bin ich von einer Frau verhört worden, die mir sagte, sie sei früher eine Entidentifizierte gewesen. Da fällt mir ein: Was ist aus *Ihren* ehemaligen Dividuen geworden?«

»Keine Ahnung, was Sie meinen, Adamant.«

»Ich kann mich erinnern, auf Ihrer Geburtstagsfeier ein paar gesehen zu haben.«

»Die waren nur für die Feier angestellt. Aber wir wollen nicht abschweifen. Zu Ihrem Auftrag: …«

»Ich nehme an, es besteht eine Verbindung zwischen dem Fall und dem Institut.«

»So ist es. Der leitende Wissenschaftler, Professor Stindol, hat sich mit den falschen Leuten eingelassen, noch dazu an einer zwielichtigen Ecke im Gelben Viertel. Da fällt mir ein: Gar nicht weit weg von der Stelle, wo Sie von meinen Sekuritaten aufgegabelt wurden.«

»Ich erinnere mich. Die Gegend ist in der Tat nicht besonders einladend. Was hat ein Wissenschaftler da zu suchen? Soziologische Studien?«

»Als wir ihn fanden, steckte sein Kopf in der Öffnung einer Baumaschine. Wird normalerweise eingesetzt, um Müll zu zerkleinern.«

»Raubmord?«

»Sehr witzig. Sie haben einen Termin im Sektionssaal. Schauen Sie sich den Rest von ihm an und finden Sie raus, wer ihn so zugerichtet hat.«

Orik musste den Pathologen nicht lange in Anspruch nehmen, um seine Vermutung zu bestätigen, dass nicht die Baumaschine den Armen zu Tode gemangelt hatte. Der Mann war zuvor an Herzversagen gestorben, herbeigeführt durch einen Stromschlag. Wollte man mit dem Müllhäcksler auf Nummer Sicher gehen oder ein Exempel statuieren?

Eine andere Frage beschäftigte Orik weit mehr: Der schwarzgefärbte Daumen gehörte Professor Stindol. Wie war das Foto auf die Digikarte gelangt, die ihm die Nachbarin ausgehändigt hatte? Orik wollte gerade den Rundgang durch seine Wohnung fortsetzen, als etwas in seinem Gesichtsfeld aufflackerte. Schon wieder diese lästigen Nachbilder?

Vor seinen Augen reihten sich Zeichen zu einem merkwürdigen Satz.

Lesen Sie vor: Permadoku aus.

Kein Absender. Jemand hatte die Kontrolle über das, was Orik sah. Ihn schauderte. Er beschloss, erst einmal mitzuspielen. »Permadoku aus.«

In seinen Augen blitzte etwas auf, und er wartete

auf eine Veränderung, doch nichts geschah. Eine weitere Textzeile erschien.

Gehen Sie aufs Dach. Bringen Sie die Digikarte mit.

Orik starrte aus dem Fenster. Was, wenn er diesen Kerl, der sich seiner Pupillen bemächtigte, einfach ignorierte? Wie hatte der von der Digikarte erfahren? Möglicherweise wusste er etwas über die Bedeutung des Fotos. Orik zuckte mit den Schultern.

Als er die Treppe hinaufstieg, sah er in Gedanken Karna, die hier auf den Stufen saß, während er damit beschäftigt war, Locruzia abzuwimmeln. Schon merkwürdig. Diese aufwendige Aktion, der Aufmarsch des Einsatzkommandos, um Alwing zu verhaften. Es hatte zu nichts geführt. Ein Täuschungsmanöver, um Orik in Sicherheit zu wiegen? Vielleicht war Karna aus seiner Wohnung verschleppt worden. Allerdings gab es keine Spuren eines Kampfes.

Was war es, das ihn immer wieder an Karna denken ließ? Die gemeinsame Leidenschaft für Schrift oder das Körperliche? Der zornig-melancholische Ausdruck in ihrem hübschen Gesicht und ihre drahtige Silhouette hatten ihn in der ersten Sekunde elektrisiert. Aber das war es nicht, was seitdem eine Unruhe in ihm rumoren ließ, als sei er auf Entzug.

Es war ihre Jugend und Furchtlosigkeit, die ihn dazu ermutigt hatte, Riskantes zu denken und zu tun. Ohne sie fühlte er sich orientierungslos. Geschwächt.

Orik stieß die Dachluke auf und hangelte sich ins Freie. Wie zugig es gleich war! Sein letzter kurzer Abstecher aufs Dach war ewig her. Vorsichtig tastete er sich durch Dunkelheit und peitschenden Wind. An den Ecken des Dachs leuchteten Signallampen im

Drei-Sekunden-Takt auf. Immerhin funktionierten sie noch. In der Ferne nahm er Sirenen und das Ratterflattern kreisender Dronos wahr. Ungewöhnlich laut.

Etwas Schwarzes versperrte Oriks Weg zur Mitte des Dachs. Die Oberfläche fühlte sich rau an, voller Risse und Löcher. Da gab es eine Leiter, deren Stufen unter seinem Gewicht quietschend protestierten. Oben stellte er fest, dass die löchrige Wand unter ihm in einer langen Kurve verlief. Das war keine Wand.

Es war ein Bogen, der sich zu einem Kreis aus Stahl schloss, mit einem Durchmesser von bestimmt zehn Metern. In der Mitte trafen drei Streben zusammen, die den Kreis in drei regelmäßige Abschnitte unterteilten. Entlang der Konstruktion glitzerte etwas Gezacktes im Wechsel der roten Signallichter. Scherben?

Beim Anblick der Konstruktion musste Orik an die Skizze denken, die er von dem aufgeschlagenen Buch in Symis Versteck gemacht hatte. *Ein Kreis mit Linien, die ins Zentrum führen.* Aber damals war da noch eine vierte Linie gewesen, die das untere Drittel nochmals unterteilt hatte. Die vierte Strebe fehlte in der riesigen Version aus Stahl.

War sie vielleicht der Witterung zum Opfer gefallen und abgebrochen? Im Inneren des Kreises war es zu dunkel, um Trümmer auszumachen. Oder täuschte ihn seine Erinnerung?

Wozu würde jemand ein riesiges Friedenszeichen auf dem Dach eines Hauses anbringen, wo es langsam verrottete?

»Soll früher mal beleuchtet gewesen sein.«

Vor Schreck geriet Orik ins Taumeln und wäre beinahe zwischen die Streben gefallen. Woher kam die

Stimme? Ihm gegenüber trat jemand ins flackernde Rot der Signallichter. Orik sah, wie die Silhouette das Symbol aus Stahl umrundete. Welch blöde Idee den Anweisungen eines Fremden zu folgen. Er war unbewaffnet. Und er war sogar so unvorsichtig gewesen seine Aufzeichnungsfunktion zu deaktivieren. Ideale Bedingungen, sich seiner zu entledigen und ihn vom Dach zu stürzen. Sähe wie ein tragischer Unfall aus.

»Hab gehört, das Ding hier soll mal aufrecht gestanden und sich gedreht haben.«

Die dunkle Gestalt kam näher. Männliche Stimme. Orik kam sie sonderbar vertraut vor.

»Ich muss mich für den Treffpunkt entschuldigen. Hier sind wir ungestört, und ich konnte mich unbemerkt absetzen lassen.«

Der Mann stand jetzt direkt vor ihm. Rotes Licht strich über sein Gesicht. War das …

»Domrich?«

»Chef, ich bin so froh, Sie lebendig zu sehen.«

Die beiden zögerten einen Moment, dann umarmten sie sich kurz, aber fest.

»Warum soll ich nicht am Leben sein, Domrich?«

»Es hieß, Sie seien beim Angriff auf das Große Dreieck umgekommen. Als es in sich zusammenfiel. Sie waren eine Ewigkeit verschwunden, also fing ich an, daran zu glauben.«

»Ich verbrachte ein Jahr in meiner Zelle. Als Arrestant 451.«

»Ah, deshalb habe ich Sie unter Ihrem Namen nicht gefunden.«

»Wer hat Ihnen geflüstert, dass ich wieder draußen bin – Ihr Onkel?«

»Mit dem habe ich keinen Kontakt mehr.«

»Wieso?«

»Der tut so, als sei er nie Teil des Großen Dreiecks gewesen. Muss einen schrägen Handel gemacht haben.«

»Und was ist mit Ihnen?«

»Ich arbeite für den Doktor. Er erwähnte das Augenleiden, von dem er Sie geheilt hat.«

Orik lachte. »Ja, das bin ich zum Glück los.«

»Er hat mir das hier für Sie mitgegeben.«

Orik nahm die Schachtel entgegen und öffnete sie. »Ein Ausschalter! Jetzt fühl ich mich wieder komplett. Ich danke Ihnen. Und natürlich dem Doktor.«

»Gefährliche Zeiten.«

»Meinen Sie? Schrift ist doch wieder erlaubt.«

Unter dem roten Blinklicht meinte er in Domrichs Gesicht ein bitteres Lächeln zu erkennen. »Schon richtig. Ich kann jetzt lesen. Aber, Chef. Es hat sich einiges anders entwickelt. Und nicht zum Besten.«

»Und zwar?«

»Wo soll ich anfangen … Ihr Nachbar Alwing gehört dem Staatsrat an. Er ist Vorsitzender der *Obersten Juspiz*.«

»Hausmeister Alwing, sieh an.«

»Unterschätzen Sie ihn nicht. Sein Ministerium arbeitet rund um die Uhr, bringt das ganze Volk auf Linie. Die kontrollieren *Luxor*. Da läuft nur zentral gesteuerte Propaganda. Haben Sie mal probiert, in *Typolux* zu schreiben und das dann ins Netz zu stellen? Können Sie vergessen, die Funktionen sind gesperrt. Abgesehen von diesem *Omnivision*-Zeugs, mit dem sich alle den letzten Rest Verstand zukleistern.«

»Gut, dass ich noch meinen guten alten Notizblock habe«, kommentierte Orik.

»Ja, da haben Sie vorgesorgt. Aber wenn Sie mich fragen: Die meisten wollen gar nicht schreiben. Saugen nur auf, was ihnen vorgesetzt wird. Glauben sogar diesen Hirnriff über den Anschlag.«

»Anschlag?«, fragte Orik.

»Schauen Sie kein *Typolux*?«

»Nein. Ich verfolge keine Nachrichten. Geht mir auf die Nerven. Was ist passiert?«

»Die Versammlung des Staatsrats wurde angegriffen. Die wenigen, die überlebten, liegen im Koma. Bis auf einen. Regiert vom Krankenbett aus. Wollen Sie raten? Alwing.«

»Das ist doch …«

»Großer Zufall? Er hat schon verkündet, wer den Anschlag ausgeheckt hat. … haben soll. Kommen Sie, ich zeige Ihnen was.«

Orik ließ sich an den Rand des Dachs führen. Schon bei der Annäherung zog es in seinen Beinen.

Domrich bemühte sich, ihn zu beruhigen. »Keine Sorge, das Geländer ist stabil.«

»Und jetzt?«

»Schauen Sie runter und dann sagen Sie mir, was Sie sehen.«

Orik umklammerte die Stange und zwang sich ruhig zu atmen. Er senkte seinen Blick zwanzig Etagen in die Tiefe und versuchte im Dunkeln etwas zu erkennen. Wie üblich hielt sich da unten um diese Zeit nur Schattenvolk auf. Ein paar von ihnen näherten sich den Trümmern des Sakralbaus. Beim Überqueren der Straße wichen sie den zappelnden Lichtern aus, die

Werbeflächen hoch über ihnen in die Häuserschlucht warfen. Orik bemerkte eine weiße Linie, die sich vom Asphalt abhob und nicht von den Lichtern erzeugt wurde. Sie mäanderte den Straßenverlauf entlang und verschwand hinter einer weit entfernten Gebäudeecke, wo sie sich vermutlich fortsetzte. Keine durchgezogene Linie, vielmehr unregelmäßig gekringelt. Erst kürzlich hatte er das schon mal gesehen. Von hier oben wirkte es wie die Handschrift eines Riesen.

»Und, was sehen Sie?«, erkundigte sich Domrich.

»Etwas Weißes auf der Straße. Soweit das Auge reicht. Könnte ein Schriftzug sein.« Er befahl den Bots auf seinen Pupillen, das Bild zu vergrößern und las:

Furcht verwirrt die Sinne und lässt Dinge anders erscheinen, als sie sind.

Der Text wiederholte sich, bis er in der Ferne nicht mehr zu entziffern war.

Orik kratzte sich an der Stirn. »Was soll das? Und wer war das?«

»Nachts ziehen diese Leute durch die Viertel und pinseln auf die Straßen, bis die Putzkolonnen kommen und alles wegradieren.«

Orik wandte sich um. »Aber, das sind Drogenabhängige. Die können weder lesen noch schreiben.«

Domrich lächelte. »Dachte ich auch. Bis mir der Doktor die Augen geöffnet hat – Sie wissen, das kann er gut. Diese Leute gehörten zu den ersten, die für ihre Schriftvergehen bestraft wurden. Der Doktor zeigte mir Bilder aus den frühen Testreihen zur Entidentifizierung.«

»Moment. Er hatte Zugriff darauf?«

»Klar, er gehörte zu den Forschern am Institut.«

»Wollen Sie mir sagen, der Doktor hat an der Entidentifizierung mitgearbeitet?«

»Nur in den ersten Wochen. Ihm war nicht klar, worauf er sich einließ. Eine Zeit, die er am liebsten vergessen würde. Ich wünschte, ich hätte seine Aufnahmen der Testreihen nie gesehen. Die meisten Opfer haben die Prozedur nicht überlebt. Der Rest hätte eigentlich an dem Zeug, das man ihnen in die Blutbahn gepumpt hat, krepieren müssen. Ein paar sind durchgekommen. Süchtig. Und blind, zumindest bei Tageslicht.«

»Schattenvolk«, murmelte Orik. »Das wusste ich nicht.«

»*Niemand* weiß es.«

Orik ließ es sacken. »Domrich, ich muss Ihnen gestehen, ich arbeite wieder für ihren Onkel. Er hat mir meinen Namen zurückgegeben.«

Domrich nickte.

»Sie wissen es?«

»Ich war in der Pathologie. Der Leiter erwähnte Ihren Namen, und es brauchte nicht viel, um herauszufinden in wessen Auftrag Sie agieren.«

»Sagen Sie, Domrich, was haben Sie mit meinem Mordfall zu tun?«

»Der Doktor kannte Professor Stindol aus der Zeit am Institut. Ich soll die Todesumstände ermitteln.«

»Dann arbeiten wir an demselben Fall«, sagte Orik.

»Sehen wir es so: Sie müssen es meinem Onkel ja nicht auf die große Nase binden. Wir sollten vorsichtig sein, mit wem wir Erkenntnisse teilen. Haben Sie die

Digikarte, die mein Kollege abgegeben hat?«

»Wie befohlen.«

Domrich nahm sie entgegen und steckte sie in sein Lesegerät. »Dachte ich's mir.«

»Was?«

»Das Bild wurde zweimal geöffnet. Von Ihnen und von diesen beiden Täubchen, die Alwing auf Ihrer Etage einquartiert hat. Offenbar haben sie meinen Köder geschluckt.«

»Alwing lässt mich beschatten? Was hat er davon?«

»Schwer zu sagen. Aber wir müssen davon ausgehen, dass Ihre Wohnung überwacht wird.«

Orik hatte Mühe zu folgen.

»Haben Sie noch die zweite Wohnung?«, fragte Domrich. »Gut. Packen Sie Ihre Sachen. Ich warte hier und bestelle uns ein Draxi.«

REGUNGSLOSWIEAUSRANGIERTESCHA

G

Bedaure. Professor Stindol ist seit letztem Monat nicht mehr in unseren Diensten. Hier, sehen Sie. Fristlose Kündigung. Er hat eine Laborkollegin belästigt.

Ach wissen Sie, ich hab ihn kaum gekannt.

Weiß nicht, was soll ich sagen? Sicher, er hat einiges, doch einiges, für das Labor geleistet.

Schlimm, was mit ihm passiert ist. Hab mich gefragt, was er in so einem heruntergekommenen Viertel verloren hatte.

Zu dem fällt mir nix ein. Bin nicht lange genug dabei.

Orik schaltete seine Aufzeichnungen ab. »Und, was sagen Sie?«

Domrich schmunzelte. »Sie wollen mich wieder testen, Chef.« Domrich lag auf der Pritsche in Symis Versteck, wo sie ihr kleines Ermittlungsbüro eingerichtet hatten und sah hinüber zu Orik, der seit Stunden mit krummem Rücken am Tisch saß. »Auf mich wirken alle gedrillt. Nur die Tante aus dem Personalbüro war gesprächig.«

»Das war sie, Domrich. Und das Schreiben hatte sie gleich zur Hand. Ich glaube ihr kein Wort. Dem Mann ist nie gekündigt worden. Höchstens auf unkonventionelle Art.« Ein Foto leuchtete neben Orik auf. »Nach der Befragung bin ich im Labor auf das hier gestoßen.« Er holte den Ausschnitt näher heran. »Stindols Notizen. Wie ich das verstehe, hat er Tests durchgeführt, um Dividuen ihre Identität zurückzugeben.«

Domrich stutze. »Das Reidentifizierungsprogramm ist doch schon abgeschlossen.«

»Hm, dann wird er wohl an etwas anderem gearbeitet haben. Aber schauen Sie, in der rechten Spalte. Sie können doch lesen.«

Domrich stand auf und beugte sich über die Abbildung. »Ein Datum. Ist das nicht vor einer Woche?«

»Korrekt. Jemand wird gefeuert und arbeitet weiter bis genau einen Tag vor seinem unschönen Ableben? Höchst ungewöhnlich.«

»Sie meinen, er wusste zu viel?«

»Spekulation, mein lieber Domrich. Aber so in der Art.«

Domrich stand vor dem Bücherregal. »Übrigens. Ich danke Ihnen.«

Orik sah auf. »Wofür?«

»Dass Sie mich in dieses Zimmer gelassen haben.«

»Nun, ich hab's Ihnen versprochen.«

»Bis jetzt habe ich nur ein paar dieser Bücher angeschaut, aber das ist ein unfassbarer Schatz.«

Orik seufzte. »Manchmal stelle ich mir vor, wie es gewesen wäre, wenn mich Symi in die Geheimnisse ihrer Sammlung eingeweiht hätte.«

Domrich bemerkte Oriks abwesenden Blick. »Sie denken immer noch an ihren Tod und wer dafür verantwortlich ist.«

»Jeden Tag.«

»Tut mir leid, dass die Verhaftung schiefgelaufen ist. Ich bin damals in der Bar gewesen. Der Tresenmann hat mir Ihre Flucht in den Keller geschildert. Von da an verlor sich Ihre Spur.«

»Bin in eine Straßenkontrolle geraten. Für die neue

Zeitrechnung hatte ich die falsche Kennung. Ist Ihnen Locruzia mal über den Weg gelaufen?«

»Nie wieder.« Domrich legte sich zurück aufs Bett.

»Dieser Typ, der für Locruzia arbeitet, hat mich im Visier.« Orik beschrieb den Verfolger, der in seinen Nachbildern aufgetaucht war.

»Die wollen wissen, was Sie im Schilde führen.«

»Oder mit wem.«

Domrich richtete sich auf. »Ach, das Foto von dem Kerl habe ich noch.« Seine Pupillen zuckten beim Durchblättern des Archivs. »Hier. Hab's Ihnen zugeleitet. Der Mann hat einen Namen. Suroxo.«

»Wie haben Sie …«

»Der Doktor hat's rausgefunden.« Domrich rutschte plötzlich hin und her.

»Was ist, stimmt was nicht?«

»Irgendetwas piekt.« Domrich rückte auf dem Bett zur Seite und schlug die dünne Decke auf. Er zog ein kleines schwarzes Objekt hervor. »Was ist das?«

Orik nahm das Fundstück entgegen. Auf den ersten Blick eine metallische Konstruktion aus zwei Geraden, die von unten links und unten rechts im stumpfen Winkel auf eine Horizontale trafen. Orik fuhr mit dem Finger über die Kontur. Er drehte das Objekt um neunzig Grad. Dutzende davon hatte er an der Wand des Strukturzentrums angebracht.

»Das ist ein K«, sagte er leise. »Sie war hier.«

»Karna?«

Orik sah sich um. »Was hat sie gesucht?« Alles an seinem Ort. Bis auf … Er stürzte zum Regal und schob die Bücher zur Seite. »Sie ist weg.«

»Was denn?«

»Symis Digitafel. Ich hatte sie wieder einsortiert.« Er gab auf. »Karna muss sie sich geschnappt haben.«

»Was war drauf?«

»Bin an die Daten nicht rangekommen. Da war eine Aufzeichnung, das war alles. Gespräch mit Karna.«

»Oha. Worum ging es?«

»Das wüsste ich auch gern. Ziemlich verworren, unterbrochen.« Orik hockte auf der Bettkante und stützte den Kopf in die Hände. »Ich verstehe nicht, warum Karna mir aus dem Weg geht.« Das K klimperte zu Boden.

Domrich hob es auf und suchte nach aufmunternden Worten. »Sie wird ihre Gründe haben.« Er betrachtete den Buchstaben und drückte ihn Orik in die Hand. »Wer weiß? Vielleicht ist es eine Botschaft.«

»K wie Karna. Schönen Gruß, ich bin mal weg.«

»Das meine ich nicht.«

»Was dann?«

»Wir finden es raus, Chef.«

Orik seufzte. »Danke, Domrich.« Er steckte das K ein und stand auf. »Da fällt mir ein … Ich wollte Ihnen noch etwas aus dem Labor zeigen.« Er rief eine Fotoprojektion auf. »Hier, sehen Sie die Tür?«

Domrich sog die Details auf. »Da ist eine Beschriftung an der Seite. RT 113.«

»Ganz recht. Und jetzt aufgepasst.«

Orik rief noch einmal das Bild mit Stindols Notizen auf. »Sehen Sie die Zahl ganz vorn, jede zweite Zeile?«

»RT 113.« Domrich trommelte mit den Fingern auf dem Tisch. »Stindol hat da gearbeitet. Was hat er hinter dieser Tür gemacht?«

Orik dachte nach. »Das wissen wir erst, wenn wir

reingehen. Machen Sie das für mich? Mein Gesicht ist schon zu bekannt. Vielleicht kann Ihnen der Doktor eine Zugangskennung verschaffen? Er hat doch da gearbeitet.«

»Sollte kein Problem sein.«

»Sehr gut. Ich nehme mir inzwischen den Tatort nochmal vor.«

*

Domrich mimte ein verlegenes Grinsen, als der Wachmann aus der Kabine trat.

»Guten Abend. Tut mir leid, hab was im Büro liegen gelassen.« Er blinzelte in das Abtastgerät und durfte passieren.

Hinter den labyrinthisch angepflanzten Hecken erhob sich das Laborgebäude. Rundherum in den Boden versenkte Strahler tauchten den fünfstöckigen Kubus in ein kaltes Blau. Domrich hatte den Etagenplan studiert. Mit der größten Selbstverständlichkeit bewegte er sich durch die grell beleuchteten Korridore auf direktem Kurs zu Stindols letzter Wirkungsstätte.

Direkt vor ihm öffnete sich eine Tür, und er legte sich schon Sätze zurecht, er sei neu hier und habe sich verirrt – doch es war nur der Wachdienst-Roboter, der seine nächtliche Runde antrat und sich von der gefälschten Identität des Besuchers beeindrucken ließ.

Domrich setzte seinen Weg fort und bog um eine Ecke. Hier waren die Wände dekoriert mit hinterleuchteten Wellen, deren Schnörkel ihn an ein menschliches Gehirn erinnerten. Er war am Ziel. Am Ende des Gangs wartete die Tür mit der Beschriftung RT 113.

Er schritt darauf zu und hielt inne. Über der Tür erschien eine kleine Öffnung. Domrich wartete, während die Daten zugelassener Personen mit Domrichs manipulierter Iris abgeglichen wurden. Wie vermutet hatten sie vergessen, die Daten des toten Professors zu löschen. Die Tür glitt zur Seite, und Domrich betrat den dunklen Raum.

»Aufzeichnen.«

Deckenlampen flimmerten auf, und er sah sich um. Am hinteren Ende standen klobige Gerätschaften, deren Funktion sich ihm nicht erschloss. Er blickte zur Seite und vergaß einen Moment zu atmen. An der Wand saßen Männer und Frauen, darunter auch Jugendliche, in weißen Anzügen. Starrer Blick nach vorn, Münder wie Schlitze. Regungslos wie ausrangierte Schaufensterpuppen. Sie schienen aus einem Dämmerschlaf zu erwachen und erhoben sich. Im Gleichschritt nahmen sie in der Mitte des Raums Aufstellung. Auf dem Boden wiesen Nummern ihnen ihre Position zu. Domrich bemerkte, dass alle mit Ausschaltern bewaffnet waren. Sie grüßten im Chor:

»Guten Abend, Professor Stindol. Das *Bataillon der Aufrechten* erwartet Ihre Anweisungen.«

Er bemühte sich um Fassung.

»Wegtreten«, kam schließlich über seine Lippen. Es mussten an die dreißig Personen sein, die seinem gestammelten Befehl Folge leisteten und an der Wand wieder brav Platz nahmen.

»Aufzeichnung Ende«, murmelte Domrich und fügte hinzu. »Senden.« Er behielt die Gestalten im Blick, aber sie rührten sich nicht. Er dachte nach. Dividuen, wie er sie noch kannte, waren ihrer Identität beraubt worden. Hier lag der Fall anders. Die Exemplare in diesem Raum waren nicht nur willenlos, sie waren synchronisiert und dienten derselben Person. Wer würde fortan die Befehle erteilen – jetzt, da der Professor nicht mehr am Leben war?

Hinter ihm schob sich die Tür zur Seite und schweres Parfüm drang in Domrichs Nase.

»Guten Abend«, säuselte Locruzia. »Ich könnte etwas Höfliches sagen wie: *Schön, Sie wiederzusehen*. Was mich abhält, ist Ihre penetrante Neugierde, die mir allmählich auf die Nerven geht.«

Eine zweite Person stellte sich an ihre Seite. Kein Zweifel, es war der Mann auf dem Archivfoto. Er zog etwas Glänzendes aus seiner dunklen Weste.

»Sie haben es so gewollt, Domrich.« Locruzia trat einen Schritt zur Seite. »Höchste Zeit, Ihnen Manieren beizubringen«, hörte er sie noch sagen.

*

Für die Kinder an den klapprigen Spieltischen hatte sich das Leben, mit oder ohne Schrift, kaum verändert. Auch an diesem Abend fuchtelten sie mit ihren dürren Armen in der Luft und warben um Oriks Aufmerksamkeit. Im Abfall der Straße huschten nur ein paar Bettler und Werbeholos umher. Keine Kundschaft. Abgesehen von diesem einen Mann, der offensichtlich nicht in diese Ruinenlandschaft gehörte. Er steuerte tatsächlich auf sie zu.

»Hoher Einsatz, viel Gewinn, spiel mit mir!«, riefen die Jungen und Mädchen und reckten ihre Armbänder in die Luft. Sie leuchteten nacheinander auf, als Orik allen denselben Betrag überwies. Die Kinder kreischten vor Freude und scharten sich um ihn.

Orik traf seine Wahl und setzte sich an einen der Tische. Eisblaue Augen musterten ihn, und er musste an eine halbwüchsige Karna denken.

»Zurück an eure Plätze! Ich hab hier was zu besprechen.« Andeutungsweise legte Orik die Hand an seinen Halfter mit dem Ausschalter. Murrend zogen sich die Kinder zurück, und er war allein mit seinem Gegenüber.

Der Ausdruck des hohlwangigen Mädchens ließ erahnen, was sie in der kurzen Zeitspanne ihres Lebens durchgemacht hatte. Sie machte ihren Zug, ohne auf das Brett zu schauen. »Wollen Sie spielen oder mehr?«

Orik schob seinen schwarzen Stein in die Mitte und sah auf. »Hm?«

Sie konterte und warf seine Figur in die Holzschale, die neben ihr stand. »Hinter der Mauer. Matratze. Ungestört.«

»Daran bin ich nicht interessiert«, erwiderte Orik, während sein Blick am Spielfeld klebte. Er traf eine Entscheidung und zog seinen Stein nach links. »Schon eher an Informationen.«

Sie studierte die Position seiner Steine und brachte ihn mit einer Diagonalbewegung in Bedrängnis. »Informationen. Genauer?«

Oriks Daumen deutete zur Straße hinter ihm. »Auf der Baustelle gab's einen Toten.«

Sie ließ sich nichts anmerken. Es klapperte in der Schale. Er hatte eine weitere Figur eingebüßt.

»War er dein Kunde?«

»Steh nicht auf Tote.«

Ein paar Spielzüge später war die Hälfte seiner Steine vom Brett gefegt. Er machte eine Handbewegung.

»Aufgeben?«

»Was das Spiel betrifft. Aber nicht, was die Leiche angeht.«

Sie lehnte sich zurück und verschränkte die Arme.

Orik ließ seine Kennung aufleuchten. »Ich bin Ermittler, du kannst mir vertrauen.«

Sie rührte sich kein bisschen.

»Du bekommst Geld, wenn du mir was Brauchbares lieferst. So viel, dass du die Nacht für ne Weile nicht mehr hinter dieser Mauer verbringen musst.«

War da eine Regung in ihrem Gesicht? Sie begann, das Spielbrett aufzuräumen.

»Zweites Spiel?«, fragte sie mit gesenktem Blick.

»Nein, danke. Was ist mit meinem Angebot?«

Sie schwieg, sah zur Seite. Ihr Blick traf seine Augen. »Danach Ruhe?«

»Versprochen.« Er streckte ihr die Hand entgegen.

»Wieviel?«

»Hängt davon ab, was deine Information wert ist.« Seine Hand hing in der Luft. Sie zögerte, dann schlug sie ein.

»Gut. Erzähl mir, was du gesehen hast.«

Ihre Augen waren auf einen Punkt hinter Orik gerichtet. »Wurde von Drono-Lichtern geweckt«, begann sie. »Hatte gute Aussicht.« Sie deutete auf einen Spalt im Gemäuer.

»Wo war die Drono?«, fragte Orik. Sie stand auf, und er folgte ihr. Im Staub konnte er das Landegestell eines Fahrzeugs erkennen. Er sah zurück zur Wand.

»Ziemlich dicht. Was ist dann passiert?«

»Jemand steigt aus. Zieht Mann ausm Sitz.«

»Hat der Mann sich noch bewegt oder Laute von sich gegeben?«

Sie schüttelte den Kopf. »Ohne Bewusstes.«

»Und die andere Person … Kannst du sie beschreiben?«

Sie dachte nach. »Kräftig. Groß. Bart am Kinn. Dunkles Zeug an.«

Orik suchte nach dem rekonstruierten Archivbild. Es flackerte über seiner Hand. »Dieser Mann?«

Sie nickte.

»Hat er dich gesehen?«

»Sicher nein. Sieht sich um kurz. Schleift Kerl über Boden. Ganzen Weg bis zu … Baustelle.«

»Und was dann?«

Sie wich seinem Blick aus. »Kotzen, versteckt.«

Orik klappte seinen Notizblock zu.

»Was ist mit deinen Freunden hier? Haben die das Ganze mitbekommen?«

»Nee, weg. Landelichter, Angst, Maskenträger.«

»Was für Maskenträger?«

»Kreuzen auf, nachts. Uniformen mit Masken. Wollen sich nix wegholen. Nachschub für Strukturzentrum sammeln.«

Oriks Kopf rauschte und Lichtpunkte tanzten in seinem Blickfeld. War es sein Kreislauf? Oder der verstörende Gedanke, als Kind könnte er zu denen gehört haben, die man hier aufgegabelt hatte? Warum erschienen in seinen Träumen immer wieder Bilder von Maskenträgern? Jene unendlich ferne Zeit hatte er aus seinen Erinnerungen zu streichen versucht.

»Was ist los? Du?«

Orik schüttelte sich wie ein nasser Hund. »Geht schon wieder.« Er richtete sich auf. »Kommen wir zum Finanziellen.« Gut, dass er ein anonymes Konto für solche Fälle hatte. Die Zeugenaussage wäre sonst wertlos. Ihr Armband leuchtete auf.

»Zu viel!«, protestierte sie.

»Du bist zu schlau für diese Gegend. Nimm es an. Du hast mir eine vernichtende Niederlage beigebracht. Spielst sehr gut.«

»Vailira.« Sie gab ihm die Hand.

»Orik.«

Während er sich auf den Weg machte, hörte er noch, wie die Kinder Vailira mit Fragen bedrängten. In dem Moment leuchtete in seinem Blickfeld ein Symbol auf. Domrich hatte ihm etwas geschickt. Er startete die Aufzeichnung. Was er sah, war gewiss nicht für die Außenwelt bestimmt: Professor Stindol hatte seine Forschungsarbeit abgeschlossen – nur ganz anders als offiziell dokumentiert. Für seine Auftraggeber war er damit nicht nur entbehrlich, sondern gefährlich geworden.

Zur Sicherheit schaute sich Orik die Aufnahme noch einmal an. Er hatte richtig gesehen. Die Haare. Anders als die ursprünglichen Dividuen waren ihre Schädel nicht rasiert. Äußerlich waren sie von normalen Menschen nicht zu unterscheiden. Wie viele aus diesem *Bataillon* hatten das Labor bereits verlassen? Sie waren bewaffnet und konnten sich überall unter die Bevölkerung gemischt haben. War er womöglich schon einigen von ihnen begegnet, ohne es zu bemerken? Seine Nachbarinnen, zum Beispiel.

Orik blieb abrupt stehen. Vailira hatte den Mann auf dem Archivfoto identifiziert und mit dem Mord am Professor in Verbindung gebracht. Was, wenn sich dieser Suroxo noch im Labor herumtrieb? Dann war Domrich in akuter Gefahr.

ERSOLLTEESZWIEBELFISCHÜBERGEB

H

»He, Sie können nicht einfach …«

»Doch«, warf Orik dem Wachmann im Vorbeieilen zu. Hinter dem Heckenlabyrinth kniff Orik die Augen zusammen. Die Morgensonne blendete. Er musste Weißkitteln ausweichen, die Rollstühle mit apathischen Insassen über den Idealrasen schoben. Bei seinem ersten Besuch war die Wiese vor dem Labor noch menschenleer gewesen, wunderte sich Orik, als er den Kubus betrat.

Er steuerte auf den Empfang zu.

»Das *Dopitanom-Institut* heißt Sie willkommen«, piepste die Praktikantin und klapperte mit enormen Wimpern. »Verfügen Sie über einen Termin, der Herr?«

»Brauche ich nicht«, entgegnete Orik. »Ich bin unterwegs im Auftrag von Major Wuelfenstrat.«

»Oh, da muss ich …«

»Kann ich helfen?«

Orik wandte sich um. Eine Dame mit teurer Frisur und großer Digitafel unter dem Arm musterte ihn. »Miluna Spriganska, Leitung *EKom*. Und Sie sind …«

»Orik Adamant. Ich sagte der Kollegin –«

»Ja, Sie arbeiten für Major Wuelfenstrat. Hat jemand von uns den Lesetest nicht bestanden?«

»Ach so, nein. Das ist nicht der Anlass.«

»Dann komme ich zur Ausgangsfrage zurück.«

Orik blickte verdutzt. Das Mädchen hinter dem Empfangstresen assistierte. »Ob Frau Spriganska Ihnen helfen kann.«

»Oh, das hoffe ich doch. Ich ermittle im Fall Professor Stindol und habe Anlass zur Annahme …«

Die Frau zückte die Digitafel. »Wie sagten Sie, war der Name?

»Professor Stindol.« Er buchstabierte. »S – T – I – N – D – O – L.«

Sie tippte den Namen ein und blickte auf. »Verbindliche Entschuldigung, wir haben niemanden unter diesem Namen im Verzeichnis.«

»Nun ja, er ist tot.«

»Das ist ja furchtbar.«

»Sie wissen nichts? Er war Laborleiter.«

Sie kniff die Augen zusammen. »Um welches Labor geht es noch mal exakt?«

Orik fühlte wieder seinen Magen. »Dieses hier. In dem ich stehe.«

Die Dame steckte die Digitafel weg. »Zweifellos ein Missverständnis. Wir behandeln NMDK-Patienten.«

»Gut, kann sein, dass Sie es anders nennen. Jedenfalls sorgen Sie für die Reidentifizierung ehemaliger Nummernwesen … Dividuen.«

»Das liegt nicht in unserem Tätigkeitsbereich.«

Orik ließ seinen Blick auf ihr ruhen, aber sie schien überzeugt von dem, was sie sagte.

»Ein Professor Stindol ist nachweislich nie an diesem Ort tätig gewesen. Er wird in unseren Personaldaten nicht geführt.«

Orik unterdrückte den Drang, sich das Haar zu raufen. »Gut, machen wir es so. Führen Sie mich bitte zum Raum …« Er blätterte in seinen Notizen. »RT 113. Ich werfe einen Blick hinein, und wenn ich nichts Auffälliges finde, bin ich zufrieden.«

Ganz leicht hob sie das Kinn. »Weshalb gehen Sie davon aus, dass ich dieser Anregung Folge leisten werde?«

»Weil ich Ermittler in einem Mordfall bin.«

Orik nahm wahr, wie das Mädchen hinter dem Tresen den Kopf einzog, während die Frau mit der teuren Frisur nachdachte.

»Und danach gehen Sie.«

»Sie haben mein Wort.«

»Gut, folgen Sie bitte.«

Auf dem Weg durch die Abteilungen sah Orik Personal und Patienten. Unablässig hielt er Ausschau nach Domrich. Nichts schien darauf hinzudeuten, dass er hier gewesen war. Oder dass es sich um ein Forschungslabor gehandelt hatte.

Sie gelangten zur Tür mit der Aufschrift RT 113, und seine Begleiterin löste die Entriegelung aus. »Rein aus Interesse«, wandte sie sich an ihn. »Woher kennen Sie unseren Therapieraum?«

»In den Aufzeichnungen des Professors ist mir …« Orik blickte hinein. Von hier hatte Domrich seine Aufzeichnung gesendet. Er erkannte die Zahlen auf dem Boden. Der Rest stimmte nicht ansatzweise überein. Eine bunt zusammengewürfelte Gruppe tanzte ungelenk zu stampfender Musik.

»3, 12, 18, 1, 5 - und noch mal« rief ihr Betreuer, während sie zwischen den Zahlen hüpften.

»Sie sollten wissen, wir kombinieren kognitive, affektive und psychomotorische Methoden«, kommentierte Oriks Begleitung. »Der Effekt ist erstaunlich, wenn man bedenkt …«

Orik riss der Geduldsfaden. »Schluss mit dem

Theater!« Orik holte tief Luft. »Wo haben Sie meinen Kollegen hingebracht?«

»Leider habe ich keinerlei Vorstellung davon, wen Sie meinen.« Der Ausdruck in ihrem Gesicht gefiel ihm nicht. Das Therapeutische darin. »Ich erkenne, dass die Abwesenheit Ihres Kollegen auf Ihnen lastet. Wir haben einen Raum, in dem Sie …«

*

Auf dem Rückweg suchte er nach Erklärungen, sein Gehirn kam nicht hinterher. Wie entsteht aus einem Forschungslabor von einem Tag auf den anderen ein Therapiezentrum? Wände kann man schnell auf- oder umstellen, aber waren auch die Menschen dort alle umgewandelt? Schon wieder verschwanden vertraute Personen. Erst Karna, jetzt Domrich.

Mehr als je zuvor sehnte sich Orik nach der Abgeschiedenheit seiner Behelfsunterkunft. In Symis Kammer streckte er sich auf dem schmalen Bett aus, als der Anruf kam. Er hatte ihn erwartet, aber nicht so früh.

Das rotfleckige Gesicht seines Chefs füllte das Sichtfeld seiner Linsen. »Was ist in Sie gefahren?«, wetterte Wuelfenstrat. »Sie stiefeln in dieses Institut mit meinem Namen als Türöffner? Und dann setzen Sie die Leute unter Druck. Braucht der Herr vielleicht Urlaub? Ach, nein – Sie haben ja gerade erst bei mir angefangen. Und ich war so gutgläubig, Sie anzustellen.«

Orik ließ ihn Dampf ablassen. Er nutzte die Zeit, um sich zu überlegen, wie er Wuelfenstrats Neffen aus dem Spiel halten konnte.

»Adamant, ich rede mit Ihnen. Wollen Sie mich vielleicht doch noch in die unergründlichen Methoden Ihrer Ermittlungen einweihen?«

»Verzeihen Sie, das war unprofessionell von mir. Ich habe Alpträume und komme nicht zum Schlafen. Der Anblick von Professor Stindol ... War übel zugerichtet, so ohne Kopf. Kommt nicht wieder vor, so ein Verhalten meinerseits, versprochen.«

Wuelfenstrat atmete schwer. »Will's hoffen. Sie können sich nicht vorstellen, wie mich diese Instituts-Tante barbiert hat. Und was sollte der Blödsinn mit dem *entführten Kollegen*? Lassen Sie etwa jemanden für sich arbeiten, ohne mich einzuweihen?«

»Nein, nein. Das war nur eine Taktik, um die Dame am Empfang aus der Reserve zu locken.«

»Was hatten Sie da überhaupt zu suchen?«

Orik beschloss, Wuelfenstrat mit einigen Brocken auf Abstand zu halten. »Gegenfrage: Als die sich bei Ihnen beschwert haben, kam da zur Sprache, woran das Institut arbeitet?«

»Nein - tut das was zur Sache?«

»Beim ersten Mal war ich im Labor, um das Personal zum Mordfall Professor Stindol zu befragen. Danach müssen sie auf die Schnelle umfirmiert haben. Als ich heute auftauchte, gaben sie sich plötzlich als Therapiezentrum aus. Natürlich hat der Tote nie dort gearbeitet. Irgendwer will uns kaltstellen.« Orik war sich bewusst, dass Wuelfenstrat eine Antwort erwartete und sich nicht auf eine simple Störaktion einließ. »Es kommt noch besser: Erinnern Sie sich an die tote Schriftgestalterin, Symi Landergild?«

»Adamant, kommen Sie zum Punkt. Klar, erinnere

ich mich. Ich hatte Ihnen den Fall vor einem Jahr oder so übertragen. Was ist damit?«

»Es gibt einen Zusammenhang zwischen ihrem gewaltsamen Tod und dem des Professors.«

»Klarer geht's nicht?«

»Es ist derselbe Täter.«

»Und wer wäre das? Adamant, muss ich Ihnen alles aus der Nase ziehen?«

»Es gibt ein Profilfoto.«

»Sie haben ein Foto des Täters, und das sagen Sie erst jetzt? Wie heißt der Kerl?«

Orik beschloss den Namen noch zurückzuhalten. »Meine Ex-Kollegin Locruzia Lontano hat sich große Mühe gegeben, seine Daten aus dem Archiv des Großen Dreiecks zu löschen. Er ist schon die ganze Zeit in ihrem Auftrag tätig.«

Wuelfenstrat brauchte einen Moment, um das zu verdauen. »Sie sprechen von *der* Locruzia, die unter mir gearbeitet hat?«

Interessante Wortwahl, dachte Orik im Stillen. »Bei der Personalauswahl kann immer mal ein fauler Apfel dabei sein«, sagte er. »Locrucia ging sehr zielstrebig vor.«

Wuelfenstrat schäumte. »Dieses Biest, ich wusste es doch. Hat mich benutzt. Kaum bricht ein neues Zeitalter an, schon arbeitet sie für die Oberste Juspiz.«

»Sie sehen, was ich meine«, kommentierte Orik.

Wuelfenstrat kratzte sich am Kinn. »Adamant, was Sie mir da erzählen … das sind gravierende Anschuldigungen. Ich würde das liebend gern gegen dieses Scheusal einsetzen. Was davon lässt sich beweisen?«

»Ich habe Zugang zu einer Aufnahme, die Locruzia

mit dem Tod der Schriftgestalterin in Verbindung bringt. Und zwar als Auftraggeberin des unbekannten Täters. Symi wehrte sich und verletzte ihren Täter. Sein Blut, Sie wissen schon.«

»Und der Mord am Professor?«

»Jemand hat den Täter bei Ausführung des Verbrechens gesehen.«

»Aha, und wer?«

»Die Daten trage ich gerade zusammen«, log Orik. »Ich halte Sie auf dem Laufenden.«

Wuelfenstrat schien besänftigt. »Enttäuschen Sie mich nicht und fackeln Sie nicht lange.« Die Übertragung war beendet.

In Gedanken durchlief Orik die Worte seines Chefs. Locruzia arbeitete also neuerdings für die Juspiz. Das brachte sie in Verbindung mit Alwing. Alles andere wäre ein Zufall. Was braute sich da zusammen?

Eine Schriftzeile erschien vor Oriks Augen und unterbrach seine Gedanken.

Lesen Sie vor: Permadoku aus.

Euphorie kam in ihm auf. So hatte sich Domrich bei ihm gemeldet. Ohne Zögern folgte er der Anweisung und wartete, bis die nächste Zeile erschien.

Es war nicht die Nachricht, die er erhoffte.

Hat sich Domrich bei Ihnen gemeldet?

Der Doktor hatte also ebenfalls keine Ahnung, wo Domrich steckte. Orik diktierte seine Antwort.

Er war im Labor, danach kein Kontakt mehr.

Eine kurze Pause, und die Antwort erschien:

Dann ist klar, von wem das Bataillon unseren Standort erfahren hat.

Orik schrieb zurück: *Domrich würde Sie nie verraten.*

Die Antwort dauerte etwas länger.

Es sei denn, die hätten ihn zu einem der ihren gemacht.

Orik lief es kalt über den Rücken. Er schrieb: *Sie kennen also seine Aufzeichnung aus dem Labor?*

Ja, hab ich gesehen, kam zurück. *Diese Gleichgeschalteten versammeln sich gerade vor unserer Haustür. Zahlenmäßig überlegen und schwer bewaffnet.*

Das klang übel.

Ich beschaffe Hilfe und hole Sie raus.

Der Doktor antwortete prompt.

Sie haben eine andere Aufgabe.

Orik verschlang die Zeilen, die sich vor seinen Augen aufreihten.

Schauen Sie ins Kühlfach. Domrich hat was deponiert. Er sollte es Zwiebelfisch übergeben. So wie es aussieht, müssen Sie das machen.

Zwiebelfisch?, schrieb Orik.

Die Zeile, die zurückkam, traf ihn unvorbereitet: *Ihre Nachricht konnte nicht empfangen werden.*

Seine Versuche, den Kontakt wiederherzustellen, liefen ins Leere. Orik setzte sich auf. Der Doktor würde sich schon zu wehren wissen.

Was hatte es mit dem Gegenstand auf sich, den er diesem *Zwiebelfisch* überbringen sollte?

Wer immer das war.

Er betrat die Küche und öffnete Symis Kühlfach. Die vertrauten Speisendrucker-Patronen mit Abbildungen von Sushi, Pizza, Nudeln. Mit einer davon hatte er Karnas Hand gekühlt. Eine halbe Ewigkeit war das her.

Orik schichtete die Patronen um und fand, was er suchte. Eine von ihnen, die ganz unten lag, war kleiner und dünner. Nicht schwarz wie die anderen, sondern grün. Er angelte sie hervor. Geistesabwesend drehte er das kalte Metall zwischen den Fingern.

Wofür soll das gut sein?

GEDULDJUNGERMANNSIEWERDENESNO

I

Die Werbefilme an den Häuserwänden waren zurückgekehrt, nur mit anderen Botschaften. Aber genauso unerträglich, dachte Orik, als er sich durch das Gedränge schob, um die Straße zu überqueren.

Kommt Ihnen das bekannt vor? (Es folgten schlecht imitierte Alltagsszenen mit talentlosen Schauspielern.)

Sie besuchen Freunde und werden von Bediensteten empfangen, die sich seltsam verhalten. Kollegen am Arbeitsplatz starren vor sich hin, wenn sie sich unbeobachtet fühlen. Eine Verkäuferin spricht immer wieder dieselben Sätze.

Die Beschäftigung von Dividuen ist strafbar.

Holen Sie sich Ihre Belohnung und melden Sie Ihren Verdacht mit Reta „Weiß 123". Für eine lückenlose Reidentifizierung.

Er bog um eine Hausecke und blieb abrupt vor einem verglasten Eingang stehen. Tat so, als suche er nach der Iris-Abtastung. Er hatte sich nicht getäuscht. In der Spiegelung erkannte er zwei handverlesene Durchschnittsgesichter, deren verstohlene Blicke ihm schon drei Straßenblöcke zuvor aufgefallen waren. Sie hasteten an ihm vorbei, ohne ihn zu bemerken. Diesem Suroxo war wohl inzwischen klargeworden, dass er als Beschatter aufgeflogen war.

Orik wartete eine Minute, dann schlug er die entgegengesetzte Richtung ein und mischte sich unter die Passanten. Glücklicherweise war diese Straße zu eng für Videowände. Dafür bemerkte er auf beiden Seiten der Fassaden frisch angebrachte Schriftzüge, die sich in einigem Abstand wiederholten:

Nieder mit den Gefolgsleuten der Piktatur
Gemeinsam für Frieden und Alphabetismus
Mit uns, durch uns, für uns alle!
Für eine Welt ohne Furcht vor dem Schattenvolk

Die Buchstaben, aus denen sich die Parolen zusammensetzten, waren größere Ausgaben von Karnas K, das Orik bei sich trug. Nicht jeder schien mit den Sprüchen einverstanden zu sein. Jemand hatte Zeichen von der Wand gerissen und an eine andere Stelle versetzt, um die Aussage zu verstümmeln oder ins Gegenteil zu verkehren. Orik umrundete Menschentrauben, die auf umgedeutete Sprüche zeigten und tuschelten.

Nieder mit dem Alphabetismus
Gemeinsam für Frieden
Mit dem Schattenvolk!
Für eine Welt ohne Furcht

Orik lief noch ein paar Schritte und machte Halt vor einem Schaufenster. Ein großes Schild mit handgemalter Aufschrift warb für *Bücher*. Er hatte sein Ziel erreicht. Durch die Scheibe betrachtete er die Auslage und hielt zugleich Ausschau nach seinen Verfolgern. Einige der aufgereihten Bücher erkannte er. Sie stammten aus Symis Besitz. Orik hatte sie verkauft, um seine Schulden zu tilgen, die während der Haft entstanden waren. Symi lag ihm deswegen in den Ohren. *Was ihm einfiele, ihre Bücher zu verhökern.*

Im Fenster lagen auch ein paar Neuerscheinungen,

die zwischen *zwei null null* und *fünf null null* kosteten. Sie hatten einheitlich gestaltete Titel mit einheitlicher Schrift. Orik musste schmunzeln, als er Tromsborks *Aufbruch zur Vernunft* unter den „Sonderangeboten" sah. Besonders kostbare Exemplare wurden, mit goldenen Schildchen versehen, in einer Vitrine aufbewahrt. Da lag ein metallischer Stab auf einer großen Schriftrolle, die auf zwei Zylinder aus Holz gewickelt war. Das Exponat war als *Tora* bezeichnet. Gleich daneben fielen ihm *Die Heilige Schrift,* eine Ausgabe von *Don Quijote* und ein *Drehbuch* ins Auge.

So vieles aus der Welt der Bücher blieb ihm unerschlossen. Wozu dienten die Zylinder und der Metallstift? Und diese Heilige Schrift: Um welche Schriftart handelte es sich? Im *A* und *O* auf dem Deckblatt war der zweite Buchstabe seltsam geformt. War das eine Schriftprobe? Überhaupt: Was bedeutete heilig? Was war ein *Don Quijote*? Wie sprach man das aus? Welchen Zweck erfüllte ein Buch, das man beim Lesen drehen musste?

»Guten Morgen, Herr Adamant!«, rief der Händler, als Orik den Laden betrat. »Haben Sie wieder was Schönes für mich? Etwas Ungewöhnliches?«

Mitten durch den Raum verliefen zwei parallel angeordnete Schrankwände mit kleinen Schubfächern.

»Bedaure«, antwortete Orik. »Diesmal nicht.«

Der alte Mann rückte die altmodische Sehhilfe aus Metall und Glas auf der Nase zurecht und versuchte seine Enttäuschung zu verbergen. »Nun, was kann ich sonst für Sie tun? Sind Sie an etwas Besonderem interessiert? An Auswahl mangelt es nicht.«

»Ich könnte Ihre Hilfe gebrauchen. Es sei denn, ich

komme ungelegen, und es passt gerade nicht.«

Der Händler hob die Hände und blickte um sich. »Sie scherzen, sehen Sie einen Kunden?«

»Ist nicht so viel los, hm?«

»Bücher sind kein billiges Vergnügen. Die Leute haben andere Sorgen. Und diejenigen, die es sich leisten könnten, verschanzen sich in den Vorstadtvillen.«

»Der Anschlag auf den Staatsrat.«

»Hat ihnen einen ordentlichen Schrecken eingejagt. Lassen sich alles nur noch liefern.« Der Mann winkte Orik zu sich an den Tresen. »Na, kommen Sie, junger Mann. Was haben Sie auf dem Herzen?«

»Was ich Ihnen sage, bleibt unter uns.«

»Sie können sich darauf verlassen.«

»Ich muss jemanden namens *Zwiebelfisch* finden.« Orik sah, wie sein Gegenüber die Stirn in Falten legte. »Sagt Ihnen das was?«

»Zwiebelfisch«, wiederholte der Händler und massierte die Unterlippe.

»Was ist?«

»Nichts, was ich mit einer Person verbinde. Ich schau nach. Haben Sie einen Moment?«

»Sicher«, sagte Orik.

Der Mann verschwand im Hinterzimmer.

Orik wandelte zwischen den Schränken umher. Jedes der Fächer war beschriftet mit Schildern wie BAR-BEF, BEG-BLO, BLU-BOR und so fort. Er zog ein Schubfach auf. Es enthielt hintereinander gestapelte Plastikkarten mit Angaben zu Büchern, alphabetisch sortiert. Jede von ihnen enthielt ein Foto des Titelblatts, dazu der Verkaufspreis, manchmal eine Leihgebühr. Mechanisch durchblätterte er Karten mit

Beschriftungen wie *Beim Häuten der Zwiebel*, *Ben Hur* und *Benjamin im Kontext*. Aus welchen Verstecken stammte diese Menge an Exemplaren, und wo in aller Welt bewahrte der Händler sie auf? Sein Hinterzimmer würde bei weitem nicht ausreichen.

Wo blieb der so lange? Konnte Orik ihm trauen? Er wollte schon nachsehen, da streifte sein Blick den Eingang. Verdammt, die waren hartnäckig. Auf der anderen Seite der Straße erkannte er einen seiner Verfolger. Wie konnte er sie loswerden? Orik murmelte einen Befehl, als er in seinem Rücken eine Bewegung spürte.

»Ich hab' da was für Sie.«

Orik fuhr herum.

»Musste ein bisschen suchen«, sagte der alte Mann. »Zwiebelfisch geht auf den klassischen Buchdruck zurück. Analoge Ära, als noch Bleilettern eingesetzt wurden.«

»Bleilettern?«

»Drucktypen aus einer Legierung, hauptsächlich Blei. Ich habe Ihnen ein Exemplar mitgebracht.«

Orik musterte das kleine, kantige Objekt. »Soll wohl ein R sein, aber warum spiegelverkehrt?«

Sein Gegenüber lächelte. »Stellen Sie sich vor, Sie würden das R schwarz einfärben und auf ein Blatt Papier pressen.«

»Ah, verstehe. Dann ist es wieder richtig herum. Aber das ist ein einziger Buchstabe. Wie behält man den Überblick, bei so vielen Zeichen auf einer Seite?«

»Die Lettern werden in einem Setzkasten aufbewahrt, in Fächern nach Typen sortiert. Schriftsetzer haben sie für jede Seite zeilenweise aufgereiht und danach wieder in die Fächer zurückgelegt.«

»Klingt sehr aufwändig. Woher wissen Sie das alles?«, staunte Orik.

»In meinem Keller steht noch eine *Heidelberger Tiegel.*« Er bemerkte Oriks verständnislosen Blick. »Eine Druckmaschine, gehörte meinem Urgroßvater. Ich habe keine Mühen gescheut, sie vor der Piktatur zu verstecken. Und das hier.« Er streckte Orik ein Blatt Papier entgegen. »Lesen Sie.«

Arthur Conan Doyle

Grab ohne Leichnam

Der letzte Fall von Sherlock Holmes

Orik nahm das Blatt entgegen. »Ist das …«

Der Händler nickte. »Ganz recht, ein Originaldruck. Bleilettern. Aber darum geht es nicht. Erkennen Sie den Fehler?«

Orik hielt das Papier dicht vor die Augen. »Ich bin mir nicht sicher … ist das da eine 1 in Sherlock?«

»Nicht schlecht. Die Stelle wäre kaum jemandem aufgefallen. Ich muss Sie jedoch enttäuschen: Es handelt sich nicht um eine Ziffer, sondern um das korrekte Zeichen. Ein kleines l, aber in einer anderen Schrift gesetzt. Sehen Sie die kleinen An- und Abstriche?«

»Serifen«, murmelte Orik.

»Kompliment«, sagte der Händler. »Sie kennen sich aus. Das Papier ist nur ein Andruck, mein Großvater hat den Fehler rechtzeitig bemerkt.«

»Wie kam es zu der Verwechslung?«

»Nun, manchmal wurden einzelne Lettern versehentlich in den falschen Setzkasten zurücksortiert. Beim Druck gerieten dadurch Typen einer anderen Schrift in die Texte. Oder ein anderer Schriftschnitt. *Kursiv* statt normal. Ein Fremdkörper. Setzer nannten das einen Zwiebelfisch.«

»Ein Fremdkörper«, wiederholte Orik. »Gut, nun weiß ich, was Zwiebelfisch bedeutet. Jetzt muss ich nur noch die Person finden, die sich so nennt.«

»Scheint sich mit Schrift sehr gut auszukennen.«

»Sie haben keinen Hinweis, wo ich suchen kann?«

Der alte Mann blickte über den Brillenrand. »Bedaure, nein.«

»Danke, Sie haben mir trotzdem weitergeholfen.«

»Gern geschehen.« Der Händler deutete an ihm vorbei. »Da wartet ein Draxi. Haben Sie das bestellt?«

»Ja, das ist für mich.« Orik wollte sich schon auf den Weg machen, da blitzte ein Gedanke auf. Er kramte einen kleinen Gegenstand hervor. »Wo könnte das wohl hergestellt worden sein?«

Der alte Mann betrachtete das K in seiner Hand und drehte es im Licht. »Sehr schöne Arbeit. Mit optischen Brennern ziseliert. Könnte aus Zermitan hergestellt sein.« Er gab Orik den Buchstaben zurück. »Ja, ich denke, das kann ich für Sie herausfinden.«

»Das wäre fantastisch. Jetzt muss ich los. Beim nächsten Mal bring ich Ihnen wieder ein paar schöne Bücher mit.« Orik zwinkerte und wandte sich zum Gehen. »Sie haben meine Kontaktdaten.«

»Ist mir eine Freude, mit Ihnen Geschäfte zu machen«, hörte er noch, als er den Laden verließ. Orik hielt Ausschau nach seinen Beschattern. Seltsam, niemand zu sehen. Dann verstand er. Hinter der Kreuzung wartete ein weiteres Fahrzeug. Sie ließen nicht locker. *Gut, dann eben anders,* dachte er und öffnete die Seitentür zu seinem Draxi.

»Wohin soll's gehen?«, nuschelte das Holo durch die virtuelle Zigarette im Mundwinkel.

Orik nahm Platz und ließ seine Profildaten aufleuchten. Er wartete, bis ein Strom aus Menschen die Kreuzung überquerte und die Sicht der Beobachter auf ihn blockierte. Der Moment war gekommen. Orik nannte ein entferntes Ziel, rollte zur anderen Seite und sprang aus dem Fahrzeug, bevor es beschleunigte und abhob. Von seinem Versteck hinter einem Kiosk blickte er seinen Verfolgern hinterher und winkte ein anderes Draxi heran.

Die Frau mit dem raspelkurzen schwarzen Haar, die ihn von der anderen Straßenseite aus beobachtete, bemerkte er nicht.

*

Vergitterte Fenster, patrouillierende Wachen, Sprengdraht. *1A BUCHSTABEN* stand über der Einfahrt. Kann mir keiner erzählen, dass die hier nur Schriftzeichen produzieren, ging es Orik durch den Kopf.

In sicherem Abstand gegenüber dem Eingang duckte er sich hinter die bröckelnde Mauer einer leerstehenden Fabrikhalle. Sicherheitshalber überprüfte er die Koordinaten, die er erhalten hatte – mit besten Grüßen vom Buchhändler seines Vertrauens.

Kein Zweifel, dies musste die Firma sein, aus der sein Fundstück stammte. Die schwarzen Lettern über dem Tor gehörten zu derselben Schrift, sie waren nur größer.

Domrich hatte gesagt, das K habe eine Bedeutung, es sei vielleicht ein Hinweis. Gab es eine Verbindung zwischen dem Fabrikgebäude und Karna? Die strengen Sicherheitsmaßnahmen schienen das zu bestätigen. Um mehr herauszufinden, musste er das Gebäudeinnere erkunden. Aber wie sollte er unbemerkt hineingelangen? In Gedanken spielte er verschiedene Szenarien durch, die ihn alle nicht überzeugten. Und wenn er stattdessen … Ja, ziemlich gewagt, aber es könnte funktionieren. Er zog seine Pioniersonde hervor. Sie hatte eine ordentliche Reichweite, das hatte er schon ausprobiert. Und das Gebäude war nicht allzu groß. Allerdings würde er sie auf unbekanntem Gebiet manövrieren müssen. Egal, er hatte sich entschieden.

Orik klinkte sich in die Steuerung der Sonde ein und warf sie in die Luft. Als die Wachleute in die andere Richtung sahen, flog sie unbemerkt durch das Tor. Orik ließ die Sonde dicht unter der Decke fliegen, möglichst unauffällig für Personal und Kameras. Auf seiner Stirn sammelte sich Schweiß, während er seinen Pionier aus der Entfernung durch die Gänge steuerte.

Ausweichmanöver kurz vor der Deckenlampe. Fahrt entlang der linken Wandseite. Unverstellter Blick auf die Zugänge gegenüber. Kontrollierter Sturz an der Tür und schwindelerregender Aufstieg in die Produktionshalle. Monotones Hämmern und Zischen.

Kurzer Blindflug durch Dampfschwaden. Hinabgleiten an einem Pfeiler und langsame Annäherung. Niemand in Sicht, offenbar alles vollautomatisiert. Parallelflug zur Fertigungsstraße. Katsching, katsching, katsching!

Die Maschinen spuckten Buchstaben, sortiert nach Alphabet, in Reihen von Alonit-Kisten. Auch auf der gegenüberliegenden Seite purzelte die Ware im Sekundentakt aus den Schächten. Nicht schwarz, sondern glänzend.

Orik fuhr näher heran an die kleinen Objekte. Metallhülsen. Hier wurde Munition produziert.

Kurze Prüfung: Die Aufzeichnung lief. Er lenkte die Sonde zu einem Berg frisch produzierter Lettern und ließ sie auf einem der zahllosen Rs landen. Der Berg bewegte sich auf eine Wandöffnung zu.

Wonach genau suchte er eigentlich? Und wie wollte er jemals den Rückweg finden? Eins nach dem anderen.

Plötzliche Dunkelheit. Rumpeln. Schneller Wechsel von grellem Licht und Finsternis. Der Lichtsensor der Sonde kam an seine Grenzen. Gerade noch rechtzeitig zog Orik die Sonde hoch, als der Boden aus Buchstaben wegbrach und die Kiste ihren Inhalt entleerte.

Sinkflug zur nächsten Tür, den Flur entlang und hinein in einen großen Raum mit Tischen.

Orik ließ die Sonde in sicherer Parkposition hinter der Deckenbeleuchtung schweben und sah sich um. Ein paar Männer und Frauen betraten den Raum. Sie nahmen Platz und zogen kreisförmige Apparaturen an beweglichen Armen zu sich heran. Ihre Tische leuchteten auf, während Textbänder unter der transparenten Oberfläche vorbeizogen. Orik musste an seine Leute im Großen Dreieck denken, die Bilder verdächtiger Personen für ihn ausgewertet hatten. Aus dem Raum drangen Gesprächsfetzen zu ihm, als Orik die Lautstärke justierte.

»… ohne Qualitätsverlust. Aber das interessiert ja hier …« – »Nicht mal auf die Kleine wollten sie hören. Und die hatte Ahnung …« – »Wo ist die überhaupt? Wir …«

Orik konnte erkennen, dass der Mann auf den unbeleuchteten Tisch links von ihm deutete. Sprachen sie von Karna? Hatte sie dort gesessen? Was hatte sie hinterlassen?

Natürlich, wie konnte er so blöd sein. Sie musste den Tisch berührt haben. Orik erinnerte sich an Karnas Fingerabdrücke, die er an Symis Leichnam gefunden hatte. Die Daten waren noch im Speicher der Sonde.

Behutsam steuerte er den Pionier in eine bessere Position und gab den Befehl zum Erfassen. Er wartete auf Anzeichen einer Übereinstimmung, während die Gruppe weiter plapperte.

»… wir sie ne Weile nicht mehr wieder sehen.« – »Wie kommst du …« – »abgehauen …« – »Na, klar. Nichts einfacher …« Höhnisches Lachen. »… was von Schüssen …«

Orik spitzte die Ohren und hielt den Atem an.

»Falscher Alarm … nur neue Munition getestet.« – »… und die Tote, die sie weggeschafft haben? …«

Pling!

Das Signal der Pioniersonde drang in Oriks Ohr, doch er nahm nichts mehr wahr. Seine Hand war auf den Mund gepresst. Karna war hier gewesen.

Zu spät, sie war tot.

Aber wie war das möglich? Wie hätte sie das K von hier wegbringen und in Symis Wohnung deponieren können? Das passte nicht. Er zwang sich zum

Durchatmen und navigierte die Sonde behutsam zurück.

Pling!

Orik nahm zunächst an, es sei die Wiederholung des ersten Signals. Doch dann merkte er, dass es sich bei der Übereinstimmung um das Muster eines zweiten Abdrucks handelte, den die Sonde in ihrem Speicher trug. Hinterlassen von Symis Mörder. Also hatte sich nicht nur Karna in der Fabrik aufgehalten, sondern auch dieser Suroxo. Er musste sie entführt und hergebracht haben. Aber wozu?

Die Sonde schwirrte auf ihn zu. Orik fing sie auf und verstaute sie in der Hosentasche.

Er fuhr hoch. Da war ein Geräusch.

»Do hest wuhl dacht, abso beschauert mich sint.« Suroxo stand über ihm. Er hielt seinen Ausschalter auf Orik gerichtet.

IRGENDWOINDERSTEPPEDERAUSSENB

J

Die Plastufanfessel schnitt in Oriks Handgelenk. Seine Versuche, sich zu befreien, waren zwecklos. Im Rücken spürte er etwas Kaltes, vielleicht einen Pfeiler oder ein Rohr. Seine Arme und Beine waren daran festgebunden, nichts ließ sich bewegen. Er sah sich um, soweit er konnte. Eine Luke unter dem Dach spendete das einzige Licht. In der Ecke eine fleckige Matratze, daneben ein Eimer.

Ihm gegenüber hatte jemand einen Hocker hingestellt und daneben so etwas wie einen Klapptisch. Er hörte, wie sich die Tür hinter ihm öffnete. Schritte näherten sich. In sein Blickfeld trat eine Person, mit der er am wenigsten gerechnet hatte.

»Domrich! Sie hätten sich keinen besseren Zeitpunkt aussuchen können.«

Sein Gegenüber schien nicht zu verstehen. Die Gesichtszüge waren eingefroren, Domrich blickte starr auf einen Punkt im Raum. Orik versuchte es noch einmal: »Sie haben wohl einiges durchgemacht. Reden wir später. Binden Sie mich los und nichts wie weg.«

Domrich setzte sich auf den Hocker. *Was war nur los mit ihm,* dachte Orik, als er eine vertraute Stimme vernahm.

»Na, feiert ihr schon Wiedersehen?«, höhnte Locruzia gutgelaunt und baute sich vor ihm auf. »Der gute Domrich ist etwas einsilbig geworden. Das kommt davon, wenn man seine Nase in Dinge steckt. Die Aufzeichnung von deinem wutschnaubenden Auftritt im Labor muss ich mir immer wieder ansehen. Köstlich.«

Orik schäumte. »Was habt ihr mit Domrich gemacht?«

»Nur das, was wir mit dir machen«, erwiderte Locruzia, »Du scheinst am Domrich-Symptom zu leiden: zu viel Neugierde. Also merzen wir am besten die Ursache dieser ansteckenden Krankheit aus.« Sie genoss Oriks verunsicherten Blick. »Irgendwie gefällt mir die Vorstellung, dass du und dein Helferlein Seite an Seite verbringen werdet, für den Rest eures Lebens – und unter unserem Befehl.«

Neben ihr tauchte Suroxo auf mit einem Koffer in der Hand. Er öffnete ihn behutsam auf dem Beistelltisch und sortierte den Inhalt. Es klang metallisch.

Zwischendurch sprach Locruzia mit Orik, als ginge es um die Beratung für eine neue Frisur. »Die gute Nachricht, mein Liebster: Wir müssen nicht deinen Schädel aufbohren. Eine verachtenswerte Methode aus barbarischen Zeiten.«

Suroxo stellte sich hinter Domrich und drehte dessen Kopf zur Seite, ohne dass es ihn zu kümmern schien. Locruzia kommentierte: »Wir befestigen einen handlichen Empfänger hinter dem Ohr. Kannst du's sehen? Bei ehemaligen Dividuen ist es noch einfacher. Die haben den Empfänger noch im Kopf.«

Sie hielt inne. »Was ist los, Orik? Du bist so still. Willst du nicht wissen, wie das funktioniert?«

»Ich bin derart gefesselt, mir fehlen die Worte«, stieß Orik zwischen den Zähnen hervor.

Sie plauderte darüber hinweg. »Damals in der Bar hast du mir ein Geschenk dagelassen. Ich glaube, es gehört deiner Freundin. Sie ist doch deine Freundin?«

Moment. Hatte sie gerade *ist* gesagt, anstelle von

war?, dachte Orik und erwiderte: »Ungern geschehen.«

»Wie auch immer, du hast mich sitzen lassen, da konnte ich mich gar nicht angemessen bedanken.«

»Musst du nicht.«

»Wolltest du mich damals nicht verhaften, oder hat sich das inzwischen erledigt?«

»Erst, wenn ich tot bin«, zischte Orik.

Locruzia tat erstaunt. »So melodramatisch? Dieses Übertragungsdings, das du mir überlassen hast, war wohl für andere Zwecke gedacht, aber wir konnten es – wie soll ich sagen – justieren. Und den größten Anteil hatte …? Deine Freundin!«

»Bestimmt nicht freiwillig. Habt ihr sie ausgeknipst wie Domrich?«

»Das hätte sich nicht mit der Art ihrer Aufgaben vertragen. Drogen sind zielführender.«

»Was du nicht sagst. Und wo ist sie?«

Verblüffend, seine Frage brachte Locruzia für einen Moment zum Schweigen. Sie musterte ihn. »Nun, mein Lieber, ich gehe davon aus, *du* kannst uns etwas dazu sagen.«

Sie haben keine Ahnung, wo Karna steckt, dachte er und beschloss sie herauszufordern. »Von mir erfahrt ihr nichts. Also, macht schon. Setzt mir dieses Ding ein. Bringen wir's hinter uns.«

»Nicht doch, nicht doch.« Locruzia wedelte mit dem Zeigefinger. »Wir wollen nichts überstürzen. Wäre glatte Verschwendung für die wertvollen Dinge, die in deinem Köpfchen stecken.«

Sie dachte kurz nach, holte aus und gab ihm einen Kinnhaken. »Na, los – sag es, Scheißkerl!«

Oriks Kiefer schmerzte. »Ich muss deine Ausdrucksweise missbilligen, aber ich habe keine Ahnung, wo sie ist. Das ist die Wahrheit.«

Suroxo schaltete sich ein. »Karna nix gesacht von hier? Wie denn hepp du finden ons?«

Orik legte sich schon eine Antwort zurecht, als der Boden unter seinen Füßen zu beben begann, gefolgt von einem dumpfen Donnerschlag. Fühlte sich an wie eine Explosion irgendwo im hinteren Teil des Gebäudes. Draußen heulten Sirenen, Menschen schrien durcheinander. Domrich interessierte es nicht.

»Suroxo, sieh nach, was los ist!«, rief Locruzia. Während ihr Komplize aus dem Raum stürmte, beugte sie sich zu Orik hinunter. »Was hast du vor?«, fauchte sie. »Willst du uns in die Luft jagen?«

»Ich habe nichts damit zu tun.« Das stimmte sogar, dachte Orik, in Erwartung des nächsten Fausthiebs. Doch nichts geschah. Locruzia war abgelenkt. Sie blickte an ihm vorbei in Richtung Eingang. »Yaola? Was machst du hier – bist du verletzt?«

»Ist nicht schlimm.« Eine junge Frau umrundete den Pfeiler. Sie blutete am Bein.

»Was ist draußen los?«, wollte Locruzia wissen.

»Die Explosion, das war ich.« Yaola zückte ihren Ausschalter. »Mach schon, wir haben keine Zeit. Binde ihn los.«

»Bist du irre?«, rief Locruzia. Die neue Lage schien sie zu überfordern. Sie wankte und suchte Halt, indem sie sich am Beistelltisch abstützte.

Yaola legte an. »Ich meine es ernst.«

Orik sah es kommen. Der Tisch stürzte, und mit ihm Locruzia. Noch im Fallen langte sie in den Koffer, und etwas blitzte auf. Das Skalpell wirbelte auf Yaola zu. Als sie sich wegduckte, sauste die Klinge knapp an ihrer Kehle vorbei. Der Koffer traf am Boden auf und entleerte sich scheppernd. Locruzia griff nach dem nächsten Messer, doch Yaola war schneller und drückte ab. Blaue Blitze schossen hervor. Locruzia zuckte und blieb reglos liegen.

»Die macht keinen Ärger mehr«, sagte Yaola und begann Oriks Fesseln zu lösen, während Domrich auf seinem Stuhl vor sich hindämmerte. In der Luft lag ein Gemisch aus Ozon und verbrannter Haut.

*

Irgendwo in der Steppe der nördlichen Außenbezirke schnupperte ein Fuchs am Stirnbein eines Totenschädels, verlor aber schnell das Interesse. Er spitzte die Ohren und huschte davon. Über ihm schälte sich etwas Großes aus dem Schwarz des Himmels. Der Vertikopter aktivierte die Lichter erst kurz vor der Landung und schaltete sie sofort wieder ab.

Von der Ladefläche sprangen Yaola und Orik, gefolgt von acht Männern in Tarnanzügen, die zwei Behälter in Sargform mit sich führten. Direkt vor ihnen, unter der Imitation von hohem Gras, öffnete sich der Boden. Die Gruppe stieg hinab, während der Vertikopter in die Nacht entschwand. Polternd verriegelte sich der gepanzerte Zugang. Die Tarnanzüge trugen ihre schwere Fracht in einen Nebentrakt.

»Hier lang. Wir nehmen einen anderen Weg.« Yaola führte Orik vorbei an geparkten Miliportern in Richtung Treppenschacht, der sie eine Etage tiefer brachte. Eine Feuertür schob sich zur Seite, und sie standen in einem luxuriös eingerichteten Salon.

»Willkommen in der Festung.« Tromsbork erwartete sie. »Pünktlich zum Abendessen. Ich nehme an, Sie beide haben sich bekannt gemacht.« Er nickte Yaola zu. »Gute Arbeit.«

Orik salutierte. »Kommandant.«

»Ach, lassen wir die Förmlichkeiten.« Tromsbork drückte Orik einen gut gefüllten Kristallbecher in die Hand. »Ist mir eine Freude, Sie hier zu haben.« Sie stießen an. »Setzen wir uns. Sie müssen hungrig sein.«

Orik bediente sich von den Tellern mit Häppchen und gegrilltem Gemüse. Er nippte vom Glas. »Meinen tief empfundenen Dank für Ihre Gastfreundschaft und diese unerwartete Befreiungsaktion.« Er wandte sich an Yaola. »Besonders Ihnen.«

Sie neigte den Kopf. »Mit Vergnügen! Ich sah, wie Sie mit der Sonde in die Fabrik eindrangen. Guter Einfall. Habe meine Sonde hinterhergeschickt.«

»Ach so? Weder Sie noch Ihre Sonde sind mir aufgefallen«, erwiderte Orik.

»Meine Adjutantin«, warf Tromsbork ein, »Ich habe sie ausgebildet. Sie macht sich sehr gut.«

»Sie haben es hier behaglich«, bemerkte Orik und sah sich um. »Und doch: Es ist nicht Ihr Zuhause.«

»Mein Haus war nicht mehr sicher. Wenn es nach diesem Kerl ginge, der sich zum Oberhäuptling aufgeschwungen hat, wäre ich ein Häufchen Asche, wie der Rest des Staatsrats. Doch ein derart jämmerlicher Abgang kam für mich nicht in Frage. Ich zog es vor mit einer kleinen schlagkräftigen Truppe ins Exil zu gehen. Vorübergehend.«

»Alwing steckt also hinter dem Anschlag.«

»Dieser durchtriebene Hanswurst hat von Beginn an die Alleinherrschaft angestrebt.«

»Ohne Ihnen zu nahe treten zu wollen, Herr Kommandant: Verhalfen Sie ihm nicht militärisch zu dieser Position? Ihr Buch handelt davon, soweit ich weiß. Auch wenn ich noch keine Gelegenheit hatte, es zu lesen.« Je mehr Orik sprach, desto schmerzerfüllter wurde Tromsborks Gesichtsausdruck.

Yaola starrte ihn an, als wollte sie sagen: Was erlaubt sich der Kerl?

Tromsbork nahm einen großen Schluck und legte seine Hand auf ihren Arm. »Der Mann ist ehrlich, Yaola.«

Er räusperte sich. »Zwei Dinge sollten Sie wissen. Erstens: Jemand aus dem Stab hat mich denunziert, ich wurde zur Entidentifizierung freigegeben. Da erhielt ich das Angebot die Seite zu wechseln und den Widerstand zu stärken. Der alte Staat stand längst am Abgrund, also schlug ich ein. Lieber spät als nie.«

»Nachvollziehbar«, kommentierte Orik.

»Mag sein, aber dann drehte der Wind. Zweitens: Ich diktierte das Buch, als ich berauscht war von den Chancen des Neuanfangs. Dann kamen die Alphabetisten mit ihrer KI und schrieben ganze Kapitel um, ohne mich zu fragen. Es ist nicht mehr mein Buch, ich weiß nicht, welche Ausgabe Sie gesehen haben.«

»Das würde ja die These des Großen Piktosophen stützen, Bücher und Schrift seien unzuverlässig«, stichelte Orik.

»Kein Wort über diesen *Versager*!«, rief Tromsbork. »Seiner Inkompetenz habe ich meine Kriegsverletzungen zu verdanken. Als ich das erste Mal den Fehler beging, für den Falschen zu kämpfen.« Er fuhr sich durchs schüttere Haar, das Gesicht vor Zorn errötet.

Die Runde verfiel in Schweigen, bis er sich wieder gesammelt hatte.

»Ich bitte um Verzeihung«, sagte Orik.

»Schon gut, das konnten Sie nicht wissen. Mir ist irgendwann bewusst geworden, dass Sie und ich einiges gemeinsam haben. Wir beide wurden von einem System verraten, für das wir alles gegeben haben.«

Orik nahm noch ein Häppchen. »Fahren Sie fort.«

»Aber Sie sind ein Einzelkämpfer, Adamant. Einer, der sich nicht scheut, den unbequemen Weg einzuschlagen.«

»Ist das so?« Orik kostete vom Gemüse.

Tromsbork lächelte. »Mir ist nicht entgangen, dass Sie als mein designierter Nachfolger darauf verzichtet haben, mein Haus zu okkupieren. Obwohl es Ihr Anrecht gewesen wäre.«

»Ach, das.«

»Stattdessen hat sich diese Schlange eingenistet, meine Spirituosenvorräte geplündert und sich obendrein an meine persönliche Adjutantin rangemacht. Das verzeihe ich ihr nicht.«

»Dieses Miststück«, bekräftigte Yaola. »Locruzia hat meine Schwäche ausgenutzt, als ich noch so ein *Ding* war. Bevor der Kommandant dafür georgt hat, dass ich wiedererweckt wurde.« In ihrem Blick lag Dankbarkeit.

»Wie auch immer«, sagte Tromsbork. »Ich hatte also beschlossen, an der Abschaffung eines Staates mitzuwirken, der dem Untergang geweiht war. Der Mann, der mich anheuerte, war der Antrieb für meinen Seitenwechsel. Seine Pläne für die Zeit nach dem Ende der Piktatur, sie waren … brillant. Der geborene Anführer einer kultivierten Gesellschaft.«

»Aber?«

»Er vertraute dem Falschen. Alwing, der Verbrecher, half ihm anfangs bei der Rekrutierung von Sympathisanten. Er und Alwing waren befreundet, doch das schlug um. Ihre Sicht auf das, was zu verändern war, unterschied sich fundamental. Erst recht die Methoden. Alwing umgab sich mit primitiven Banden, die Andersgesinnte totprügelten. Irgendwann hetzte er sie auf den Freund, der mit Mühe und Not entkam.«

»Erstaunlich, ich habe nie von ihm gehört.«

»Kein Wunder.« Tromsbork lehnte sich vor. »Sie haben vorhin auf die Doktrin der Piktosophen angespielt: *Das Bild ist rein, aus ihm spricht die Wahrheit* und der ganze Quatsch. Wissen Sie, was Alwing gemacht hat? Er ließ den wahren Gründer der neuen Zeit aus allen Bildern und Aufzeichnungen entfernen.«

»Und wo steckt der Mann jetzt?«

»Ich habe keine Ahnung. Er muss fürchten, dass Alwing ihn vom Erdboden tilgen will, so wie mich, also bleibt er im Untergrund. Schon seit einer Ewigkeit suche ich diesen Zwiebelfisch. Er ist es, der in die Führung gehört und nicht dieser Psychopath Alwing.«

»Entschuldigung, wie nannten Sie ihn?«

»Psychopath.«

»Nein, ich meine den Namen. Zwiebelfisch.«

»Sein Pseudonym. Vor der Revolution hielt man seinen Klarnamen tunlichst zurück.«

Orik war noch dabei, die Information zu verarbeiten. »Zwiebelfisch, wie ist das möglich? Ich bin ebenfalls auf der Suche nach ihm.«

Tromsbork nickte. »Ich weiß. Darum sind Sie hier.«

»Ich, äh… Das müssen Sie erklären.«

»Nun, ich verfolge seit geraumer Zeit, wie Sie gegen den ganzen Mist ankämpfen, den Alwing und seine Komplizen aushecken. Sie sind gründlich und gewissenhaft, Adamant. Nur beim Abschluss waren Sie vom Pech verfolgt. Wer, glauben Sie, fädelte Ihre vorzeitige Entlassung aus der Haft ein?«

»Sie haben *was*?«

»Zugegeben, wir brauchten zu viel Zeit, Recherche und natürlich Bestechungen, bis wir wussten, in welcher Zelle Sie stecken.«

Orik kam nicht hinterher. »Wozu der ganze Aufwand? Warum ich?«

»Sie können mir glauben, ich habe alles versucht, aber niemand scheint zu wissen oder preisgeben zu wollen, wo sich Zwiebelfisch aufhält. *Sie* sind mein Fährtensucher«, antwortete Tromsbork. »Alwing ist wohl auch dieser Ansicht. Nach Ihrer Haftentlassung biss Alwing sofort an und ließ Sie beschatten, also tat ich dasselbe. Nur besser.« Er sah zu Yaola.

Orik blickte verwirrt und zerknirscht. »Aber ich habe keinen Schimmer, wo ich dieses Phantom, diesen Zwiebelfisch, finden kann.«

Tromsbork schlug ihm auf die Schulter. »Das lässt sich ändern. Kommen Sie. Ich bringe Sie zu unseren Gästen.«

*

Die Wachhabenden standen stramm, als Tromsbork das improvisierte Lazarett betrat, gefolgt von Orik und Yaola.

»Bitte, hier entlang.« Der Mann im Tarnanzug zog den Vorhang zur Seite.

Angeschlossen an ein Knäuel von Medikamentenpumpen lag Locruzia auf der Pritsche, an Händen und Füßen festgeschnallt.

Ungeschminkt, das Haar zerzaust, fuhr sie die Besucher an: »Was glotzt ihr? Habt ihr keinen Anstand? Haut ab!«

Ein Hauch Unsicherheit lag in ihrer Stimme, und Orik ertappte sich dabei, dass er den Moment genoss.

Locruzias Halsschlagader schwoll an, als sie Yaola bemerkte. »Du miese Verräterin!«

»Noch ein *einziges* Wort«, rief Yaola, »und ich mach dich kalt, so wie du da liegst.«

»Schluss damit«, befahl Tromsbork. »Adamant, ich glaube, Sie haben noch eine Rechnung offen.«

Ihre Blicke trafen sich, und Orik verstand.

Locruzia bäumte sich in ihren Gurten auf und stammelte. »Mach keinen Fehler. Du bereust es, wenn du mir wehtust.«

»Oh, das wird es nicht«, sagte Orik und trat an ihre Seite. »Nur etwas, das ich schon lange sagen wollte.«

»Ach, du willst mich mit albernen Beleidigungen überziehen? Na, mach schon, lass es raus!«

Orik startete seine Aufzeichnung.

»Locruzia Lontano,« begann er in förmlichem Tonfall. »Ich verhafte Sie im Namen des Volkes wegen mittäterschaftlich begangener Morde an Symi Landergild und Jeregan Stindol sowie aufgrund der Entführung und Freiheitsberaubung in zwei Fällen. Es steht Ihnen frei, sich zur Sache zu äußern, nichts zu sagen oder einen Rechtsbeistand zu aktivieren.«

Das fühlte sich gut an.

Orik drehte sich auf dem Absatz um, schloss den Vorhang hinter sich und ließ Locruzia mit ihrem Gezeter allein.

»Ich danke Ihnen.« Er drückte Tromsborks Hand.

»War mir ein Vergnügen. Wir behalten sie hier, bis die Rechtslage eine reguläre Inhaftierung erlaubt.«

»Sehr gut.«

»Da ist noch jemand, den Sie sehen sollten«, sagte Tromsbork. »Folgen Sie mir.«

Sie wechselten den Raum. Die Liege hinter dem Sichtschutz war leer. Auf dem Stuhl daneben saß Domrich mit einem Verband hinter dem Ohr.

»Chef, gibt's hier vielleicht was Anständiges zu essen?«, sagte er und knöpfte sein Hemd zu.

Orik musste lachen. »Ich freu mich auch, Sie zu sehen, mein lieber Domrich. Ihr altes Ich gefällt mir viel besser.«

Tromsbork nahm den Sanitäter zur Seite und raunte ihm zu: »Wie macht er sich?«

»Wir haben das Implantat unter örtlicher Betäubung entfernt. Seine Vitalwerte sind normal.«

»Und mental?«

»Sieht gut aus.«

»Wir können ihn also wieder frei herumlaufen lassen?«

»Spricht nichts dagegen. Wird vielleicht noch ein bisschen benommen sein, ansonsten …«

Tromsbork klatschte in die Hände und rief:

»Machen wir uns auf den Weg. Der junge Mann hier hat einen Mordsappetit. Und es gibt einiges zu besprechen.«

DIEKABELTAUCHTENDENTUNNELINVI

K

Orik packte Domrich an der Schulter und zog ihn zurück in den Schatten. Hoffentlich hatten die Patrouillen sie nicht bemerkt. »Runter mit dem Kopf!«, flüsterte er, als sich ein fahler Lichtfinger an der Wand entlangtastete. Ein paar Meter entfernt rumpelte ein Konvoi vorbei und quäkte seine monotone Botschaft in die Nacht:

»*Ausgangssperre in Kraft gesetzt. Jede Zuwiderhandlung wird hart bestraft. Bleiben Sie zu Hause und bewahren Sie Ruhe. Öffnen Sie nur Angehörigen des Sonderkommandos. Melden Sie jede verdächtige …*« Allmählich verebbte die Durchsage, während sich die gepanzerten Fahrzeuge entfernten.

Orik beschloss, noch einen Moment in Deckung zu bleiben. »Hat sich der Doktor bei Ihnen gemeldet?«

»Leider nicht«, bedauerte Domrich. »Ich hab's versucht, aber ich komm nicht zu ihm durch. Kann's ihm nicht verübeln. Meinetwegen ist sein Versteck aufgeflogen.«

»Das waren nicht Sie. Nur eine derangierte Kopie von Ihnen. Wollen wir hoffen, dass sich der Doktor davonmachen konnte.«

Vom Blechdach über ihnen gluckten Tropfen in eine Pfütze, in der sich das gegenüberliegende Haus spiegelte. Domrich deutete auf die Fassade. »Da, sehen Sie? Davon hat mir der Doktor erzählt.«

Die Skulpturen vor dem Durchgang waren beschädigt, aber sie stimmten mit der Beschreibung überein.

Sie warteten, bis der nächste Lichtkegel über sie

hinwegstrich, dann huschten sie über die Straße auf das Tor zu und betraten den dunklen Innenhof. Ausgestorben. Rundherum mit Brettern vernagelte Fenster, in der Mitte ein verwilderter Garten, an der Seite eine Kellertreppe.

»Die Gegend gefällt mir nicht«, grummelte Orik. »Riecht nach Schattenvolk.«

»Erinnern Sie sich, was ich Ihnen sagte – bei Ihnen oben auf dem Dach?«, meinte Domrich. »Das ist der Widerstand. Die wollen uns schon nicht an die Gurgel.«

»Wenn Sie das sagen. Ich hab da andere Bilder im Kopf. Aber nun sind wir schon mal hier. Ziehen wir's durch.« Orik sah sich um. »Wo bleibt sie nur?«

Es raschelte in der Nähe.

»Nicht schießen, ich bin's!«, zischte Yaola.

»Sie stehen auf diese Nummer mit dem Anschleichen, was? Hätte schief gehen können.« Orik steckte den Ausschalter weg. »Haben Sie's dabei?«

»Ich musste die Beschatter vor Symis Haus ablenken.« Sie zog etwas aus ihrem schwarzglänzenden Xinylanzug. »Ist es das, was wir brauchen?«

Orik nickte und nahm die grüne Patrone entgegen. »Dann wären wir so weit.«

»Ihnen ist niemand gefolgt?«, fragte Domrich.

Yaola legte den Kopf schief. »Ernsthaft?«

»Schon gut.« Orik atmete durch. »Machen wir uns auf den Weg.« Er griff nach dem Geländer der Kellertreppe und begann mit dem Abstieg. Die anderen folgten dichtauf. In dem engen, moosbewachsenen Schacht stand ihnen nach mehr als dreißig Stufen der Schweiß auf der Stirn. Plötzlich blieb Orik stehen, und sie verkeilten sich ineinander. Tiefer ging es nicht. Die Drei blickten auf eine rostbraune Wand mit einer Luke. Sie war verschlossen.

»Und was jetzt?«, fragte Domrich.

Orik hämmerte gegen die Wand.

Nichts, keine Reaktion.

Seine Faust schmerzte, als er erneut gegen das Eisen schlug. Sie überlegten schon, ob sie unverrichteter Dinge den Rückweg antreten sollten, als sie ein schabendes Geräusch vernahmen. Die Abdeckung der Luke bewegte sich und eine dünne Stimme erklang: »Was wollt ihr?«

»Der Doktor schickt uns. Wir haben etwas für Zwiebelfisch«, antwortete Orik und hielt die Patrone vor die Öffnung.

»Warum kommt er nicht selbst?«

Gute Frage, dachte Orik, wäre mir auch lieber. »Sein Quartier wurde angegriffen«, antwortete er. »Wir handeln in seinem Auftrag.«

»Haben schon andere behauptet. Sind alle nicht mehr am Leben.«

Sie wechselten nervöse Blicke. Orik knetete sein Kinn. »Na gut, und wie kommen wir weiter? Die Lieferung ist wichtig.«

Stille. Nichts rührte sich.

Vielleicht hätte ich etwas anderes sagen sollen, fragte sich Orik, als die Stimme zurückkehrte.

»Ich könnte euch eine Frage stellen.«

»Bitte, warum nicht.«

»Was bedeutet Zwiebelfisch?«, fistelte die Stimme.

Domrich starrte in die Runde. »Das war's, Leute. Hauen wir ab.«

»Nur die Ruhe«, beschwichtigte ihn Orik.

»Ich höre«, drang es durch die Wand.

Orik kramte in seinem Gedächtnis und räusperte sich. »Zwiebelfisch ist ein Buchstabe. Ähm, eine Bleiletter, für den Buchdruck. Aber falsch einsortiert.«

Eine Weile geschah nichts. Sie zuckten zusammen, als sich ein spitzer Sirenenklang in die Ohren bohrte. Die Antwort musste falsch gewesen sein. Sie stürzten zur Treppe, auf der Flucht nach oben, doch dann verstummte der Alarm.

»Wartet«, rief Orik.

Hinter der Stahlwand ratterte es, und sie schob sich ächzend und quietschend zur Seite. Der Mann, der hervortrat, wirkte wie ein Handwerker aus grauer Vorzeit. Aus den Taschen seiner schwarzen Latzhose ragte undefinierbares Werkzeug. Mit erweiterten Pupillen musterte er die Gruppe, das Gesicht gerötet und fleckig. Schattenvolk, dachte Orik.

»Lass ich gelten«, sagte der Mann. An dessen nackten Oberarm nahm Orik einen dunkelblauen Umriss wahr. Sah aus wie ein N und schien unter die Haut geritzt zu sein. Eine Tätowierung? Orik hatte soetwas nur auf alten Bildern gesehen. Der Handwerker winkte sie ins Innere und betätigte die Verriegelung.

»Beeilt euch«, hörten sie noch, und schon war er hinter der nächsten Biegung verschwunden. Die drei keuchten in der Enge des Tunnels beim Versuch mit dem Mann Schritt zu halten. Unterwegs stieß Orik immer wieder gegen die grob gemauerte Wand und schürfte sich die Hände auf. Irgendwann bemerkte er über ihnen einen violett schimmernden Streifen. Daran konnte er sich orientieren. Ein paarmal mussten sie ausweichen, wenn Stützbalken den Weg versperrten.

Wie stabil mochte dieser Gang gebaut sein, dachte Orik. Was, wenn dieses marode Gemäuer über ihnen einstürzte und sie …

»Woher wussten Sie das mit Zwiebelfisch und dem falsch einsortierten Buchstaben?«, fragte Domrich.

»Hab ich von einem Buchhändler.«

»Wir sollten ihm dankbar sein«, bemerkte Yaola. »Das war unsere Eintrittskarte.«

Aus der Finsternis kamen Schritte auf sie zu, und sie hielten inne. Der Mann mit dem N auf dem Arm machte sich bemerkbar. »Seid still. Ich regle das.«

Ein Klappern.

»He, Nabòg. Was machen die *Talis* hier?«, kam es aus dem Dunkeln.

»Alle schwarz, Mann!«

Orik spürte, wie jemand um sie herumschlich. Da waren mehr von ihnen. Hände tasteten an ihm herum.

Unverständliches Getuschel.

Schweißgeruch stach in seine Nase. Er war am Rand einer Panikattacke.

»Finger weg!«, hörte er Yaola schimpfen.

Das Wispern verstummte.

»Na gut. Ihr könnt gehen. *Hunte Nacht*.«

Als das Geklapper an ihnen vorbeizog, gingen sie weiter. Orik wandte sich an Nabòg.

»Was sollte das mit den *Talis,* und seit wann sind wir alle schwarz?«

»Ihr seid nie hier unten gewesen, oder?«

»Hat sich nicht ergeben.«

Nabòg murmelte in sich hinein und klärte sie auf: »*Talis* sind Fremde von oben, die bei Tageslicht sehen können. Und wenn ich der Wache sage, ihr seid schwarz, dann seid ihr in Ordnung.«

Orik bedankte sich und lenkte seinen Blick wieder auf die violetten Streifen an der Decke, während sie weiterzogen. In unregelmäßigen Abständen taten sich Abzweigungen auf. Ein ausgedehntes Tunnelsystem, dachte Orik und war heilfroh, dass sich der Mann, der sie durch diese Unterwelt führte, so gut auskannte. Aus der Ferne drang ein Wimmern, überlagert von abgehackten Schreien. Es kam aus verschiedenen Richtungen. Wie viele lebten hier unten, gequält von den Nebenwirkungen des *Hexarin*? Bildete er sich das nur ein, oder waren das Augenpaare, die aus der Schwärze der Seitengänge kaum wahrnehmbar aufleuchteten?

Ihm kam ein Gedanke. Er rief die Befehlsliste auf. Warum war er nicht gleich darauf gekommen? »Echo *Nachtsicht*«, sagte er. Die Nanos in seinen Linsen taten ihr Werk. Schattenlos zog sich der Gang vor ihm in die Tiefe. Ein paar Schritte vor ihm konnte er Domrich und Yaola erkennen.

»Schaltet euren Nachtmodus ein«, warf er ihnen zu.

Gerade rechtzeitig. Der Gang verengte sich. Von hier an war die Wand links und rechts von wuchtigen Schränken zugestellt, die bis an die Decke reichten. Nahtlos aneinandergereiht setzten sie sich fort, bis in die Seitengänge. Im Vorbeigehen bemerkte Orik, dass einige geöffnet waren. Sie enthielten graue Tafeln. Mal dicker, mal dünner. Handelte es sich um Fliesen für die Wände? Sie waren hochkant auf Brettern angeordnet. Nach kurzem Zögern griff er zu. Das Foto einer Frau vor einer zerstörten Fassade. Im Vordergrund ein Text in großer Schrift: *Der kalte Engel*.

Keine grauen Tafeln. Was er in der Hand hielt, war ein Buch.

»Nichts anfassen«, rief ihr Anführer.

Orik stellte das Exemplar zurück und schloss zu den anderen auf. Wie viele Bücher waren hier untergebracht? Was wollten die Nachtwesen mit einer derart umfangreichen Bibliothek anfangen? Stand sein Buchhändler womöglich in geschäftlicher Verbindung mit dem Schattenvolk? Das würde die enorme Zahl an Karteikarten in seinem Laden erklären.

Nabòg blieb stehen und wies in einen Abzweig.

»Hier.«

Sie folgten ihm und stiegen eine steile Treppe hinauf. Oben angekommen, zogen sie den Kopf ein und traten durch eine versteckte Pforte. Sie standen in einem großen Tunnel. Soweit Orik blicken konnte, verliefen an den Wänden Bahnen aus dünnen Schläuchen. Oder waren es Kabel? Sie hoben sich hell vom Rest der Wand ab. Er schaltete die Nachtsicht aus. Die Kabel tauchten den Tunnel in violettes Licht, und zum ersten Mal konnte er mit eigenen Augen Umrisse erkennen.

Wohin hatte Nabòg sie geführt, fragte sich Orik, und wie würden sie je wieder hinausfinden?

Er strauchelte. Der Boden war übersäht mit grobem Schotter. In kurzen Abständen war das Geröll von Querstreben durchsetzt, eingefasst zwischen zwei parallel verlaufenden Strängen. Wie eine endlose Leiter, die jemand am Boden abgelegt hatte. Ein Gleisbett.

»Hier fährt schon lange nichts mehr«, bemerkte Nabòg, als hätte er Oriks Gedanken gelesen.

»Wohin bringen Sie uns?«, fragte Yaola.

»In unser *Lektorium*«, erwiderte ihr Anführer, und

alle Fragen schienen damit beantwortet. Der Tunnel erweiterte sich. Oriks Blick hangelte sich an den Leuchtstreifen entlang. Aus ihrer Kontur konnte er ableiten, dass es sich um eine weiträumige, unterirdische Halle mit niedriger Decke handeln musste. Ein Geisterbahnhof?

Orik reaktivierte die Nachtsicht und nahm Details wahr. Die Wände waren teilweise eingefallen und notdürftig ausgebessert. Zwischen den Gleisen erhob sich der ehemalige Bahnsteig. Auf seiner gesamten Länge klafften Lücken im Gestein, als hätte ein riesiger Hammer darauf eingedroschen. Links und rechts davon erspähte Orik zwei weitere ähnlich demolierte Plattformen. Die Decke wurde von einer dichten Folge seltsam gepunkteter Säulen gestützt. Ein paar von ihnen waren umgestürzt oder geborsten.

Sein Atem stockte. Auf allen drei Bahnsteigen wimmelte es vor Schattenvolk. Es mussten Hunderte sein. Er hatte sie nicht gleich wahrgenommen, weil sich niemand von ihnen bewegte. Sie saßen nur da, aufgereiht, den Kopf vornübergebeugt. Über der Halle lag eine unerklärliche Stille, die an seinen Nerven zerrte.

Domrich stand neben ihm. »Chef, sehen Sie das auch?«, flüsterte er. »Wollen wir lieber umkehren?«

»Ich hatte denselben Gedanken.«

Nabòg wandte sich zu ihnen um. »Verhaltet euch respektvoll«, raunte er. »Folgt mir.«

Sie erklommen den mittleren Bahnsteig und Nabòg schleuste sie durch eine Gasse im Schattenvolk. Kaum jemand nahm Notiz von ihnen. Aus der Nähe bemerkte Orik Männer, Frauen und Kinder. Jeder einzelne von ihnen saß vor einem winzigen Tisch und starrte in völliger Dunkelheit auf das, was sich darauf befand. Im Vorbeigehen nahm Orik wahr, wie jemand seine Hand bewegte. Sie wendete eine helle, biegsame Fläche nach links. Die Seite eines Buchs.

»Gleich da drüben«, verkündete Nabòg und führte sie zu einem Häuschen in der Mitte des Bahnsteigs. Von der Außenwand waren fast alle Fliesen abgefallen. Der Rest einer Holztafel hing in schiefem Winkel herab. In der Mitte prangte ein großer Ring, durchkreuzt von einem Balken. Auf dem durchlöcherten Streifen entzifferte Orik: *ITTE RG ATZ*. Könnte auf den Namen des Bahnhofs deuten, dachte er, als sie das Häuschen umrundeten.

Das Innere flimmerte hell, als sie durch die schmale Tür traten, und Orik deaktivierte die Nachtsicht. Der kleine Raum war in Violett getaucht. Vor ihnen stand eine dürre Gestalt und betrachtete die Fremden.

»Meine Gäste«, sprach Nabòg und verbeugte sich. Er gab ihnen Zeichen, und sie taten es ihm nach. »Der Doktor schickt sie.«

»Was wollt ihr?«, fragte ihr Gegenüber mit kratziger Stimme.

Orik trat vor und zückte die Patrone. »Seid ihr Zwiebelfisch? Wir sollen ihm das persönlich geben.«

»Was ist das?«

»Das weiß ich nicht. Wir sind nur die Überbringer.«

Dieses ausgemergelte Gesicht, dachte Orik, und diese Stimme. Irgendwo bin ich ihm schon mal … Schlagartig kam es ihm in den Sinn. Keine angenehme Erinnerung. Damals im Indigo-Park war diese Gestalt mit einem zerschlissenen Anzug aufgekreuzt. Jetzt trug er eine Lederjacke mit eingesetzten Seitenfächern.

Sehr modisch. Wäre mehr der Stil von …

»Woher hast du die Jacke?«, zischte Orik. »Wenn du ihr was angetan hast, bring ich dich –«

In seinem Rücken spürte Orik eine Bewegung.

»Er darf sie tragen. Hab sie ihm geliehen.«

Er wandte sich um. Vor ihm stand Karna.

Ihre entgeisterten Blicke trafen aufeinander.

»Wie … hast du mich gefunden?«, stammelte sie.

Der Mann neben ihr überragte sie um Kopfeslänge. Schmale Silhouette. Volles Haar, war das Weiß? Im satten Violett des Raums hatte Orik Mühe, Einzelheiten zu erkennen. Dafür fiel ihm etwas anderes auf: Die Hand des Mannes lag um Karnas Taille.

»Mein Gott, bist du das, Kleiner?«

Die tiefe Stimme hatte etwas Vertrautes. Der Mann stürzte auf ihn zu und presste ihn an sich. Orik konnte nicht sprechen, die Kehle war zugeschnürt. Seine Hände tasteten sich auf die Schulter zu, die ihm seltsam fremd vorkam. In seinem Inneren braute sich eine Mischung aus Schwermut und Leichtigkeit zusammen. Er ließ es zu und schluchzte.

So lange hatte er von seinem Bruder geträumt. Ausgerechnet hier, in dieser beklemmenden Unterwelt, war er von den Toten auferstanden. Orik hatte nach *Zwiebelfisch* gesucht und Hanrod gefunden.

JETZTISTSIEWIEDERDASWASSIEVOR

L

»Schon seltsam, wie um mich herum so viele verschwinden und aus dem Nichts wieder auftauchen«, bemerkte Orik. »Veränderung soll ja gut sein, aber ...«

»Ich hatte mich schon damit abgefunden, dass du ... mich aufgegeben hast«, sagte Karna.

»Hat nicht viel gefehlt«, stellte Orik fest. »Als ich von der Frau in der Fabrik hörte, die erschossen wurde, war ich überzeugt, das bist du.«

»Ninothea«, seufzte Karna. »Ohne sie hätte ich es nicht geschafft.« Orik sah, wie sein Bruder tröstend über ihren Arm strich.

Sie hatten sich in einen leerstehenden Seitentrakt des ehemaligen Bahnhofs zurückgezogen, hockten an einem Ecktisch und gaben sich Mühe, die verlorene Zeit zurückzudrehen.

Damit sie sich „richtig" sehen konnten, hatte Hanrod eine Lampe besorgt. Domrich und Yaola schauten sich in der Kammer um.

»Karna, sag mir, was hat dich ausgerechnet zum Schattenvolk geführt?«, wollte Orik wissen.

Sie erzählte ihm, wie sie am Ende ihrer Flucht vor Symis Haus gestanden hatte. »Alwings Leute wussten, wo ich Unterschlupf suchen würde. Der Eingang wurde von ihnen beschattet. Dann bin ich Fatukù in die Arme gelaufen.« Sie bemerkte Oriks fragenden Blick. »Du wolltest ihm vorhin an den Hals gehen.«

»Ach, der Kerl, der jetzt deine Jacke trägt.«

»Ein Tauschgeschäft. Dafür hat er mit seinen Leuten die Wachen verscheucht.«

»Kann ich mir gut vorstellen. Ich bin auch mal vor seiner Meute weggerannt.«

»Wie kam das?«, fragte Hanrod.

»Lange her. Bei meinen Ermittlungen in Symis Wohnung. Als ich noch fürs Große Dreieck arbeitete.«

Hanrod malte mit dem Finger Kreise in den Staub der Tischplatte und wählte seine Worte mit Bedacht. »Ich habe gehört, dass du während der Piktatur eine ganz ordentliche Laufbahn hingelegt hast.« Orik wollte das kommentieren, doch sein Bruder hob die Hand. »Versteh mich nicht falsch, ich werfe dir das nicht vor. Im Strukturzentrum hat man dir keine Wahl gelassen. Du warst auf dich gestellt, als ich im Untergrund verschwand.« Er sah Orik in die Augen. »Ich hoffe, du kannst mir das irgendwann verzeihen.«

Orik wich seinem Blick aus. »Was genau soll ich dir verzeihen?« In seiner Stimme lag eine Bitterkeit, die ihn selbst überraschte. »Dass du dich nie gemeldet hast? Nicht das geringste Zeichen deiner Existenz. Während du in meinen Alpträumen herumspukst. Oder meinst du, dass du nicht abwarten konntest, dich an meine Freundin ranzumachen, die …«

»He, lass das.« Karna sprang auf. »Ich bin kein Spielzeug, das dir dein großer Bruder wegnimmt.«

Hanrod zog sie zurück auf den Sitz. »Das stimmt, aber wir müssen uns aussprechen. Da hat sich was angestaut.«

Orik rang mit seiner Beherrschung, während Domrich und Yaola mit größtem Interesse in altem Gleisarbeiter-Werkzeug kramten.

»Du sollst wissen, dass ich nie aufgehört habe, mir Vorwürfe zu machen«, sagte Hanrod. »Ja, ich hätte dich nicht so im Ungewissen lassen dürfen. Gleichwohl … Als Anführer des Widerstands hatte ich eine Verantwortung für die Menschen an meiner Seite. Karna und Symi waren von Beginn an dabei. Ich habe sie in Gefahr gebracht.«

»Verstehe ich, aber hättest du nicht …«

»Ich bin noch nicht fertig«, unterbrach ihn Hanrod. »Orik, du warst Teil der Piktatur. Ein bedeutsamer Teil. Wie wollte ich verhindern, dass meine Nachricht an dich in falsche Hände geriet? Dass man dich mit mir in Verbindung bringt? Du kennst die Konsequenzen. Was, wenn sie dich verhört hätten? Irgendwann hättest du geredet. Und ich wäre mit dem gesamten Widerstand aufgeflogen.«

Orik fühlte sich elend. »Niemals.«

»Hätte ich auch nicht gedacht«, warf Domrich ein. »Wie schnell ich jemanden verraten würde. Brauchte nur so ein Ding am Ohr.«

Hanrod legte seine Hand auf Oriks Arm. »Mein größter Fehler war, Alwing zu vertrauen und ihn zu bitten, auf dich aufzupassen. Er hat seine Aufgabe erfüllt, nur anders als gedacht. Ich kam nicht mehr an dich ran. Er war immer um dich rum, und mich hat er gejagt. Ich kann von Glück reden, dass ich hier beim Schattenvolk untertauchen konnte.«

Yaola trat an den Tisch. »Bei allem Respekt, aber können wir das abkürzen? Ich würde auch gern mit meinem Bruder quatschen. Aber meine Familie ist in den Minen krepiert, und ich war noch bis vor kurzem ein *Nummernding*. In einer solchen Welt will ich nicht noch einmal leben. Verzeihen Sie mir also meine Ungeduld.«

Domrich war neben ihr aufgetaucht. »Sie hat recht. Wir müssen Alwing aufhalten, solange noch Zeit ist.« Er wandte sich an Hanrod: »Der Kommandant ist überzeugt, dass Sie uns dabei helfen können.«

Hanrod war überrascht. »Tromsbork hat euch geschickt. Ist er nicht untergetaucht? Was bringt ihn auf die Idee, ich könnte was ausrichten?«

»Er hat keine Ambitionen auf die Führung«, bemerkte Yaola. »Sie sollen Alwing ablösen. Der Kommandant unterstützt mit seinen Truppen.«

»Ein Militärputsch.«

»Die Umstände verlangen danach.«

Hanrod legte die Stirn in Falten. »Es wird viele Opfer geben. Das Schattenvolk hat mich die ganze Zeit über geschützt. Ich werde diese Menschen nicht in Gefahr bringen, sie haben genug gelitten.«

»Kennst du den Doktor?«, wollte Orik wissen.

»Klar, ein Unterstützer des Schattenvolks. Seine letzte Lieferung ist ausgefallen, und er ist nicht zu erreichen. Was ist mit ihm?«

»Alwings Sonderkommando hat sein Versteck angegriffen. Mehr wissen wir nicht. Bevor es dazu kam, hat der Doktor an etwas gearbeitet. Wir haben den Auftrag, dir das hier zu übergeben.« Orik legte die Patrone auf den Tisch. »Weißt du, was das ist?«

Hanrod drehte sie zwischen den Fingern und studierte die Beschriftung. »*Inhibexarin.* Nie gehört. Gehen wir ins Labor.«

»Nicht mit mir«, rief Domrich. »Ich geh da nicht nochmal hin. Da bekomme ich schlechte Träume.«

»Ich meine *unser* Labor.«

Orik staunte. »Ihr habt ein Labor?«

»Was dachtest du? Das Schattenvolk hatte mehr als reichlich Zeit, sich einzurichten. Wir haben eine Wasserfilterung, Küchen, medizinische Versorgung, sogar eine Schule.«

»Und jede Menge Bücher«, ergänzte Orik.

»Ja, die auch. Gehen wir.«

*

Sie verließen den Bahnhofstrakt, und Hanrod führte sie in das Tunnelsystem. Nach einer Weile tat sich ein Seitenzweig auf, und Orik nahm in der Entfernung eine große Gruppe wahr, die eine Art Tanz aufführten, in den Händen lange Stangen. Es schepperte laut.

»Was machen die?«, wollte Domrich wissen.

»*Tok-la-um* bei ihren Übungen«, erwiderte Hanrod, als sei es das Selbstverständlichste der Welt. »Krieger des Schattenvolks.«

Auf den nächsten zweihundert Metern des ehemaligen Gleisbetts liefen sie an aneinandergereihten, dreistöckigen Hochbetten vorbei. Um die Schlafenden nicht zu stören, verhielten sie sich so still wie möglich. Sie waren zehn Minuten unterwegs, als Hanrod innehielt und nach rechts deutete. Eine steinerne Wendeltreppe führte sie hinauf. Hanrod stellte sich in die Mitte des Gewölbes. »Eine heilige Stätte für das Schattenvolk«, flüsterte er, obwohl sie allein waren. »Während der Piktatur haben sie in den Fächern da drüben die ersten Bücher versteckt. Seitdem ist dies der Ort für ihre Zeremonien. Schon lange bevor das Schattenvolk diese Räume fand, haben hier Menschen Zuflucht gesucht.«

»Wovor?«, fragte Yaola.

»Vor dem Großen Krieg.«

»Ich habe nie begriffen, wie es dazu kommen konnte.«

»Wollen Sie wissen, was ich darüber denke? Kaum ein Mensch hat noch gelesen. Zuerst haben sie sich Bücher vorlesen lassen. Irgendwann fanden sie auch das zu anstrengend und haben sich nur noch Zusammenfassungen zugemutet. Je mehr ihr Verstand dahindämmerte und von anderen – wichtigeren – Dingen abgelenkt wurde, desto angreifbarer wurde ihr Urteilsvermögen. Als die Menschen nur noch bewegte Bilder mit kurzen Textbotschaften in ihr Leben ließen, brachte niemand mehr die Energie auf zu hinterfragen, wo das alles herkam und mit welcher Absicht. Es war die Zeit der Desinformation und der Spaltung. Komplexitätsreduktion. Dann schlugen die ersten Raketen ein. Und alle wunderten sich.«

»Woher wissen Sie das alles?«, fragte Yaola.

»Es wird Sie überraschen«, gab Hanrod zurück. »Ich habe Bücher gelesen. Übrigens auch zu den Hintergründen dieses Gebäudes. Wir befinden uns im Untergeschoss einer Kirche.«

»Einer was?«

»Sie sind zu jung, das Wort kennen Sie nicht. Heute nennt man es Sakralbau. Ein Ort, an dem Menschen zusammenkamen, um zu ihrem Gott zu beten. Das Schattenvolk hat einiges wieder aufleben lassen, zu Ehren dieser Kirche. Ein eigentümlicher Bau. Schon nach dreißig Jahren ihrer Errichtung ist sie das erste Mal von Bomben zerstört worden. Man dachte sich wohl: Lassen wir die Trümmer stehen, als Mahnmal gegen den Krieg. Dann wurde sie mit gigantischem Aufwand neu errichtet. Jetzt ist sie wieder das, was sie vorher war: eine Ruine.«

»Sie klingen verbittert«, bemerkte Domrich.

»Nein, ich will verändern. Wenn die Menschen mehr lesen *und* schreiben, haben sie die Möglichkeit, aus der Geschichte zu lernen.« Hanrod tippte auf die Patrone. »Genug doziert. Ich geh nach nebenan und schau mir an, was uns der Doktor schickt. Das Labor ist zu klein für uns alle. Wartet hier.« Er verschwand in einem Seitenflügel.

Orik sah sich um, soweit es das violette Licht ermöglichte. In der Ecke stand ein steinernes Becken. War das für Blut? Oder für Desinfektionsflüssigkeit, um die Hände zu waschen? An der Vorderseite prangte ein *A* und *O*. Das O war seltsam geformt. Das kannte er. Ja, richtig – er hatte es im Schaufenster des Buchhändlers gesehen. Auf dem Deckblatt der *Heiligen Schrift*. Vielleicht verwendete das Schattenvolk dieses Becken für Zeremonien, von denen sein Bruder gesprochen hatte. An der Wand hinter dem Becken schimmerte ein Symbol, das aus einem Kreis und mehreren Linien bestand, die sich im Zentrum trafen.

»Sehen Sie«, wandte er sich an Domrich. »Sieht aus wie das Friedenszeichen aus Symis Buch, das ich Ihnen gezeigt habe.« *Und eine zehn Meter große Variante lag auf dem Dach meiner Wohnung,* dachte er. Unter dem Symbol an der Wand verlief ein glitzerndes Band. Er ging näher und fuhr mit den Fingern über die Oberfläche. Es bestand aus zahllosen viereckigen Steinen, klein wie ein Daumennagel. In unterschiedlicher Färbung, dicht aneinandergefügt. Die Steinchen erinnerten ihn an seinen Alptraum. Begonnen hatte er mit einem bunten Mosaik. Am Ende waren Hanrod und Karna tot.

Das Mosaikband im Gewölbe hatte nichts mit seinem Traum zu tun. Und es enthielt auch keinen Gecko. Es war nicht Teil seiner Fantasien, es war echt. Er erkannte Buchstaben und begann sie zu entziffern:

BLEIB BEI UNS DENN ES WILL ABEND WERDEN

»Was das wohl bedeutet?« Karna stand neben ihm. Sie zeigte auf die Deckenwölbung. »Schau, da drüben. Das ist schön.« Zwei junge Frauen. Ihr Abbild setzte sich aus Tausenden glänzender Steinchen zusammen. In wallendes, weißes Tuch gewickelt, trugen sie gefiederte Flügel am Rücken. Sie schienen zu schweben. In ihren zarten Händen hielten sie ein Schild mit der Aufschrift *Memento Mori*.

Orik nahm seinen Mut zusammen. »Karna, das vorhin – ich war … bitte entschuldige.«

»Schon gut«, sagte sie. »Du bist richtig ausgetickt.« Lag da ein Lächeln auf ihrem Gesicht? »Hatte was.«

Orik kramte in seiner Hosentasche. »Hier, das gehört dir. Hat mir geholfen, nicht aufzugeben.« Er drückte ihr das kleine K in die Hand.

»Oh, wie lieb von dir. Muss ich verloren haben, als ich in Symis Versteck war, um die Digitafel …«

»Ich weiß. Wir haben uns knapp verpasst.«

Das K *verloren*?, dachte Orik. Sie hatte es ihm nicht als Hinweis hinterlassen?

»Orik, hör zu. Ich wusste nicht, dass ihr beiden … Du hast mir nie den Namen deines Bruders genannt.

Was ich sagen will: Mach dir wegen Hanrod keine Gedanken. Es gab mal ne Zeit, da hatten wir was am Laufen, aber jetzt sind wir gute Freunde.«

»Freut mich zu hören«, rutschte es Orik heraus. »Also, dass ihr befreundet seid. Und was sind wir?«

Karna lachte. »Wenn ich so drüber nachdenke … Ich weiß es nicht.« Sie nahm ihn in den Arm.

Domrich hüstelte und tippte Orik auf die Schulter. »Chef, ich unterbreche nur ungern die angenehme Szenerie, aber wissen Sie, wo Yaola steckt?«

Karna und Orik lösten sich voneinander und schauten sich um.

»Sie war eben noch hier«, sagte Orik. »Vielleicht ist sie Hanrod gefolgt. Karna, wo willst du hin?« Er sah ihr nach, als sie die Wendeltreppe hinunterlief, die ins Gewölbe führte.

»Ich hab sie gefunden«, rief sie nach oben.

Ein paar Meter rechts von ihr stand Yaola in der Mitte des Tunnels. Ihre Arme hingen kraftlos nach unten.

»Alles in Ordnung?«, fragte Karna und ging auf sie zu. Yaola schien sie nicht wahrzunehmen und starrte ins Leere. Karna konnte hören, dass sie etwas murmelte. Klang wie Zahlenreihen und Buchstaben.

»52.5047 N. 13.3352 E. 52.5047 N. 13.3352 E.«

Welchen Unsinn gab sie da von sich?, rätselte Karna, als Orik und Domrich zu ihr stießen.

»Wie lange macht sie das schon?« Orik wirkte beunruhigt. Sie hörten Schritte auf den Stufen.

»Ihr solltet doch auf mich warten«, rief Hanrod. »Wollt ihr nicht wissen, was in der Patrone ist?«

Yaola sah zu ihm hinüber und unterbrach ihre

monotone Aufzählung. Sie schien mit jemandem zu sprechen. »Sie sind hier. Ja, alle.«

Orik spürte ein Ziehen im Magen. Er packte Karna und Domrich an den Armen. »Weg hier!«

Sie sprangen zurück in den Schutz der Wendeltreppe. In dem Moment brach die Welt zusammen.

KNISTERNDTASTETENSICHDIESTRAH

M

»Alpha Zehn bis Vierzig. Vorrücken«, rief Alwing, als wäre es der Eröffnungszug eines Schachturniers. Doch Alwing saß nicht am Spieltisch, er stand im Raum und fuhr mit den Händen durch die Luft wie ein Dirigent ohne Taktstock. Seine Augen waren geschlossen, während er den Streichern aus Mahlers *Der Abschied* lauschte. Sein Vater hatte das Stück so sehr geliebt. Als es verklang, senkte Alwing die Arme und gab das nächste Kommando.

»Alpha bis Delta. Perpetuale. Acht.«

Er nahm eine Gabel von seinen *Caloni Arata*. Inzwischen kalt. Neben dem Teller stand ein winziger, silbrig schimmernder Tetraeder. An dessen Spitze pulsierte ein Licht, während er Alwings gesprochene Befehle in die Köpfe des Bataillons übertrug. Eine Projektion flimmerte bis zur Decke. Im Kachelmuster der wackeligen Aufnahmen verfolgte Alwing, was sich vor den Augen der vorrückenden Einheiten abspielte.

Die Lippen hinter seinem Bart formten ein zufriedenes Lächeln. Es hatte Zeit und Opfer gekostet, aber nun lag eine unschlagbare Waffe in seinen Händen. Geschaffen aus Karnas Hypositron und Professor Stindols Techniken zur Umpolung. Ärgerlich, dass ihm Karna am Ende durch die Finger geschlüpft war.

Geschenkt.

Was er von ihr brauchte, hatte sie abgeliefert. Aber wo zum Teufel steckte Locruzia? Sie war nicht erreichbar. Alwing lief zur Westfassade und wischte mit dem Ärmel die Scheibe frei.

Orik würde sich jetzt wieder bei ihm beschweren. *Siehst du nicht das Kondenswasser? Ganze Bäche …* Idiot.

Alwing kreiste mit dem Kopf, um die Verspannung in seinem Nacken zu lösen. Jetzt könnte er die Dienste seiner hübschen Mitbewohnerinnen gebrauchen. Aber er hatte sich entschieden, die beiden auszuquartieren. Für das große Abschlusskonzert brauchte er Ruhe.

Unter ihm, in der schwach beleuchteten Straßenschlucht, konnte er sehen, wie die Truppen aus den Miliportern quollen. Einige näherten sich den Trümmern des Sakralbaus. Aus dieser Richtung war das Signal gekommen. Jetzt klaffte dort ein tiefes Loch in der Straße.

»Delta Fünf. Angriff«, befahl Alwing und verfolgte aus luftiger Höhe, wie eine Kette von Soldaten in den Krater hinabstieg. Die zappelnden Bilder der Projektion übertrugen, was die vorderen Vier sahen, als sie auf dem Boden aufsetzten. *Nachtsicht aktiviert,* konnte er hören.

»Detonator Zwei in Position«, rief Alwing.

Sein Vater wäre stolz. Endlich würde das Stadtzentrum zurück in den Schoß der Familie fallen, gereinigt vom Schmutz des Schattenvolks und von dessen Kollaborateuren.

Zwanzig Etagen unter ihm rollte das Sprengkommando eine trommelförmige Apparatur vor sich her. Alles lief nach Plan. Hanrod und seine Komplizen saßen in der Falle.

*

Unablässig strömten Soldaten durch die Öffnung in der Tunneldecke. In kurzen Abständen warf Orik

Blicke über die Schulter, während er sich mit seiner Gruppe zurückzog. »Da kommen immer mehr!« Im Nachtsichtmodus konnte Orik erkennen, wie sich der Stoßtrupp den Weg durch den Schutt bahnte. Ausdruckslose Gesichter unter den Helmen, unterscheidbar nur durch die großen Nummern auf ihren Uniformen. Noch vor kurzem war er selbst nicht mehr als eine Nummer gewesen, dachte Orik.

Domrich sprach Oriks Vermutung aus: »Das sind diese ferngesteuerten Typen, die den Doktor angegriffen haben.«

»Ferngesteuert?«, kam aus Karnas Richtung.

»Alwing hat jeden, den er in seine Finger bekam, zu Soldaten umpolen lassen«, sagte Domrich.

»Und jetzt kann er sie mit deinem Hypositron lenken«, fügte Orik hinzu. »Aus der Distanz.«

»Miese Kakerlake!«, schäumte Karna.

»Die holen auf«, rief Hanrod und trieb sie zur Eile.

Oriks Fuß stieß gegen eine Schwelle, und er geriet ins Straucheln, doch er konnte sich fangen. »Jetzt wissen wir auch, was mit Yaola los war«, keuchte er. »Ich dachte, die Kapsel in ihrem Kopf sei für immer abgeschaltet. Da lag ich wohl falsch.«

»Was ist mit Tromsbork?«, wollte Domrich wissen.

»Bin nicht sicher, ob mein Signal zu ihm durchgekommen ist«, erwiderte Orik.

Karna sah hinter sich. »Was zur …«

Rote Blitze tauchten die Unterführung in gleißendes Licht und warfen gespenstische rote Schatten. Die Verfolger hatten ihre Ausschalter in Gang gesetzt. Knisternd tasteten sich die Strahlenfinger am Boden entlang und kamen bedrohlich näher.

»Weg von den Schienen«, rief Orik. »Ihre Waffen sind auf Rot gestellt. Höchste Stufe.«

Hanrod blickte grimmig. »Die dürfen auf keinen Fall bis zum Bahnhof durchkommen. Auf sowas sind wir nicht vorbereitet.«

»Du hast recht.« Orik hielt inne und zückte seinen Ausschalter. »Wir müssen sie aufhalten.«

Karna war außer sich. »Bist du verrückt? Das sind zu viele.«

»Abwarten.« Orik machte kehrt und lief in die Feindeslinie. Er hatte sich die Reichweite der Blitze eingeprägt und setzte auf die Zeit, die die Truppen zum Nachladen brauchten. Ihre Nachtsicht musste vom grellen Licht beeinträchtigt sein. Mitten im Lauf feuerte er ins Schwarze und schwenkte seinen Ausschalter von Wand zu Wand. Sie rechneten nicht mit ihm. Blaues Licht zuckte über die verblüfften Gesichter, als die erste Reihe zusammenbrach. Die Nachrückenden wurden ebenfalls getroffen, dann versiegten die Strahlen seines Ausschalters. Während sich die Soldaten neu ordneten, trat er die Flucht an.

Als er seine Gruppe einholte, hieb ihm Karna auf die Schulter. »Du Spinner. Mach das nicht noch mal.«

»Seid still.« Domrich deutete in den Schacht. »Hört ihr das? Da kommt uns was entgegen.«

»Dann sind wir erledigt« murmelte Orik.

Von diesem Tunnelabschnitt ging keine Verzweigung ab, in die sie flüchten konnten. Das Nachtsichtgrau geriet in Bewegung, und er nahm Gestalten wahr, die auf sie zu stürmten. Er schätzte sie auf ein Dutzend. Sie kamen näher. Schien, als würden sie Bündel aus langen Stangen tragen.

»Sind das diese …?«

»*Tok-la-um*«, bestätigte Hanrod. »Die Verstärkung können wir dringend gebrauchen.«

Hoffnung kam auf, als Hanrod die Schattenvolk-Krieger in Empfang nahm. Orik kamen zwei von ihnen bekannt vor. Gleich neben Nabòg, der sie durch das unterirdische Labyrinth geführt hatte, stand *Wie hieß er noch?* in Karnas Kunstlederjacke.

Es zischte gefährlich, als der Tunnel hinter ihnen rot aufglühte. Im grellen Licht krümmten sich die *Tok-la-um* und bedeckten ihre Augen.

»Hauen wir ab«, rief Orik.

Als das Strahlengewitter verebbte, sahen die *Tok-la-um* ihren Moment gekommen. Sie liefen einige Meter zurück und schleuderten ihre Eisenspeere in die Dunkelheit. Die Schreie ließen erahnen, was sich in den Reihen der Angreifer abspielte.

Hanrod scheuchte die Gruppe weiter. Der Mann in Karnas Jacke rief ihm etwas zu.

»Was sagt er?«, wollte Orik wissen.

»Fatukù kann die Soldaten aufhalten. Macht euch bereit«, rief Hanrod. »Wenn ich das Zeichen gebe, bleiben wir stehen.«

»Aber dann holen sie uns ein.«

»Das sollen sie.«

Hanrod hob die Hand. »Jetzt!«

Die Gruppe kam zu einem abrupten Halt. Über ihrem Keuchen konnte Orik hören, wie sich die Verfolger näherten. Er beobachtete Fatukù bei seinem Versuch einen verbeulten Kasten an der Wand aufzustemmen. Mit jedem Atemzug schwand die Distanz zum Feind. *Wofür braucht er so lang, und was hat er vor?* Orik nahm im Schacht hinter ihnen eine seltsame Stille wahr.

Ohne Vorwarnung flammten die tödlichen Blitze auf, so dicht wie noch nie. Sie rasten auf Fatukù zu, der noch an einem Riegel hantierte. Nabòg warf sich dazwischen und schleuderte seine Eisenstange in die Menge der Angreifer. Als die Strahlen Nabòg erfassten, schoss eine Stichflamme hoch.

Er schrie auf, sackte weg und starb auf der Stelle.

»Zurück!«

Fatukù legte den Hebel im Kasten um.

Ein paar Meter hinter ihnen stürzte ein Rollgitter mit ohrenbetäubendem Rasseln von der Decke und schlug auf dem Betonboden auf. Die Soldaten in der vorderen Reihe sprangen rechtzeitig zurück, um nicht zerquetscht zu werden. Einer von ihnen sah sich allein vor dem Eisenvorhang, getrennt von seiner Einheit. Er brüllte, lief los und wollte das Feuer eröffnen, doch Orik nahm ihn ins Visier und schaltete ihn aus.

Ohne nachzudenken, stürzte Orik sich auf den Mann am Boden und nahm ihm die Waffe ab. Im Augenwinkel sah er, wie die Gegner auf Abstand gingen und ihre Ausschalter auf das Gitter richteten. *Höchste Zeit zu verschwinden.* Orik eilte zurück zu seiner Gruppe, als das Eisengitter Funken sprühte, doch die roten Strahlen drangen nicht hindurch.

»Scheint sie aufzuhalten«, stellte er fest. »Wer weiß, wie lange.«

Hanrod betrachtete Nabògs sterbliche Überreste. Wut und Trauer.

Karna suchte nach tröstenden Worten. »Wir holen ihn später. Komm, wir müssen …«

Der Rest ging im Donner einer Explosion unter. Die Druckwelle fegte alle zu Boden.

AH - UM - REN - KAR - TA - OR - IN. Von dem Geschrei um ihn herum drangen nur Fetzen zu Orik durch. Ein langgezogener, schriller Pfeifton überlagerte jedes Geräusch, sogar sein eigenes Husten.

Ich - darf - nicht - liegen- bleiben.

Mit größter Anstrengung gelang es ihm die Hand zu heben und die Schicht aus Staub und Schuttpartikeln von seinem Gesicht zu wischen. Benommen richtete sich Orik auf und half den anderen auf die Beine. Während das Pfeifen nachließ, sah er sich um.

Das Gitter, das ihnen im hinteren Tunnelabschnitt Zeit verschafft hatte, war noch intakt. Allerdings bemerkte Orik eine glühende Linie, die sich durch das Eisen fraß. Offenbar arbeitete einer der Soldaten mit einem Schneidbrenner. Orik wandte sich in die entgegengesetzte Richtung. Von dort hatte sie die Druckwelle erfasst. In einiger Entfernung sah er ein weiteres Loch in der Tunneldecke. Ein paar Meter näher, und die Detonation hätte sie zerfetzt. Bis zur nächsten Angriffswelle blieb ihnen nicht viel Zeit. Dann wären sie von beiden Seiten eingeschlossen.

Orik betrachtete den Ausschalter, den er dem Soldaten abgenommen hatte. Sah anders aus als seine Dienstwaffe. Kein Sperrbolzen, kein Identitätsabgleich mit dem Besitzer, dafür tödliche Wirkung. Er traf eine Entscheidung und drückte Karna den Ausschalter in die Hand,

»Bringt euch in Sicherheit. Ich gehe mit Domrich da rauf. Wir müssen das Sprengkommando aufhalten, sonst kommen sie überall durch.«

Karna wollte protestieren.

»Es gibt keine Alternative«, unterbrach er sie. »Ihr lauft zurück zum Bahnhof, wir kümmern uns um die da oben.«

Während er sprach, veränderte sich ihr Gesichtsausdruck. »Sie sind schon da.«

Er fuhr herum und sah die Rampe, die sich durch das Loch in der Decke schob. Orik und Karna wechselten Blicke, dann stürmten sie los und richteten ihre Ausschalter auf die Öffnung. Von den Strahlen getroffen, stürzten die Soldaten wie Fallobst zu Boden.

Der Rest der Gruppe schloss zu ihnen auf. Orik gab Karna ein Zeichen, und sie packte Hanrod am Arm. »Du kommst mit mir.«

Orik sah ihnen hinterher, dann wandte er sich dem Loch in der Decke zu.

Fatukù trat vor. »Wenn ihr es mit den *Talis* aufnehmen wollt, braucht ihr meine Krieger.«

Orik dachte nach und nickte. »Ohne euch wird's eng. Aber tut mir einen Gefallen und lasst eure Speere hier.«

Er ignorierte das Zucken in Fatukùs Gesicht und deutete auf die Soldaten, die verstreut am Boden lagen. »Schnappt euch lieber die Ausschalter.«

Als Orik den Fuß auf die Rampe setzte, durchfuhr ihn ein stechender Schmerz. Aus seinem blutenden Oberschenkel ragte ein Metallsplitter. Andenken an die Explosion.

»Was ist?«, fragte Domrich besorgt.

»Nichts, gehen wir«, erwiderte Orik.

Er verschluckte den Schmerz und setzte den Aufstieg fort. Sein Kopf näherte sich dem Straßenniveau.

Moment mal. Er zog die Pioniersonde hervor und schickte sie in den Nachthimmel.

»Worauf warten wir?« Fatukù stand unter ihm.

»Ich verschaff uns einen Überblick.« Orik sah sich die Übertragung der Sonde an.

Pfeilschneller Aufstieg und langsamer Sinkflug in kreisender Bewegung. Feindbewegung vor dunklen Häuserwänden. Ein Konvoi aus Miliportern säumte den Straßenverlauf. Mitten im Asphalt erkannte er die klaffende Öffnung, unter der er sich befand. Ein Stück entfernt, in westlicher Richtung, ein ähnlich großes Loch – das Resultat der ersten Detonation. Schwenk nach rechts. Soldaten hievten ein rundes Objekt auf eine leuchtende Markierung. Vorbereitungen für die dritte Sprengung. Das war ihr Ziel.

Er steuerte den Pionier zurück in seine Nähe. Was tat sich direkt über ihm? Bewaffnete Einheiten. Sie näherten sich von beiden Seiten. Orik beugte sich nach unten und gab Fatukù Handzeichen.

»Ich kümmere mich um die links, ihr nehmt euch die anderen vor«, flüsterte Orik. Er sprang aus dem Loch und feuerte.

ICHBINDERÜBERBRINGERSCHLECHTE

N

Karnas Zunge fühlte sich an wie ein in Mehl gewälzter Klumpen, als sie mit Hanrod durch den Schacht hetzte. Aus der Ferne drang ein Rumpeln und Scheppern zu ihnen. Vermutlich hatte der feindliche Stoßtrupp das Gitter durchbrochen.

»Kannst du noch?«, brachte sie hervor. Ihr war nicht verborgen geblieben, wie Hanrod versuchte, sein Humpeln zu überspielen.

»Ich muss 'ne Pause machen«, keuchte er und zog etwas hervor. »Nimm du die Patrone.«

»Kannst du gleich vergessen, ich …«

Er legte die Hand auf ihre. »Das hier ist wichtig, und du bist schneller. Keine Diskussion.«

»Was ist da drin?«

»Eindeutiges Laborergebnis: ein Antidot.«

»Bedeutet was?«

»Heilung für das Schattenvolk. Du hast es in der Hand. Jetzt ab mit dir.«

»Und du kommst nach, so schnell du kannst.«

Karna presste Hanrod an sich, dann rannte sie los. Sie musste es schaffen, nicht nur wegen der Patrone. Karna hatte sich an etwas erinnert, das ihnen gegen Alwings Truppen helfen könnte. Symis Digitafel, die im Bahnhof deponiert war. Auf ihr befand sich eine Sicherheitskopie von Karnas Programmen.

*

Rote Blitze schossen aus allen Richtungen durch die Nacht. Auf der Suche nach Deckung stürmte Oriks

Gruppe auf den nächstgelegenen Miliporter zu. Gerade hatten sie ihn umrundet, als sich ein Hüne auf Orik stürzte.

Der Helm passt kaum auf seinen Kopf, dachte Orik, während er nach Atem rang – nicht nur wegen der fleischigen Hände, die seine Gurgel umklammerten, sondern weil der Mann mit seinem ganzen Gewicht auf ihm lag. Etwas blitzte auf. Der Druck um seinen Hals ließ nach, und der Angreifer rollte leblos zur Seite.

Domrich stand über ihm und half Orik auf die Füße, während sich die *Tok-la-um* hinter dem Transportfahrzeug sammelten. Orik zählte acht.

»Wo ist der Rest?«

Fatukù schüttelte den Kopf. »Wie ist der Plan? In einer Stunde wird es hell.«

»Die nächste Sprengung«, schnaufte Orik und rieb sich den Hals. »Wir müssen sie verhindern.«

Er rief die Bilder der Sonde auf. Links von ihm, auf der gegenüberliegenden Straßenseite, erkannte er das Sakralgebäude, unter dem das Gewölbe lag. Die Ruine hatte einen vertrauten Umriss. Er blickte nach rechts, und seine Ahnung wurde zur Gewissheit. Im Hintergrund ragte ein Hochhaus in den Himmel. *Meine Wohnung,* schoss es Orik in den Kopf. *Dieser verdammte Angriff spielt sich direkt vor meiner Haustür ab.*

Fatukù tippte ihm auf die Schulter. »Was ist, wo müssen wir hin?«

»Sekunde, hab's gleich.« Der Pionier übertrug Bilder vom Sprengkommando. Der Einblendung zufolge befand es sich vierzig Meter entfernt von ihnen. Das sah nach letzten Handgriffen aus. Er führte Fatukù zum Heck des Miliporters.

»Da drüben sind sie.« Erst jetzt bemerkte er die Eisenstange in Fatukùs Hand. Seine Krieger waren auf dieselbe Art bewaffnet. »Ihr habt doch nicht …«

Fatukù holte aus und warf als erster, gefolgt von den anderen. In der Übertragung sah Orik das Ergebnis: Verstreut um die Sprengvorrichtung lagen die Soldaten, jeder einzelne von einem der Wurfgeschosse durchbohrt. Als Fatukù ihn fragend ansah, hob Orik den Daumen. Fatukù deutete eine Verbeugung an.

»Und was jetzt?«, wollte Domrich wissen.

»Schauen wir nach, ob sie noch mehr von diesen Detonatoren haben.« Orik gab die Richtung vor. »Bleibt dicht hinter mir.«

Im Schutz der gepanzerten Fahrzeuge schlichen sie durch die Finsternis. Währenddessen ließ Orik den Pionier die Umgebung nach Umrissen abtasten, die der Sprengvorrichtung entsprachen.

Pling!

Die Sonde hatte eine Übereinstimmung gefunden. Genauer gesagt neun, direkt am Hochhaus. Die Detonatoren standen dicht nebeneinander aufgereiht am Fuß der Südfassade. Kein Soldat in der Nähe. Orik wunderte sich, dass niemand damit beschäftigt war, die nächste Ladung in Stellung zu bringen.

Er lugte zwischen zwei Miliportern hindurch und schluckte. Das also war der Grund. Die Soldaten hatten eine wichtigere Aufgabe als die Detonatoren: einen Gefangenen.

Hanrod.

Orik musste mitansehen, wie sie ihn aus der zweiten Sprengöffnung auf die Straße zerrten und abführten.

Er ballte die Faust. *Mein Bruder lebt eine halbe Ewigkeit unter meinem Haus, ohne dass ich es ahnen konnte. Und am ersten Tag unserer Begegnung schnappt die Falle zu. Hanrod hatte Recht gehabt.*

Domrich holte ihn aus der Trance. »Wir hauen ihn da raus.«

»Wir sind dabei«, bekräftigte Fatukù.

»Keine Chance, es sind zu viele.« Aus der Perspektive der Sonde konnte Orik die Hundertschaft sehen, die seinen Bruder in die Mitte nahm.

»Halt mal, die haben Hanrod, aber wo ist Karna?«, fragte Domrich.

Orik sah ihn an. »Vielleicht versteckt.«

Er hob die Hand, und sie rückten weiter vor. In der Ferne bemerkte Orik eine bedrohlich wirkende Silhouette. War das ein mobiler Drakturm? Das Ungetüm stand quer zu ihnen. Sie wären gezwungen, es zu umrunden.

Orik schickte seine Sonde vor.

Zwei Geschützrohre ragten aus der halb geöffneten Kabine. Daneben stand ein Mann und brüllte Befehle. Er trug keinen Helm, und seine Uniform unterschied sich von denen der Soldaten. Schwarz. Keine Nummer.

Orik holte den Ausschnitt näher heran. »Sieh an, sieh an. Wurde Zeit, dass wir uns begegnen.«

»Was meinen Sie?«, fragte Domrich.

»Suroxo. Da vorn. Den holen wir uns.«

Die Antwort ließ auf sich warten, und Orik wandte sich um. Domrichs Blick war in die Seitenstraße hinter ihnen gerichtet. Aus dem Halbdunkel näherte sich eine Gruppe Soldaten. Mindestens dreißig Leute, Waffen im Anschlag. Gegenwehr war zwecklos. Ein paar

Schritte vor ihnen hob der Anführer die Hand, und seine Einheit stand stramm.

Das Gesicht unter dem Helm kam Orik bekannt vor. »Denken Sie dasselbe wie ich?«, raunte er Domrich zu.

»Genial. Er hat sich als einer von ihnen getarnt.«

Orik trat vor. »Sind *Sie* das, Doktor? Sie wirken anders in Uniform. Wie haben Sie uns gefunden?«

Sein Gegenüber öffnete den Mund, aber die Worte klangen aufgesagt. »Bedaure, aber der Doktor ist verhindert. Ich bin der Überbringer schlechter Nachrichten.« Er sprach mit stierem Blick wie die Marionette eines Bauchredners.

Ein Anflug von Übelkeit überkam Orik. *Umgepolt wie die anderen,* dachte er und sagte: »Komm raus aus deinem Versteck, Alwing, oder hast du Angst?«

Die abgehackten Laute, die aus dem Mund des Doktors drangen, sollten wohl ein Lachen simulieren. »Ich glaube, ihr verkennt eure Lage.«

»Was hast du vor?«

»Oh, nichts weiter«, gab der Doktor von sich. »Wir haben noch reichlich Detonatoren übrig. Damit reißen wir die restliche Straße auf und holen das ganze Gesindel aus den Löchern.«

Fatukù stieß einen Schwall Schimpfwörter hervor.

»Ich will nicht wissen, was das heißt, aber es klingt unhöflich.« Während der Doktor weitersprach – oder das, was von ihm übrig war – nutzte Orik die Zeit und steuerte seinen Pionier in Richtung Hochhaus.

Am unteren Ende der Westfassade sah er Hanrod, mit verbundenen Augen und noch immer umzingelt vom Bataillon. Orik zerbrach sich den Kopf auf der

Suche nach einem Ausweg. Er ließ die Sonde aufsteigen, dicht entlang an den Fenstern bis weit hinauf zur einzigen beleuchteten Etage unter dem Dach.

Richtig vermutet.

Hinter beschlagenen Scheiben erkannte er Alwing, der zu ihnen hinabblickte und die Lippen bewegte.

»Mein lieber Orik, ich war mir sicher, eines Tages würdest du mich zu deinem Bruder führen. Was soll ich sagen? Ich habe Recht behalten. Also spar dir jegliche Eskapade. Du willst nicht, dass ich den Befehl zu seiner Exekution gebe.«

Orik zog es vor zu schweigen.

»Was ist los? Du wirkst abgelenkt. Oder ist das der Blick von jemandem, der seine Niederlage erkennt?«

»Dafür musst du uns erst alle umbringen.« Orik spielte auf Zeit. In seinem Ohr hatte er eine lang ersehnte Nachricht vernommen: *Sind im Anflug.* Alwings Geschwätzigkeit kam ihm gelegen.

»Oh, das wird nicht nötig sein. Ich habe andere Pläne mit euch.« Das ferngesteuerte Gegenüber hob den Finger. »So, und jetzt runter mit euren Waffen.«

»Warte.« Orik stöhnte auf und deutete auf den Splitter in seinem Schenkel.

»Soll dich der Doktor verarzten?«, sprach der Doktor. »Ich muss dich enttäuschen, er hat keinen Termin frei. Also, macht schon. Legt eure Waffen vor euch auf den Boden.«

Orik gab Domrich und den *Tok-la-um* ein Zeichen, und sie beugten sich vor. »Bleibt unten«, flüsterte er ihnen zu. Die menschliche Marionette war verstummt. Ihr Peiniger schien abgelenkt.

Über die Sonde konnte Orik verfolgen, wie Alwing

durch die Scheibe glotzte. Mit offenem Mund, die Hände an das Fenster gedrückt. In der Fassade spiegelten sich Positionslichter, die sich schnell näherten. Mit diesem Besuch hatte er nicht gerechnet.

Der Nachthimmel flammte auf, als die einschlagenden Geschosse den Asphalt unter ihren Füßen erzittern ließen. Vertikopter donnerten über ihre Köpfe und nahmen Alwings Truppe unter Beschuss. Ein paar Soldaten richteten ihre Ausschalter sinnlos auf die Angreifer aus der Luft und wurden niedergemäht. Der Rest suchte Schutz unter den Miliportern oder floh in alle Richtungen. Auch der infiltrierte Doktor war verschwunden.

Orik presste sich an die Rückwand des gepanzerten Fahrzeugs und schrie gegen den Lärm an: »Schön, dass Sie es einrichten können, Tromsbork.«

»Ich habe Ihre Position«, kam zurück. »Wo ist Yaola?«

»Wir haben sie verloren«, rief Orik, ohne ins Detail zu gehen.

Keine Antwort.

»Können Sie mich hören?«, fragte Orik.

»Laut und deutlich.« Die Stimme klang verändert.

»Halten Sie Abstand, Tromsbork. Sehen Sie den Drakturm? Wir kümmern uns darum.«

»Verstanden.«

Fatukù hockte neben Orik und rief etwas.

»Was?« Orik zeigte auf sein Ohr.

»Hanrod«, brüllte ihm Fatukù mit vorgehaltener Hand in die Ohrmuschel. Orik sah ihm hinterher, als Fatukù mit seinen Kriegern hinter dem Fahrzeug verschwand.

Orik und Domrich schnappten sich zwei herumliegende Helme und tasteten sich in gebückter Haltung zum Drakturm vor.

»Er ist beschäftigt«, rief Domrich und deutete auf die Kabine hinter den zwei langen Rohren. Hinter dem Fenster hielt Suroxo die Steuerung umklammert und schien herumzuschreien, ohne dass ihn jemand hören konnte. Schnellfeuer-Munition durchsiebte die Nacht, während er die Geschütze hin- und herzucken ließ.

Orik suchte den Boden ab. »Hier, das müsste reichen«. Er drückte Domrich den Kanister in die Hand. »Sie von rechts, ich von links«. Keuchend erklommen sie die Seiten des Turms. Auf der kreiselnden Plattform hatten sie Mühe die Balance zu halten und suchten nach Streben oder Kanten, an denen sie sich festhalten konnten. Orik zückte den Ausschalter und langte nach dem Türgriff. Verschlossen.

Suroxo hatte ihn bemerkt und ließ das Geschütz wild rotieren, um ihn abzuschütteln. Auf der gegenüberliegenden Seite der Kabine holte Domrich aus, um die Scheibe einzuschlagen. Der Kanister prallte ab, ohne Wirkung. Mit breitem Grinsen auf dem Gesicht feuerte Suroxo weiter aus allen Rohren. Orik richtete seinen Ausschalter auf die Tür. Vielleicht würde die Ladung die Sperrung aufheben, dachte er noch, als er in der Ferne einen dumpfen Knall wahrnahm. Langgezogenes Heulen legte sich über das anschwellende Getöse.

Am Himmel entdeckte Orik eine flammende Linie, die im Bogen nach unten verlief. Einer der Vertikopter war getroffen. In seiner Kabine riss Suroxo die Arme hoch, doch seine anfängliche Euphorie wich blankem

Entsetzen. Orik folgte seinem Blick. Er war auf einen Punkt vor dem Hochhaus gerichtet. Dort würde das Wrack in Sekunden aufschlagen. Am Fuße der Südfassade, gut dreißig Meter entfernt von ihnen.

Wo die Detonatoren standen.

»Weg hier!«, schrie Orik.

Sie sprangen von der Plattform, als die Druckwelle den Drakturm wie eine Pappschachtel wegfegte und durch die Luft wirbeln ließ.

AUSDERFERNEDRANGVEREINZELTESG

O

»Adamant, hören Sie mich?« Tromsborks Gesicht hing über ihm. Der Himmel hatte eine graue Farbe angenommen. Die Nacht neigte sich dem Ende zu. »Können Sie aufstehen?«

Die Frage fand Orik unverschämt. Sein Körper war ein Wrack, die kleinste Bewegung eine Qual. Er wollte sich keinen Millimeter bewegen.

»Reden Sie mit mir, Adamant!«

Tromsbork gibt sich wirklich Mühe. Von woher ist er aufgetaucht? Orik sammelte seine Kraft und hob den Kopf. »Wo ist Domrich?«

Tromsbork sah traurig zu ihm herunter. »Nicht gefunden.«

»Was ist mit meinem Bruder und den anderen?«

»Keine Zeit. Zu gefährlich.« Er packte Orik bei den Armen, hievte ihn auf sein breites Kreuz und zog los.

»Wo bringen Sie mich hin?«, murmelte Orik.

»Mein Vertikopter«, schnaufte Tromsbork. »Hinter dem Trümmerhaufen.«

Zum ersten Mal nahm Orik seine Umgebung wahr. Das Hochhaus stand am Rand eines Kraters, so groß wie ein Teich. Irgendetwas ragte heraus. Waren es Überreste des Miliporter-Konvois? Wohin er blickte, loderte Feuer. Die Straße war übersäht von Toten und Verletzten. Aus der Ferne drangen vereinzeltes Geschützfeuer und Kampfgeschrei zu ihm.

Die Südfassade des Hochhauses hatte es schlimm erwischt – als hätte eine riesige Kuchengabel die Seite eines Tortenstücks abgeschabt und die Schichten freigelegt. Aus den offenen Wunden der Gebäudestruktur ragten Stahlträger und Stützen, zerfetzt oder verbogen. Kabel sprühten Funken, und aus dem Inneren der brennenden Etagen hallten Explosionen. Die Fassade hatte ihre Scheiben eingebüßt. Der Boden knirschte von verstreuten Metall- und Glassplittern.

In Oriks Augen blitzte etwas auf, und eine Textzeile erschien: *Sind Sie in Ordnung, Chef?*

Er atmete auf.

Arme und Beine sind dran, schrieb er zurück.

Tromsborks Ohr pendelte dicht vor seinem Gesicht. »Domrich. Er hat sich gemeldet«, gab Orik von sich. »Ich habe Ihnen die Koordinaten geschickt.«

»Ist mir nicht entgangen.«

Orik stöhnte vor Schmerz auf, als er von Tromsborks Schulter in den Sitz des Vertikopters sank. Um ihn herum schlossen sich die Gurte, als die Motoren brummten.

»Ist Domrich so weit weg?«

Tromsbork griff nach dem Steuer. »Meine Leute sind instruiert, sie kümmern sich. Sie und ich haben was anderes zu erledigen.«

Der Boden unter ihnen schoss in die Tiefe, als der Vertikopter abhob. Über dem Steuerpult schwebte eine Projektion. Sie übertrug Aufnahmen vom Dach des Hochhauses. Auf der linken Seite der Plattform erkannte Orik die kreisförmige Stahlkonstruktion mit den Streben, die in ihr Zentrum führten.

Das riesige, vom Rost zerfressene Friedenszeichen. Vor einer Ewigkeit war er hier Domrich begegnet. Er sah genauer hin. Da war eine Bewegung auf dem Dach.

»Alwing«, rief Tromsbork über die Schulter. »Er will sich verdrücken.«

In der Übertragung konnte Orik erkennen, dass Alwing das rechte Bein hinter sich herzog. Er hatte den Kreis aus Stahl hinter sich gebracht und näherte sich einem dunklen Objekt, das auf der Freifläche stand. Eine Drono. Er hatte sie auf dem Dach geparkt. Orik sah zu, wie sich die Tür zur Seite schob.

»Das wird eng.« Tromsbork beschleunigte. Erst knapp über der Dachkante bremste er und ließ den Vertikopter dicht über dem Beton schweben. Nur wenige Meter entfernt humpelte Alwing auf das Fluggerät zu, doch dann wandte er sich ihnen zu. In seiner Hand hielt er einen funkelnden Gegenstand. Der tosende Wind hatte sein Haar noch mehr als üblich zerzaust. Er zog eine Grimasse, rief Unverständliches und setzte seinen Weg fort.

»Was soll das sein?«, wollte Tromsbork wissen.

Karnas Hypositron, dachte Orik. »Damit steuert er seine Armee.«

»Beenden wir das.« Tromsbork entsicherte die Waffen im Vorderrumpf.

»Warten Sie«, rief Orik. »Ich will ihn lebendig.«

»Sie haben Recht: Holen wir uns den Bastard.« Tromsbork schaltete auf Autopilot und sprang aus dem Vertikopter. Orik beobachtete, wie Tromsbork die Verfolgung aufnahm, mit dem Ausschalter im Anschlag. Alwing war schon im Begriff die Drono zu besteigen.

Oriks Hände verkrampften sich, als im Inneren des Vertikopters ein Alarm losging und nervtötend im Sekundentakt biepte. »*Untergrund instabil*«, meldete eine weibliche Stimme im freundlichsten Ton, als handelte es sich um die Mitteilung einer Lieferverzögerung.

Orik blickte durch die geöffnete Tür und fragte sich, ob er einer optischen Täuschung aufsaß. Hatte sich der Vertikopter wirklich zur Seite geneigt? Vielleicht war nur der Autopilot defekt. Oder befand sich das ganze Dach in Schieflage? Die Antwort kam früher als ihm lieb war. An mehreren Stellen platzte der Beton auf, Risse durchschnitten die Oberfläche. Alwing und Tromsbork starrten auf ihre Füße und gerieten ins Taumeln.

»Abbrechen!«, schrie Orik über den Alarm hinweg, obwohl im bewusst war, dass Tromsbork ihn nicht hören konnte.

In dem Moment wurde Oriks Gesichtsfeld von Wuelfenstrats wutroter Fratze überlagert. »Adamant, wie lange wollen Sie mich warten lassen, bis Sie mir die Ehre erweisen, sich zu melden? Was in aller Welt *tun* Sie für Ihr Geld?«

»Ist gerade ungünstig.« Orik unterbrach die Verbindung und blockierte den Kanal.

Als der Blick wieder frei war, sah er, wie Tromsbork feuerte. Alwing verlor das Gleichgewicht und entging so dem blauen Blitz. Er sprang in die Drono und verriegelte die Tür. Tromsbork konnte nichts mehr tun. Er machte kehrt und rannte zurück.

In dem Moment riss vor ihm der Boden auf, und er sah sich gezwungen, Haken zu schlagen. Mit letzter Kraft sprang Tromsbork in den Vertikopter und ließ die Motoren aufheulen.

Auch Alwing hatte den Startvorgang eingeleitet, allerdings kämpfte er noch mit der Schräglage des

Dachs. Seine Drono näherte sich dem Kreis aus Stahl, kam ins Schlingern und sackte ab.

Alwing erhöhte den Schub, aber es nützte nichts, die Kufen hatten sich in der Stahlkonstruktion verfangen. Plötzlich brach die Plattform weg, und die tonnenschwere Kreisform zog ihn nach unten. Als das Hochhaus zur Seite kippte und in sich zusammenfiel, verschwand Alwings Drono hinter der Kaskade aus Schutt und Eisen.

*

Mit grimmigem Blick rannte Fatukù im Zickzack zwischen den gefallenen Soldaten herum, auf der Suche nach Hanrod. Von seinen *Tok-la-um* waren nur noch vier am Leben. Als der getroffene Vertikopter ins Trudeln geraten war, hatten sich einige von ihnen hinter das nächstbeste Fahrzeug geworfen. Aus der Ferne hatten sie ein tiefes Donnern vernommen. Sie lagen am Boden, während über ihnen die Splitter flogen.

Fatukù hielt inne, jemand rief nach ihm. In der Nähe der Westfassade hob ein *Tok-la-um* die Hand, und er eilte zu ihm hinüber.

Der Krieger zeigte auf den Boden. Aus dem Rücken des Soldaten ragten Glaspartikel. Es schien, als würde er jemanden umklammern, der unter ihm lag. Mit vereinten Kräften rollten sie die Leiche zur Seite. Hanrod blinzelte ihnen entgegen. Von Blut bedeckt, kämpfte er mit einem Hustenanfall.

»Wie schlimm hat's dich erwischt?«, rief Fatukù, während die anderen Krieger zu ihnen stießen.

»Halb so wild«, stieß Hanrod hervor und richtete

sich auf. »Der Mann war verdammt schwer, aber ich verdanke ihm mein Leben.«

Über ihnen heulten die Motoren eines Vertikopters. Die *Tok-la-um* mussten blinzeln, als sie seinen Weg zum Dach des Hochhauses verfolgten.

»Beeilen wir uns. Das Licht erwacht«, drängte Fatukù. Hanrod sah ihn an. »Wenn es Karna zum Bahnhof schafft, wird euch das Licht schon bald keinen Kummer mehr bereiten.«

»Was meinst du?«, fragte Fatukù. Hanrod geriet ins Wanken, und die Krieger mussten ihn stützen. Sein Bein war auf der Seite aufgerissen. »Erkläre ich dir gleich. Wo sind die anderen? Orik, Domrich?«

Fatukù packte Hanrods Arm. »Darum kümmern wir uns. Aber erstmal bringen wir dich in Sicherheit.« Sie steuerten auf das Loch in der Straße zu.

Hanrod vernahm ein entsetzliches, mahlendes Geräusch, das er noch nie gehört hatte. Reflexartig schaute er zurück zum Hochhaus und erblasste. »Schnell, in den Schacht.« Sie stürmten die Rampe hinunter und erhaschten einen letzten Blick auf das Gebäude, bevor es in einer Wolke aus Staub versank.

*

Karna schob den Gullideckel zur Seite und stemmte sich nach oben. Sie war heilfroh zurück auf der Oberfläche zu sein. Auf ihrem Weg durch den Seitenstrang des Tunnels war sie von einer schweren Erschütterung gegen die Wand geschleudert worden, und sie hatte schon befürchtet, die Decke würde über ihr zusammenbrechen.

Sie aktivierte ihre Digitafel, die sie vom Bahnhof mitgebracht hatte. Über der Tafel schwebte ein transparentes Modell ihrer Umgebung. Der rote Punkt in der Nähe des Hochhauses gab ihre Position an. Karna startete die Umkreissuche, um ihr Hypositron zu orten. Sobald die Verbindung hergestellt war, konnte sie mit ihrer Sicherungskopie Alwings korrumpierte Version restlos ausradieren.

Karna lief auf das Ende der Straße zu und hielt Abstand zu den brennenden Trümmern. *Was zur Hölle war hier geschehen?* Sie kam vor dem Krater zum Stehen und sah hinauf zur durchlöcherten Fassade. *Waren Hanrod, Orik und die anderen weit genug entfernt gewesen?* Ein höhnisches Lachen riss sie aus ihren Gedanken.

»Hallo. Vonde Weg bist abkommen, hä?«

Sie kannte die Stimme. Langsam drehte sie sich um. Vor ihr stand die Verkörperung ihrer schlimmsten Alpträume: Suroxos Gesicht war voller Schnittwunden, und trotzdem brachte er ein Grinsen zustande, das Karna schaudern ließ. Zwei Soldaten standen an seiner Seite und hielten ihre Ausschalter auf Karna gerichtet.

»Wosst ich bescheed«, triumphierte Suroxo. »Muss nur wachten. Meine Schikka nemal lasst mich inde Stich.« Er deutete auf ihre Tafel. »Was du heffst da?«

Sie sah auf die Statusanzeige. Eine Linie war aufgetaucht. Sie verlief zwischen ihrer Position und dem Hochhausdach. Die Verbindung stand, das Datenpaket war unterwegs. »Das ist eine Axt.«

»Ene *watt*?« Suroxo trat auf sie zu.

»Damit habe ich gerade eurer Armee den Kopf

abgeschlagen.« Karna genoss es, Suroxo verunsichert zu sehen.

Er kreiselte mit dem Finger in der Luft. »Zock zock. Nimmt dat Ding von ihr wech.« Als sich niemand rührte, drehte er sich um. Die beiden Soldaten hatten ihre Ausschalter fallen gelassen, rüttelten an ihren Helmen und setzten sie ab.

»Hebt ihr uff den Ohren?«, rief Suroxo.

»Ich versteh kein Wort. Wer sind Sie?«, entgegnete der eine, und der andere ergänzte: »Sie scheinen sich verletzt zu haben.«

»Aber noch nicht genug.« Karna holte mit ihrem Stiefel aus und trat Suroxo mit aller Kraft in den Schritt. »Und ich bin nicht deine *Schikka*!«

Am Boden vor ihr rutschte Suroxo herum und wand sich vor Schmerzen. Er schien etwas zu rufen, aber sie konnte ihn nicht hören. Ein gewaltiges Knacken und Knirschen hinter ihrem Rücken überlagerte alles.

Karna fuhr herum und verschwand in einer Staubwolke aus Schutt, als das Haus zusammenfiel.

DAOBENWOJETZTNICHTSMEHRWARHAT

P1

Orik hockte auf dem Rest einer Miliporter-Achse und ließ den Blick über die Trümmerlandschaft schweifen. Der Staub hatte sich gelegt. Da oben, wo jetzt nichts mehr war, hatte er jahrelang gelebt.

»Du wirkst bedrückt, Orik.« Karna saß neben ihm auf einem Reifen.

»Ich muss an das Buch denken.«

»Welches Buch?«, wollte Symi wissen und nahm auf einem zweiten Reifen Platz. Seltsam, sie trug immer noch dieselbe weiße Bluse, dachte Orik.

»Sein Bruder Hanrod hat es ihm damals geschenkt«, warf Karna ein. »Ich durfte mal reinlesen.«

»Was ist mit dem Buch?«, fragte Symi.

Orik deutete auf einen unbestimmten Punkt in den Trümmern. »Liegt da begraben.«

Karna lehnte sich an ihn. »Tut mir leid.«

Am Boden neben Orik tastete sich ein Schatten heran. Er wandte sich um und blinzelte in die Sonne. »Ah, Domrich. Kommen Sie, setzen Sie sich zu uns.«

Warum antwortete er nicht?

Domrich stand unschlüssig da. In seinem Blick lag etwas, das Orik nicht deuten konnte. Warum wirkte er so … traurig? Domrich wischte sich etwas aus dem Auge. »Glauben Sie mir, Chef. Karna fehlt uns allen.«

P2

Domrich schrak auf, als ein Vertikopter über ihn hinwegfegte. Mühsam schälte er sich aus dem Stapel verbeulter Kisten und tastete seinen Körper ab. Keine Stelle, die nicht wehtat, aber nichts gebrochen. Er sah sich um. Die Morgendämmerung hatte eingesetzt.

Er diktierte *Sind Sie in Ordnung, Chef?*

Sekunden später kam die Antwort:

Arme und Beine sind noch dran.

Gerade wollte er fragen, wo er ihn finden könne, als ein korpulenter Mann in Uniform um die Straßenecke bog. Domrich suchte nach seinem Ausschalter, aber er hatte ihn verloren. Erleichtert stellte er fest, dass der Soldat ebenfalls keine Waffe trug. Nicht einmal einen Helm. Er wirkte desorientiert und reckte seinen Hals in alle Richtungen. Plötzlich hielt er inne und sah hinüber zu Domrich.

Es war der Doktor!

»Sie leben!« Der Mann rannte auf Domrich zu und packte ihn bei den Armen. »Warum haben Sie sich nicht gemeldet?«

Domrich blieb misstrauisch. »Wenn Sie da drin sind, Alwing: Ich lass mich nicht verschaukeln.«

Der Doktor schaute besorgt. »Ich verstehe kein Wort. Haben Sie Kopfschmerzen, Anzeichen von Übelkeit?«

»Also, was mich betrifft, ist alles in Ordnung«, sagte Domrich und studierte das Gesicht des Doktors. *Wie war das möglich? Er schien wieder ganz der Alte zu sein.* »Kommen Sie, suchen wir …«

Der Rest des Satzes wurde vom Getöse eines Vertikopters verschluckt, der direkt neben ihnen in einer Staubwolke aufsetzte.

»Wer von Ihnen ist Domrich?«, bellten die Lautsprecher.

»Das bin ich.« Er hob die Hand.

»Steigen Sie ein!«

Die Pilotin entriegelte den Einstieg. Domrich zeigte auf den Doktor. »Er kommt mit. Gehört zu unseren Leuten.«

Sie musterte die beiden. Dann hob sie den Daumen, und die beiden fielen in die Sitze. Als sich die Tür schloss, sank der Lärmpegel rapide. Domrich bedankte sich.

»Keine Ursache.« Die Pilotin widmete sich der Konsole und gab Schub. »V4 an V1. Ladung an Bord. Einer mehr.«

Die Antwort bestand aus unverständlichem Rauschen, dann kam eine andere Meldung rein.

»V6 an V4. Mediport unterwegs zur Festung. Sie hat innere Verletzungen, wird es aber schaffen.«

Domrich schaltete sich ein. »Ist das Karna?«

Die Pilotin schüttelte den Kopf. »Yaola. Wir haben sie aus einem Loch in der Straße geborgen. Befehl des Kommandanten.«

»Das ist gut, das ist gut«, freute sich Domrich.

Der Vertikopter hatte die Straßenecke umrundet. Domrich schaute nach unten. Der Drakturm. Bis hierhin hatte ihn die Detonation geschleudert. Er erkannte Suroxo, der sich offenbar aus dem Wrack befreit hatte. Jemand stand ihm gegenüber. *War das nicht…*

»Da unten ist Karna!«, rief Domrich. »Was *ist*

denn?« Der Doktor schlug ihm immer wieder auf die Schulter.

Domrichs Blick folgte seinem Finger. Er deutete nach rechts aus dem Fenster, zur ramponierten Hochhausfassade. Wie Streichhölzer knickten die unteren Stützpfeiler weg und lösten eine Kettenreaktion der Zerstörung aus. Domrich löste den Gurt und stieß sich den Kopf, als er aufsprang. »Gehen Sie runter. Sie ist eine von uns. Wir können sie nicht zurücklassen.«

Die Pilotin verfolgte von oben, wie die Frau dem Gegner zwischen die Beine trat. »Scheiß drauf«, murmelte sie und ging in Sturzflug über.

Karna sah zum Himmel. Die Tür des Vertikopters war geöffnet. Jemand hing heraus und klammerte sich an die Kufen. Sie kannte das Gesicht.

»Nimm meine Hand!«, rief Domrich.

Als der Vertikopter in die Höhe schoss, nahm Domrich im Augenwinkel wahr, wie ein großes Trümmerstück an ihnen vorbeistürzte. Es verfehlte sie nur knapp und krachte auf den Drakturm. Suroxo wurde unter dem Stahlding begraben.

*

Orik hockte auf dem Rest einer Miliporter-Achse und ließ den Blick über die Trümmerlandschaft schweifen. Der Staub hatte sich gelegt. Da oben, wo jetzt nichts mehr war, hatte er jahrelang gelebt. Den Gecko, der zu seinen Füßen weghuschte, bemerkte er nicht.

Karna fand einen Reifen und setzte sich neben Orik. Er sah sie an. »Du trägst wieder deine blaue Jacke? Fatukù …«

»Keine Bange, ihm geht's gut. Der Doktor hat ihm die erste Impfung mit dem Zeug aus der Patrone verpasst. Danach hat mir Fatukù die Jacke zurückgegeben. Meinte, jetzt schuldet *er* mir was.«

»Gut.« Orik schien nicht bei der Sache.

»Alles in Ordnung? Vermisst du deine Wohnung?«

»Ach, nein. Bin sogar erleichtert. War nur ein verrottetes Loch.«

»Was dann? Du wirkst bedrückt, Orik.«

»Ich muss an das Buch denken.«

»Welches Buch?«

»Das mir mein Bruder damals geschenkt hat.«

»Was ist damit?«

Er deutete auf einen unbestimmten Punkt in den Trümmern. »Liegt da irgendwo begraben.«

Sie lehnte sich an ihn. »Tut mir leid.«

Ihr fiel etwas ein, sie zückte ihre Digitafel. »Schreib doch dein eigenes Buch. »Da ist alles drauf, was du brauchst. Symis Schriften, mein Schreibprogramm …« Karna tippte ihm an die Schläfe. »Der Rest ist da drin. Du musst es nur erzählen.«

»Sie hat Recht.« Hanrod stand hinter ihm. »Wenn unsere Zeit ein Buch wäre, dann sind die Seiten noch unbeschrieben. Du hast es in der Hand.«

Orik drehte sich zu ihm um und blinzelte in die Sonne. »Aber du hilfst mir dabei, Hanrod?«

»Natürlich, auch wenn meine Zeit begrenzt ist. Tromsbork will mich in der neuen Regierung haben.«

Orik nahm ihn in den Arm. »Gratuliere. Eine gewaltige Aufgabe, aber du bist der Richtige dafür. Irgendwas von Alwing?«

»Wir haben alles absuchen lassen. Von seiner

Drono keine Spur. Nur die abgerissenen Kufen an dem großen runden Ding, das vom Dach gefallen ist.«

Orik kam ein Gedanke. »Entschuldigt mich einen Moment. *Mit Wuelfenstrat verbinden.*«

Das Gesicht seines Chefs hatte eine natürlichere Farbe angenommen. »Ach, hat sich der Herr an mich erinnert? Ich werde nicht gern von meinem Angestellten aus der Leitung geworfen.«

»War ein schlechter Moment. Wir hatten alle Hände voll zu tun. Locruzia ist verhaftet und Symis Mörder … am Boden zerstört.«

»So, so«, kam zurück. »Gute Arbeit. Und Alwing?«

»Wir suchen nach ihm.«

»Er ist Ihnen entwischt?«

»Wir werden ihn finden.«

»Kommen Sie am besten morgen in mein Büro.«

»Ach so, darüber wollte ich mit Ihnen sprechen.«

»Was ist jetzt wieder?«

»Ich arbeite nicht mehr für Sie.«

»Aber Sie können doch nicht einfach …«

»Das ist mein letztes Wort.«

ANHANG

Verfassung des Ikonokratischen Staatenbundes

Präambel

Im Bewusstsein der germanischen Tradition,
jeglicher Schriftlichkeit abzuschwören
und seine Eigenständigkeit zu verteidigen,
von dem Willen beseelt,
in einem vereinten Staatenbund
dem Frieden der Welt
und dem Frieden des Geistes zu dienen,
hat sich das gerechte Volk
diese Verfassung gegeben.

Ein Staat für alle. Alle für den Staat.
Es lebe der Große Piktosoph,
sein Bild sei unser.

Verfasst und beschlossen –
Ikonokratischer Staatsrat und Großer Piktosoph

I. Die Grundrechte

Artikel 1

(1) Die ihre a des Staates ist unantastbar. Sie zu achten und zu schützen ist Verpflichtung aller Bürger des Ikonokratischen Staatenbunds.

(2) Alle Bürger des Ikonokratischen Staatenbunds bekennen sich darum zu den unverletzlichen und unveräußerlichen Staatsrechten.

Artikel 2

(1) Jeder Bürger des Ikonokratischen Staatenbunds hat das Recht auf die freie Entfaltung seiner Persönlichkeit, soweit er nicht die Rechte staatsrelevanter natürlicher Personen verletzt und nicht gegen die verfassungsmäßige Ordnung oder die Wertegemeinschaft des Ikonokratischen Staatenbunds verstößt.

(2) Jeder hat das Recht auf Leben und körperliche Unversehrtheit, soweit nicht Sicherheitsgesetze oder Notstandsgesetze einen Eingriff erforderlich machen.

Artikel 3

(1) Alle Bürger des Ikonokratischen Staatenbunds werden vom Staat gleichbehandelt.

(2) Männer, Frauen und behördlich zugelassene Repräsentatoren sind gleichberechtigt.

Artikel 4

(1) Die Freiheit des Gewissens und die Freiheit des weltanschaulichen und technologischen Bekenntnisses sind unverletzlich, sofern nicht die Rechte anderer verletzt werden.

(2) Die ungestörte Konsumption zugelassener Unterhaltungsmedien ist gewährleistet.

(3) Niemand darf gegen sein Gewissen zur Ausübung sakraler Handlungen oder zu einem sakralen Bekenntnis gezwungen werden.

Artikel 5

(1) Jeder hat das Recht, seine Meinung in Sprache, Ton und Bild frei zu entwerfen. Die Verbreitung bedarf behördlicher Genehmigung.

(2) Diese Rechte finden zudem ihre Schranken in den Vorschriften zur Sicherheit des Staates.

(3) Alle Medien genießen den Schutz staatlicher Redaktion.

(4) Staatskunst und Staatswissenschaft, Staatsforschung und Staatslehre sind frei.

Artikel 6

(1) Ehe und Familie stehen unter dem besonderen Schutze der ausführenden Gewalt.

(2) Pflege und Erziehung der Kinder sind das natürliche Recht des Staates und die zuvörderst ihm obliegende Pflicht.

(3) Erziehungsberechtigte werden durch die zuständigen Behörden bestimmt.

(4) Jede Mutter hat Anspruch auf angemessene Entlohnung für das Austragen und das Erziehen von Kindern beziehungsweise für Austragungsabbrüche, sofern sie staatlicherseits angeordnet sind.

Artikel 7

Das Schulwesen und die von ihm betriebenen Strukturzentren stehen unter der Aufsicht des Staates.

Artikel 8

(1) Alle Bürger haben das Recht, sich friedlich, ohne Waffen und ohne politisches Kalkül in Gruppen bis zu neun Personen zu versammeln.

(2) Diese Rechte finden ihre Schranken in den Vorschriften zur Sicherheit des Staates und in den Notstandsgesetzen.

Artikel 9

(1) Alle Bürger haben das Recht, kommerzielle Entitäten zu bilden. Kommerzielle Entitäten, deren Zwecke oder deren Tätigkeit den Strafgesetzen zuwiderlaufen oder die sich gegen die verfassungsmäßige Ordnung oder die Wertegemeinschaft des Ikonokratischen Staatenbunds richten, sind verboten.

(3) Ein Zehntel der Gewerbesteuer ist den Strukturzentren vorbehalten.

Artikel 10

(1) Alle Bürger genießen Kommunikationsfreiheit, sofern sie hierbei nicht gegen das Schriftverbot oder gegen Gesetze verstoßen.

(2) Erzeugung und Konsum von Schriftgut bleiben allen Bürgern zum Schutz von Staat und Volk untersagt. Das Verbot gilt in Verantwortung für frühere und künftige Generationen und bindet diese zugleich.

(3) Ausgenommen von den Verboten sind ausschließlich Mitglieder des Staatsrates sowie besondere Organe des Großen Dreiecks.

Artikel 11

(1) Alle Bürger genießen die Garantie der Ortsfestigkeit.

(2) Hiervon darf staatlicherseits nur abgewichen werden, sofern national oder provinziell der Verteidigungsfall verkündet wurde oder sofern eine Bevölkerungsumverteilung seitens der Provinzregierungen bestimmt wurde oder sofern Sicherheits- bzw. Notstandsgesetze dies vorsehen.

Artikel 12

(1) Alle Bürger genießen die staatliche Fürsorge, nach ihren Fähigkeiten in Tätigkeitsbereichen eingesetzt zu werden.

(2) Niemand darf zu einer staatlicherseits verbotenen Arbeit gezwungen werden.

(3) Zwangsarbeit ist nur bei einer gerichtlich angeordneten Erziehungsmaßnahme zulässig.

Artikel 12a

(1) Alle Bürger können vom vollendeten vierzehnten Lebensjahr an zum Dienst in den Streitkräften oder in einem Zivilschutzverband verpflichtet werden. Im Verteidigungsfalle gilt dies ab dem vollendeten elften Lebensjahr.

(2) Wer aus Gewissensgründen den Kriegsdienst mit der Waffe verweigert, dem darf der Staat seine erzieherische Fürsorge nicht entziehen.

(3) Kann im Verteidigungsfalle der Bedarf an Arbeitskräften auf freiwilliger Grundlage nicht gedeckt werden, stehen dem Staatsrat alle erforderlichen Anordnungen zu Gebote. Verfassung und Gesetzgebung begrenzen ihn hierbei nicht.

Artikel 13

(1) Alle Wohnungen genießen den Schutz des Staates vor missbräuchlichem Gebrauch.

(2) Physische und technische Durchsuchungen dürfen nur bei konkreter Gefahr angeordnet und durchgeführt werden. Terrorismus macht jede abstrakte zu einer konkreten Gefahr.

(3) Von den besonderen Organen des Großen Dreiecks angeordnete Überwachungen von mehr als einem Jahr Dauer sind der zuständigen Behörde summarisch mitzuteilen.

(4) Zur Abwehr drohender Gefahren für die öffentliche Sicherheit dürfen technische Mittel zur Unbrauchbarmachung von Wohnungen nur auf Grund von Anordnungen besonderer Organe des Großen Dreiecks vorgenommen werden. Bei Gefahr im Verzuge stehen die Maßnahmen auch den Ermittlungsbehörden zu.

(5) Wohnungsnutzende gehören nicht zum Inventar. Ihre Durchsuchung ist statthaft, ihre Beschädigung oder Eliminierung muss durch die Instanzen der Gefahrenabwehr dokumentiert werden.

Artikel 14

(1) Persönliches Vermögen erbt der Ikonokratische Staatenbund. Per Sonderverfügung kann der Staat ein Zehntel den Angehörigen überlassen, dies wird Erbschaftssteuer genannt.

(2) Eigentum verpflichtet. Sein Gebrauch soll zugleich dem Wohle der Allgemeinheit dienen.

(3) Eine Enteignung ist nur zum Wohle des Staatenbundes oder des Staates zulässig.

Artikel 15

Grund und Boden, Naturschätze und Produktionsmittel sowie Luft, Wasser, Strom und Nahrungsmittel sind dem Ikonokratischen Staatenbund zur gerechten Verteilung zugeeignet.

Artikel 16

(1) Die Staatsangehörigkeit ist auf Antrag nach Ablauf von zehn Jahren neu zu abonnieren.

(2) Wird die Staatsangehörigkeit entzogen oder nicht verlängert, so darf der Betroffene binnen sechs Monaten auf Antrag von einem anderen Mitglied des Staatenbundes aufgenommen werden. Eine Ausbürgerung außerhalb des Staatenbundes ist innerhalb dieser Frist nicht statthaft.

(3) Durch Verordnung zur Unterstützung des Wiederaufbaus kann die Staatsbürgerschaft von Staats wegen verhängt werden.

Artikel 16a

Politisch Verfolgte aus anderen Staaten genießen nach Maßgabe der staatlichen Ziele des Wiederaufbaus Asylrecht.

Artikel 17

Jedermann hat das Recht, sich einzeln oder in Gemeinschaft mit anderen in mündlicher oder bildlicher Form mit Bitten oder Beschwerden an die zuständigen Beschwerdeportale zu wenden.

Artikel 18

Wer Grundrechte gegen die Piktosophische Grundordnung missbraucht, verwirkt diese Grundrechte ohne institutionelle Bestätigung.

Artikel 19

(1) Alle Bürger genießen den Schutz des Staats hinsichtlich ihrer Grunddaten-Identität.

(2) Für die Öffentlichkeit amtlich zugelassene Ikonogramme dürfen nicht von Dritten beeinträchtigt oder zerstört werden; der Staat sorgt für den Schutz der Ikonogramme und fördert ihre Unterhaltung.

II. Der Staat

Artikel 20

(1) Der Ikonokratische Staatenbund ist ein friedliebender, fortschrittlicher, piktosophischer Einheitsstaat.

(2) Alle Staatsgewalt geht vom Volke aus. Sie wird vom Volke durch pädagogisch gestützte Abstimmungen und demoskopische Maßnahmen sowie durch den Staatsrat und seine besonderen Organe sowie durch das Große Dreieck ausgeübt. Die Rechte des Großen Piktosophen bleiben unberührt.

(3) Gesetzgebung, vollziehende Gewalt und Rechtsprechung sind an die verfassungsmäßige Ordnung sowie an die Kontrolle durch den Staatsrat gebunden.

(4) Gegen jeden, der den Versuch unternimmt, die piktosophische Ordnung zu beeinträchtigen, haben alle Bürger das Recht zum Widerstand. Hierbei gilt staatliche Untersützung bei der Denuntiationspflicht.

(5) Schrift im Staat und durch den Staat ist untersagt.

Artikel 20a

Der Staat schützt auch in Verantwortung für die künftigen Generationen seine natürlichen Lebensressourcen und die Nutztiere.

Artikel 21

(1) Die kommerziellen Entitäten wirken bei der politischen Willensbildung des Volkes mit. Ihre Gründung ist frei. Ihre innere Ordnung muss den piktosophischen Grundsätzen entsprechen. Sie müssen über Herkunft und Verwendung ihrer Mittel sowie über ihr Vermögen öffentlich Rechenschaft geben.

(2) Kommerzielle Entitäten, die nach ihren Zielen oder nach dem Verhalten ihrer Anhänger darauf ausgehen, die piktosophische Grundordnung zu beeinträchtigen oder den Bestand des Staatenbunds zu gefährden, sind verfassungswidrig.

Artikel 22

(1) Zentralstadt des Ikonokratischen Staatenbunds ist Brolin.

(2) Die Zentralstadt umfasst die Altstadt im Zentrum, die angrenzenden Sektoren Gelbes Viertel, Rotes Viertel, Grünes Viertel und Blaues Viertel sowie den Außenring (Neustadt). Aus Sicherheitsgründen verbleiben die Bürger grundsätzlich in den ihnen zugewiesenen Sektoren.

(3) Die Flagge des Ikonokratischen Staatenbunds wechselt zwischen den Farben Gelb-Rot-Grün-Blau. Sie führt das Nationalsymbol eines Bären.

Artikel 23

(1) Zur Verwirklichung einer friedfertigen und vereinten Nordallianz wirkt der Ikonokratische Staatenbund bei deren Entwicklung und Verteidigung mit.

Artikel 24

Der Ikonokratische Staatenbund kann Hoheitsrechte auf zwischenstaatliche Einrichtungen übertragen. Zur Wahrung des Friedens realisiert der Ikonokratische Staatenbund ein System kollektiver Sicherheit und kann sich einem umfassenderen System kollektiver Sicherheit anschließen.

Artikel 25

Die Regeln des Völkerrechtes sind wertzuschätzen.

Artikel 26

(1) Handlungen, die geeignet sind und in der Absicht vorgenommen werden, das friedliche Zusammenleben der Völker zu stören, insbesondere die Führung eines Angriffskrieges vorzubereiten, sind verfassungswidrig. Sie sind unter Strafe zu stellen.

(2) Gleiches gilt für Handlungen zwischen Mitgliedsstaaten, Provinzen, Kommunen, Städten und Kolonien des Ikonokratischen Staatenbunds.

(3) Die Anwendung atomarer, biologischer, chemischer und digitaler Waffen ist dem Staate vorbehalten. Soweit der Staat hiermit verbundene Rechte konzessioniert, bedarf es eines Gesetzes.

Artikel 27

Die Kauffahrteischiffe des Staatenbunds bilden eine einheitliche Handelsflotte.

Artikel 28

(1) Die verfassungsmäßige Ordnung aller Provinzen, Kommunen, Städte und Kolonien des Staatenbunds muss denen des nationalen Einheitsstaates entsprechen.

(2) In Kommunen kann an die Stelle einer gewählten Körperschaft ein Gouverneur treten, der sich gegenüber den besonderen Organen des Staatsrates zu verantworten hat.

Artikel 29

Neugliederung des Staatsgebiets obliegt dem Staatsrat.

Artikel 30

Das Zentralstadtgebiet wird nach dem Sektoralprinzip verwaltet. Seine Verwaltung untersteht einem Provinzrat, die Stadtgewalt liegt beim Staatsrat.

Artikel 31

(1) Piktosophenrecht bricht Staats- und Kommunalrecht.

(2) Recht des Großen Piktosophen bricht Piktosophenrecht.

Artikel 32

Die Pflege der Beziehungen zu politischen Entitäten außerhalb des Staatenbunds obliegt dem Großen Piktosophen.

Artikel 33

(1) Staatsbürger haben unabhängig von ihrem zugewiesenen Aufenthaltsort die gleichen staatsbürgerlichen Rechte und Pflichten.

(2) Jeder Staatsbürger hat nach Eignung, Befähigung, fachlicher Leistung, genetischer Veranlagung und digitalem Profil gleichen Zugang zu jedem nicht-politischen Amte.

(3) Angehörige der Exekutiveinheiten einschließlich der Ermittlungsbehörden und der Juspiz werden militärisch geschult und organisiert. Sie haben das Recht und die Pflicht ungebrochener

Digitalisierung ihres Dienstes.

(4) Das Recht des Exekutivdienstes ist ungeachtet der Militärstrukturen unter Berücksichtigung der hergebrachten Grundsätze des Berufsbeamtentums fortzuentwickeln.

Artikel 34

Provinzen, Kommunen, Städte oder Kolonien, die gegen den Ikonokratischen Staatenbund oder seine Mitgliedsstaaten Waffengewalt androhen oder anwenden, gehen ihrer Rechte verlustig und werden der Verwaltung des Staatsrats unterstellt. Über die Rekalibrierung entscheidet der Große Piktosoph.

III. Staatsrat

Artikel 35

Alle Formen parlamentarischer Betätigung und Organisation sind unpiktosophisch und bleiben bei Strafe untersagt.

Artikel 36

(1) Der Staatsrat wird auf zehn Jahre gewählt.

(2) Die Wahl erfolgt durch die Ikonokratische Wahlkommission, die der Große Piktosoph zehn Tage vor der Wahl benennt und einberuft. Der Kommission gehören mindestens 25, maximal 100 Persönlichkeiten an.

(3) Die Wahlkommission wählt aus ihrem Kreis 12 Persönlichkeiten in den Staatsrat. Sie sind ausnahmslos natürliche Personen.

(4) Ausscheidende Mitglieder werden vom Großen Piktosophen durch Neumitglieder ersetzt.

Artikel 37

(1) Der Staatsrat ist das Oberste Gemeinschaftliche Organ des Ikonokratischen Staatenbunds. Er formuliert seine Zuständigkeiten.

(2) Entscheidungen des Staatsrats bedürfen der Zustimmung des Großen Piktosophen. Der Große Piktosoph kann einzelne Zuständigkeitsbereiche des Staatsrates vom Zustimmungszwang freistellen.

(3) Der Staatsrat ist die Regierung des Ikonokratischen Staatenbunds. Zudem übt der Staatsrat die Aufgaben der Legislative aus. Er führt ferner die Aufsicht über die Juspiz.

Artikel 38

(1) Der Große Piktosoph kann den Staatsrat auflösen. Erst nach Auflösung darf er Mitglieder des Staatsrates unter Schutzhaft stellen.

(2) In diesem Fall beruft der Große Piktosoph innerhalb eines halben Jahres einen neuen Staatsrat. Bis zur Neuwahl nimmt er die Stelle des Staatsrates ein.

IV. Der Rat der Provinzen

Artikel 39

(1) Der Rat der Provinzen entscheidet diejenigen Angelegenheiten des Staates, die der Staatsrat an ihn delegiert. Ihm gehört pro Provinz ein stimmberechtigtes Mitglied an.

(2) Die Zentralstadt ist im Rat mit drei Stimmen vertreten. Sie stellt zudem immer den Vize-Präsidenten des Provinzrates.

(3) Kolonien zählen als Provinzen, sofern sie nicht dem Staatsrat

als Treuhandgebiet oder dem Großen Piktosophen als persönliches Treuegebiet unterstehen.

V. Der Präsident

Artikel 40

(1) Der Präsident wird vom Staatsrat aus seinem Kreise gewählt und vom Großen Piktosophen ernannt.

(2) Das Amt des Präsidenten dauert ein Jahr. Die anschließende Wiederwahl ist mehrfach zulässig.

(3) Der Präsident repräsentiert in Vertretung des Großen Piktosophen den Ikonokratischen Staatenbund nach außen. Von legislativer, exekutiver oder judikativer Verantwortung ist er entbunden.

Artikel 41

(1) Der Präsident berät den Großen Piktosophen.

(2) Verträge, Anordnungen und Verfügungen des Präsidenten bedürfen zu ihrer Gültigkeit der auditiven Siegelung durch den Staatsrat.

Artikel 42

(1) Der Präsident kann vor der Obersten Juspiz angeklagt werden, sofern der Staatsrat dies in die Wege leitet.

(2) Stellt die Oberste Juspiz fest, dass der Präsident einer vorsätzlichen Verletzung der Verfassung oder eines anderen Gesetzes schuldig ist, so kann sie ihn des Amtes für verlustig erklären. Durch einstweilige Anordnung kann sie nach der Erhebung der Anklage bestimmen, dass er an der Ausübung seines Amtes verhindert ist.

VIII. Verwaltung

Artikel 43

(1) Staatliche Organe und Behörden auf nationaler Ebene unterstehen dem Staatsrat.

(2) Organe des Großen Dreiecks unterstehen der Direktive des Großen Piktosophen.

IX. Die Rechtsprechung

Artikel 44

Die rechtsprechende Gewalt ist dem Vorsitzenden der Obersten Juspiz anvertraut.

Artikel 45

Das Oberste Nationalgericht wird vom Vorsitzenden der Obersten Juspiz benannt.

Artikel 46

Die Richter sind im Rahmen der Verfassungstreue und der Treue zu den Grundsätzen der Juspiz nur dem Gesetze unterworfen.

Artikel 47

(1) Die Todesstrafe ist abgeschafft. Gefängnisse und Zuchthäuser sowie Folter sind untersagt.

(2) Entidentifizierung darf nur in Fällen besonders gravierender Rechtsverstöße verhängt werden. Sie bedarf der Zustimmung des Staatsrates.

(3) Lebenslange Schutzhaft bedarf der Zustimmung eines Richters. Sie kann durch besondere Organe des Großen Dreiecks verhängt werden. Befristete Schutzhaft bedarf dieser Zustimmung nicht.

(4) Im Rahmen von Ermittlungstätigkeiten ist die Verabreichung wahrheitsfördernder Substanzen nur in Anwesenheit eines Vertreters des Großen Dreiecks oder eines seiner besonderen Organe statthaft.

Artikel 48

Vor Gericht hat jedermann Anspruch auf rechtliches Gehör.

Artikel 49

Untersuchungshaft ist auf eine Woche zu begrenzen. Wiederholungsfälle sind durch Exekutiveinheiten oder Organe des Großen Dreiecks zu begründen.

Artikel 50

(1) In Einrichtungen der Obersten Juspiz ist der Betrieb elektronisch gestützter Wände, Türen, Fenster und anderer Einrichtungsgegenstände nicht gestattet.

(2) Vorbestraften und ehemaligen Straftätern wird das Recht auf elektronisch gestützte Hilfsmittel im Regelfall für sechs Monate entzogen.

X. Verteidigungsfall

Artikel 51

(1) Die Feststellung des Verteidigungsfalls trifft in den Provinzen und Kolonien der Provinzialgouverneur, auf Bundesebene der Staatsrat.

(2) Im Verteidigungsfall kann der Staatsrat die Verfassung um die Notstandsverfassung erweitern.

(3) Der Verteidigungsfall umfasst auch terroristische Bedrohungslagen und gestattet dem Staatsrat die auf 30 Tage befristete Suspendierung einzelner Verfassungsartikel.

(4) Der Staatsrat oder der Großer Piktosoph können Erklärungen und Regelungen zum Verteidigungsfall für nichtig erklären. Gemeinsam stellen sie die Rekalibrierung des Friedens fest.

Artikel 52

Mit der Verkündung des Verteidigungsfalles geht die Befehls- und Kommandogewalt über die Streitkräfte auf den Großen Piktosophen über.

XI. Übergangs- und Schlussbestimmungen

Artikel 53

Bürger des Staatenbundes im Sinne dieser Verfassung ist, wer innerhalb des Ikonokratischen Staatenbunds geboren wurde, dieses Rechtes nicht verlustig ging oder durch den Staatsrat zum Bürger des Ikonokratischen Staatenbunds ernannt wurde. Dividuen sind keine Bürger des Staatenbunds im Sinne der Verfassung.

Artikel 54

Staatliche Organe handeln verhältnismäßig. Die Verhältnismäßigkeit ist nach einem Schema zu prüfen:

1. Die Maßnahme muss einem legitimen Staatszweck dienen.
2. Die Maßnahme muss geeignet sein, die staatliche Ordnung zu wahren oder herzustellen.
3. Die Maßnahme muss in Art und Ausmaß erforderlich sein, sie darf staatliche Ressourcen nicht übersteigen.
4. Die Maßnahme muss insgesamt angemessen sein, sie soll die Fähigkeit der Staatsbürger, dem Staat zu dienen, nicht in ihrem Wesensgehalt verletzen und soll so die Interessen von Staat und Bürger komplementieren.

Artikel 55

Die Organe des Großen Dreiecks haben, soweit sie strafrechtlich gegen schwere Verbotstatbestände tätig werden, allexekutive Befugnisse. Der Widerruf erfolgt im Einzelfall oder als Allgemeinverfügung ausschließlich durch den Großen Piktosophen.

Artikel 56

(1) Aus Gründen der Nationalen Sicherheit bleibt Bürgern und Institutionen der Kontakt zu nichtpiktosophischen Staaten verboten. Über Ausnahmen entscheidet der Staatsrat.

(2) Staaten, die vom Großen Piktosophen als Neumitglieder des Staatenbundes vorgeschlagen werden, erkennen durch Beitritt diese Verfassung als einzig geltendes Grundgesetz an.

Artikel 57

(1) Verfassungsänderungen sind nur mit Zweidrittelmehrheit des Staatsrates und mit Zustimmung des Großen Piktosophen zulässig.

(2) Verfassungsänderungen, die die Rechte des Großen Piktosophen oder seiner Erlasse tangieren, sind unzulässig.

(3) Die Verfassung unterliegt der Ewigkeitsgarantie, sie darf zu keiner Zeit durch eine andere Verfassung ersetzt werden.

Artikel 58

(1) Angehörige aller staatlichen Institutionen haben die Verfassung auswendig zu lernen. Sie informieren sich stetig über Verfassungsänderungen.

(2) Bürger erhalten auf Wunsch eine kommentierte Audio-Fassung der Verfassung. Der Wunsch ist von den Organen des Großen Dreiecks zu protokollieren, nachfolgendes Verhalten ist im angemessenen Umfang zu beobachten.

DANKSAGUNG

Jörg Liemann für die nie versiegende Inspiration und die tiefe Freundschaft, die uns seit der Schulzeit verbindet. *Am Anfang kein Wort* ist das Resultat gemeinsam ausgeheckter Ideen für eine Geschichte, in der unsere Leidenschaft für Schriftdesign zum Ausdruck kommt. Ohne ihn wäre dieses Buch nicht entstanden.

Wolfgang Malischewski für die von ihm am Kant-Gymnasium gegründete Arbeitsgruppe *Freies Schreiben*. Damit gab er mir den entscheidenden Impuls und das Instrumentarium zum Verfassen fiktionaler Texte. Seinen Rat weiß ich bis heute sehr zu schätzen.

Harald Scholz für seine unermüdliche Unterstützung bei der Produktion des Covermotivs.

Mein ganz besonderer Dank gilt der anspornenden, geduldigen Unterstützung und den wertvollen Ratschlägen meiner lieben Frau und Muse

Martina Breitenfeld.

WEITERLESEN

Von den Autoren Jörg Breitenfeld und Jörg Liemann ist ebenfalls erschienen: *Bar Codes – Roman einer Bar.*

Menschen, Cocktails, Schicksale. Alles kommt zusammen in der fiktiven *Komet Bar*, gelegen im Schnittpunkt der Berliner Bezirke Wedding und Prenzlauer Berg: In den zweihundert Jahren zwischen 1899 und 2099 wechseln die Namen über der Tür, die Persönlichkeiten vor und hinter dem Tresen, die politischen Systeme. Von den flüchtigen Momenten wie von den Dingen, die das Leben der Einzelnen überdauern, erzählen die Geschichten dieses Buches. Sie verdichten sich zum Roman einer Bar.

Von Kapitel zu Kapitel wechselt die Stilistik, die Autoren nehmen den jeweiligen Zeitgeist aufs Korn. Die Episoden sind in sich abgeschlossen und zugleich durch rote Fäden miteinander verwoben. Ohne dass es den Figuren auffallen könnte, wird das Eckhaus an der Fantasie-Kreuzung General-von-Bosetzky- und Bergstraße zu einem Zeitreiseschiff.

Bar Codes – Roman einer Bar
Jörg Liemann & Jörg Breitenfeld
Paperback: 432 Seiten
Brolin, epubli, Dezember 2019
Sprache: Deutsch
ISBN 9783750265578

Leseprobe, Bestellmöglichkeiten und weitere Infos: Barcodes-Roman.de